# SOUVENEZ-VOUS DE MOI

Collection dirigée par
Patrice DUVIC

Christopher PIKE est né à New York, mais a passé sa jeunesse à Los Angeles où il vit encore aujourd'hui. Avant de devenir écrivain, il a travaillé en usine, a été peintre en bâtiment et s'est essayé à l'informatique. L'un des premiers à écrire des romans de terreur pour la jeunesse, il est aujourd'hui l'auteur d'une vingtaine de romans qui ont tous été d'énormes succès aux États-Unis et en Angleterre.

Christopher PIKE

# Souvenez-vous de moi

*Traduit de l'américain par*
*Thomas Bauduret*

POCKET
jeunesse

Titre original :
*Remember me*

Publié par Pocket Books,
a division of Simon & Schuster Inc., New York (USA)

Loi n° 49-956 du 16 juillet 1949 sur les publications destinées à la jeunesse : juin 1994.



ISBN 2-266-00724-6

*Pour Pat*

## CHAPITRE PREMIER

On peut dire que je suis un fantôme ; c'est ainsi que me considéreraient la plupart des gens. Et comment leur en vouloir : après tout, je suis morte. Mais je n'arrive pas à m'y faire. Il n'y a pas si longtemps, j'étais encore pleine de vie. Je n'avais que dix-huit ans et toute la vie devant moi. Maintenant, on peut dire que c'est l'éternité que j'ai devant moi. L'éternité. Je ne sais pas trop ce que cela signifie. J'essaie de me dire que tout ira bien. Mais je n'en finis pas de me demander ce que j'aurais bien pu faire de ma vie si les choses s'étaient passées autrement. C'est ce qu'il y a de plus triste dans la mort : je ne saurai jamais ce que je serais devenue si j'avais pu atteindre l'âge adulte.

Je m'appelle Shari. Là où je suis maintenant, on ne se soucie guère des noms de famille. Je suis feue Shari Cooper. Je vous dirais bien à quoi je ressemble, la couleur de mes yeux et tout ça, mais comme plus personne ne peut me voir — plus personne de vivant, bien sûr — cela ne servirait pas à grand-chose. Je suis de la couleur du vent ; je peux danser sur un rayon de lune et, parfois, faire scintiller une étoile. Néanmoins, quand j'étais en vie, j'étais plutôt bien faite. Voire mieux que ça.

Et je peux toujours vous dire à quoi je *ressemblais*.

J'avais des cheveux blonds, plutôt foncés, qui tombaient en cascade sur mes épaules. Quelques mèches me cachaient toujours les yeux, et ma mère répétait que je ferais mieux de les couper, que j'y verrais plus clair. Ou plutôt, qu'on verrait mieux mes yeux d'un vert limpide. Mon frère soutenait qu'ils étaient bruns, banalement bruns, mais n'allez pas croire ce qu'il raconte.

Si je veux me moquer de moi-même, je peux me rappeler le jour où je remportai le « prix du plus beau sourire », durant ma première année de lycée. Les adolescentes se plaignent toujours de leur apparence, mais maintenant que personne ne peut plus me voir, je sais ce qu'elles ne savent pas. Que je n'aurais jamais, au grand jamais dû me plaindre.

Parce que être en vie, c'est quelque chose de formidable.

Je n'imaginais pas mourir si jeune. J'ai été prise totalement au dépourvu.

Mais il faut pourtant que je raconte ce qui m'est arrivé ; pourquoi cela n'aurait jamais dû arriver, et pourquoi cela devait arriver. Néanmoins, je ne commencerai pas par le tout début : cela prendrait trop longtemps, même pour moi, qui ai cessé de vieillir. Je préfère partir de la fin, ou très près de la fin, de la nuit où j'ai été invitée à une soirée. La nuit où je suis morte.

Tout a commencé par un songe.

Ce n'est pas moi qui ai rêvé, mais mon frère Jimmy. Je suis la seule à l'appeler Jimmy. Peut-être l'aurais-je appelé Jim, comme tout le monde, s'il avait enfin admis que mes yeux étaient verts. Mais qu'importe. Je l'aimais plus que tout. Jimmy était mon grand frère ; dix-neuf ans, bientôt vingt, presque deux de plus que moi. Nous n'en finissions pas de nous chamailler, mais bizarrement, ce n'était jamais lui qui cherchait la bagarre. Il était dix fois plus gentil que moi. Jimmy était un ange, et croyez-moi, je sais de quoi je parle.

Je me souviens de la date de ma naissance, bien sûr, mais pas de celle de ma mort. Pas vraiment. C'était un vendredi, vers la fin du mois de mai, et la soirée était chaude et humide, promesse d'un été proche. À cette époque, je n'avais qu'une chose en tête : passer dans la classe supérieure, puis aller me dorer sur la plage avec mes amis. Il faut vous dire que j'étais plutôt du genre superficielle, même si mes amis et mes professeurs me prenaient pour une jeune fille sérieuse.

Revenons à nos moutons. Donc, Jimmy a fait un rêve, et chaque fois que cela lui arrivait, il partait se promener. Il marchait en rêvant, mais en général, n'allait pas plus loin que les toilettes. Il était diabétique. Il lui fallait des piqûres d'insuline, et il avait tout le temps envie de faire pipi. Mais il n'avait pas l'air souffreteux, loin de là. En fait, c'était moi qui attrapais tous les rhumes qui traînaient. Jimmy ne tombait jamais malade, jamais. En revanche, il fallait qu'il surveille son alimentation, et là, c'était l'enfer. Un jour où j'avais des gâteaux pour Noël, il n'a pas pu résister et en a pris un morceau. Nous avons passé le réveillon dans la salle d'attente de l'hôpital, à attendre qu'il reprenne conscience. Dire que le sucre ne lui réussissait pas est un doux euphémisme.

Le soir de ma mort, je me trouvais dans ma chambre, face au miroir, pendant que Jimmy ronflait doucement dans la chambre d'à côté.

Je me préparais pour la soirée d'anniversaire de Beth Palmone, et j'étais quelque peu énervée. Beth était une vague amie. Ou plutôt une connaissance ; la dernière en date de toute une cohorte de filles qui n'en finissaient pas de s'intéresser à mon petit copain. Mais elle était si gentille que j'avais du mal à la détester. Elle était toujours à me faire des sourires et des compliments, et je me sentais coupable de ne pas avoir une meilleure opinion d'elle. On la surnommait la Grosse. C'était Joanne Foulton, ma meilleure amie, qui lui avait donné ce surnom. Beth était plutôt mince, mais avait une énorme poitrine.

J'étais en train de me coiffer. Soudain, la poignée de ma brosse s'est cassée. J'ai juré comme un charretier. Il n'était que huit heures, j'étais loin d'être en retard, mais comme je venais de prendre une douche, mes cheveux étaient tout emmêlés. Je ne voulais pas réveiller Jimmy, épuisé par sa journée de travail, mais il devait y avoir moyen de me glisser dans sa chambre et de lui emprunter son peigne sans faire de bruit. Au grand dam de mes parents, Jimmy avait décidé de prendre un vrai boulot au lieu d'aller à l'université. Il aimait tapoter les claviers d'ordinateur, mais n'avait jamais eu de goût prononcé pour les études. Il préférait travailler à l'extérieur. Il avait trouvé un emploi à la compagnie du téléphone et retirait des poteaux télégraphiques du sol. Une fois, il m'avait dit qu'arracher un vieux piquet était presque aussi déprimant qu'abattre un arbre. Il était un peu trop sensible, mais aimait son travail.

Lorsque je quittai ma chambre, j'entendis s'ouvrir, puis se refermer la porte d'entrée. Je compris que c'était M^me^ Parish et sa fille Amanda. Mes parents étaient sortis mais, plus tôt dans la soirée, ils avaient donné un cocktail en l'honneur d'un gros ponte de l'immobilier. Celui-ci était venu tout droit de la côte est par avion pour voir s'il pouvait s'entendre avec papa dans le but d'exploiter les derniers mètres carrés de bord de mer encore vierges. Maman employait Mme Parish comme femme de ménage à mi-temps. Avant que je n'aille prendre ma douche, elle avait appelé pour demander si tout le monde était parti, pour venir nettoyer la maison. Elle avait aussi demandé si je pouvais conduire Amanda à la soirée chez Beth. J'avais répondu oui aux deux questions et leur avais dit d'entrer sans sonner, parce que je serais certainement en train de m'habiller. Mme Parish avait les clés de la maison.

Je les appelai depuis le palier du premier étage, qui donnait sur le grand vestibule de l'entrée, avant de me glisser dans la chambre de Jimmy.

— J'en ai pour une minute !

J'entendis le petit rire de Mme Parish et entrevis une touffe de cheveux gris alors qu'elle entrait dans le salon, portant un seau jaune empli de brosses et d'éponges. Elle était toujours gaie et souriante, en dépit des difficultés qu'elle avait dû surmonter. Son mari était mort l'année précédente, la laissant sans un sou.

Tout d'abord, je n'ai ni vu, ni entendu Amanda. J'ai cru qu'elle avait changé d'avis et décidé de ne pas venir. Si j'avais su que la copine de Jimmy était là, je ne serais peut-être pas rentrée dans sa chambre. En tout cas, je ne l'aurais pas laissé passer à côté de moi, en pleine crise de somnambulisme.

Copain, copine, ces mots sont à prendre au sens le plus général du terme.

Au jour de ma mort, cela faisait trois semaines que Jimmy et Amanda Parish sortaient ensemble.

C'est moi qui les avais présentés l'un à l'autre durant la fête donnée pour mon dix-huitième anniversaire. Ils ne s'étaient encore jamais rencontrés parce qu'ils ne fréquentaient pas le même lycée. Amanda, elle aussi, était une amie sans en être une : je la connaissais par l'intermédiaire de sa mère. Mais j'aimais Amanda plus que Beth. Elle était drôlement jolie. Un jour où Jo, ma meilleure amie, était en veine de poésie, elle avait décrété qu'Amanda avait des yeux gris comme un jour d'orage et un sourire plus chaleureux qu'un rayon de soleil. C'était tout Amanda. Elle avait quelque chose de mystérieux, mais ne le cachait pas : tous ses secrets se reflétaient sur son visage grave. Elle avait aussi les cheveux les plus longs que j'aie jamais vus, et noirs comme une aile de corbeau. Je pense que mon frère rêvait d'enfouir son visage dans cette toison sombre et de laisser le monde se dissoudre autour d'eux.

À vrai dire, je crois que j'étais un peu jalouse.

Lorsque Amanda s'était présentée à ma soirée d'anniversaire, cela m'avait un peu désorientée. Elle avait fêté son propre anniversaire le jour d'avant, et j'avais l'impression que j'aurais dû lui faire un cadeau. Finalement, c'est mon frère que je lui ai offert ; je lui ai amené Jimmy, les ai présentés, et ne l'ai plus revue de la soirée. Le coup de foudre existe, je l'avais rencontré. Et, durant ces quelques semaines, j'ai vraiment cru qu'Amanda était elle aussi amoureuse de lui. On ne pouvait plus les séparer. Puis, sans raison valable, Amanda a peu à peu pris ses distances et Jimmy en a fait une maladie. Je n'ai jamais vraiment prêché la modération, mais je crois que ses sentiments pour elle étaient trop passionnés. Cela tournait à l'obsession.

Mais je m'écarte du sujet. Donc, après avoir parlé à M^me^ Parish, je me suis faufilée dans la chambre de Jimmy. Celle-ci était plongée dans les ténèbres, excepté la lueur verdâtre de son ordinateur, qu'il laissait toujours allumé. Jimmy est un garçon parfois surprenant. Lorsque je me suis dirigée vers son bureau, il gisait sur le dos, complètement K.O., un drap entortillé autour du torse. Quelques instants plus tard, alors que je mettais la main sur sa brosse à cheveux, il était debout et marchait vers la porte. Et pourtant, il ne s'était pas réveillé. Les somnambules ont une drôle de façon de marcher, un peu comme les zombies dans les films d'horreur, sauf qu'ils sont plus rapides. Et il n'était vêtu que d'un caleçon. Je n'ai pas pu m'empêcher de sourire. Nous nous trouvions à l'étage. Il pouvait certes tomber par-dessus la rambarde du palier, mais je n'y croyais pas. Après quelques années de pratique, j'avais remarqué que Dieu garde un œil sur les somnambules, et veille sur eux mieux encore que sur les ivrognes. Ou les adolescentes en rogne...

Je n'aurais pas dû dire ça. Je ne le pensais pas.

C'est alors que j'ai réalisé qu'Amanda se trouvait là, au rez-de-chaussée, avec sa mère. Si Jimmy se réveillait pour se retrouver devant elle, à moitié nu, il serait certainement horriblement gêné. J'ai saisi la brosse à cheveux avant de lui courir après.

Et j'ai bien fait de le suivre, parce que je l'ai rattrapé au moment où il cherchait la poignée de la porte des toilettes. Je n'étais pas sûre qu'il y ait déjà quelqu'un à l'intérieur, mais la lumière était allumée alors qu'elle était éteinte lorsque j'étais passée quelques minutes plus tôt. Jimmy se retourna et me dévisagea, l'air complètement ailleurs.

— Jimmy, murmurai-je, n'osant pas élever la voix.

Je pouvais entendre Mme Parish qui sifflotait joyeusement à l'étage en dessous et, à chaque seconde qui passait, j'étais de plus en plus sûre que c'était Amanda qui se trouvait dans les toilettes. Jimmy eut un sourire empreint de sérénité.

— Salut, dit-il.

— Chut !

Je pris sa main et l'éloignai de la porte. Il me suivit sans sourciller. Je le guidai vers la chambre de mes parents.

— Les autres toilettes sont occupées, lui dis-je. Tiens, va dans celles-ci.

Je ne l'ai pas réveillé, et j'avais plusieurs bonnes raisons de ne pas le faire. D'abord, lorsqu'il fait une crise de somnambulisme, il dort comme un sonneur ; ce qui est étrange, puisqu'en temps normal, il a le sommeil plutôt léger. Mais lorsqu'il se balade comme ça, il faut le gifler pour le faire émerger. Ensuite, jc craignais qu'il ne me fasse une crise cardiaque si jamais il réalisait qu'il avait été à un cheveu de se ridiculiser aux yeux de sa dulcinée.

Il disparut dans la chambre des parents. Je retournai dans le vestibule et frappai à la porte des toilettes.

— C'est toi, Amanda ? demandai-je à voix basse.

Il y eut un instant de silence.

— Oui. Je n'en ai pas pour longtemps. Je cherche le flacon de détergent.

Je me permis de jeter un coup d'œil à l'intérieur et vis Amanda lever les yeux, surprise. Elle se tenait près du lavabo, face à l'armoire à pharmacie et au petit réfrigérateur mural, et elle avait en main l'une des seringues de Jimmy et un petit flacon d'insuline. Il fallait garder celle-ci au frais, et il avait lui-même installé ce petit frigo pour ne pas avoir à mettre ses médicaments dans le réfrigérateur de la cuisine, là où tout le monde pouvait le voir. Il n'était pas fier d'être malade. Amanda savait que Jimmy souffrait de diabète, mais pas qu'il lui fallait des injections quotidiennes. Jimmy ne voulait pas qu'elle le sache. Oui, eh bien maintenant, il ne pouvait plus le cacher. Je me dis que, tant qu'à faire, il valait mieux ne pas en faire un drame. Je pouvais même en profiter pour la chahuter un brin :

— Amanda ! dis-je d'une voix outragée. Comment as-tu pu nous faire ça, à moi et à ta mère ?

Son visage s'empourpra, et elle baissa les yeux.

— Maman m'a dit d'aller chercher de l'Ajax, et...

— De l'Ajax ? minaudai-je d'un ton incrédule. Tu me prends pour une nouille ? C'est de la drogue, ça. De la drogue ! (Je posai ma main sur ma bouche.) *Oh, mon Dieu !*

J'avais vraiment des dons d'actrice. Amanda ne savait pas ce dont j'étais capable. Elle se dépêcha de reposer la seringue.

— Je ne voulais pas...

— À d'autres !

Amanda me regarda de ses grands yeux gris, et je revis l'expression du visage de Jimmy, quelques instants plus tôt. L'innocence faite homme.

— Shari ?

Je lui pris la seringue et le flacon d'insuline et repris mon sérieux.

— Tu sais que Jimmy doit toujours faire attention à ce qu'il mange ? Eh bien, tu viens de découvrir un autre aspect de sa maladie dont il n'aime guère parler, et rien de plus.

J'ouvris le cabinet et le frigo et rangeai le tout.

— Il n'y a pas de mal à ça, non ?

Amanda me regardait fixement ; je ne lui faisais pas face, mais pouvais voir son reflet dans le miroir sur la porte de l'armoire à pharmacie. Comment se fait-il qu'un miroir puisse rendre la beauté plus belle encore ? Une photo a parfois le même effet. Toujours est-il que je n'y ai jamais rien compris. À ce moment, Amanda était si radieuse que je pouvais presque toucher la douleur qu'elle causerait à mon frère si elle s'éloignait plus encore de lui. Et je lui en voulais un petit peu à cause de ça. Elle ramena ses cheveux en arrière.

— Je ne lui dirai rien.

— Il n'a rien à cacher, affirmai-je.

— Tu as raison.

Elle désigna du menton le placard situé sous le lavabo.

— J'aurais dû commencer par chercher là-dessous.

Nous nous sommes relevées au même moment et avons failli cogner nos têtes l'une contre l'autre. Puis je me rappelai que Jimmy était toujours en vadrouille. Je m'excusai et laissai Amanda chercher son Ajax pendant que je me mettais en quête de mon somnambule de frère. Lorsque je lui rentrai dedans, sur le seuil de la chambre des parents, il était bien réveillé.

— J'ai encore marché en dormant ? demanda-t-il.

— Mais non, persiflai-je. Tu t'es endormi sur place, en cours de route. Tu ne t'en souviens pas ?

Je le poussai dans la chambre et refermai la porte derrière moi.

— Amanda est ici.

Il se crispa.

— En bas ?

— Non, au bout du vestibule, dans les toilettes. Un peu plus, tu t'asseyais sur ses genoux.

Parfois, mon humour peut se teinter de cruauté. Jimmy inspira profondément et écarquilla les yeux.

Mon frère est plutôt mignon, si je peux me permettre. Ce doit être de famille.

— Elle m'a vu ? demanda-t-il.

— Non. Je suis venue à la rescousse. Tu allais lui rentrer dedans, mais j'ai dévié ta course.

— Tu es sûre qu'elle ne m'a pas vu ?

— Sûre et certaine.

Il se détendit. Jimmy croyait tout ce que je lui disais, et pourtant, il savait que je pouvais être une menteuse de première. D'après moi, il devait penser que si je lui racontais des craques, ce serait pour son bien. Il me croyait beaucoup plus intelligente que lui, ce que j'ai toujours trouvé idiot.

— Qu'est-ce qu'elle fait là ? demanda-t-il avec une pointe d'espoir dans la voix.

Je ne pouvais quand même pas lui dire qu'Amanda était venue pour le voir. Elle ne m'avait même pas demandé s'il était là.

— C'est sa mère qui l'a amenée avec elle. Elle est en bas, en train de ranger le salon après le cocktail. Amanda veut que je l'emmène chez Beth.

— Pourquoi y va-t-elle ? C'est une amie de Beth ?

— Pas vraiment. Je ne sais pas pourquoi elle veut absolument venir.

Je me demandai si Amanda avait eu le temps ou même les moyens d'acheter un cadeau. Elle et sa mère n'étaient pas particulièrement fortunées.

— Elle est toujours aux toilettes ? demanda-t-il.

— Je ne sais pas. Tu ne vas quand même pas aller la voir comme ça, non ?

— Pourquoi ?

— Tu n'es pas habillé.

Il eut un sourire.

— J'enfile mon pantalon et on en reparle.

Il alla ouvrir la porte.

— Elle a dû redescendre au rez-de-chaussée.

J'attrapai son bras au passage.

— Jimmy ? Attends.

Il s'arrêta et me regarda.

— Quand est-ce que tu l'as appelée pour la dernière fois ?

— Lundi. Il y a quatre jours, ajouta-t-il.

— Ça, c'est la dernière fois que tu lui as parlé. Tu l'as appelée hier. Et aussi avant-hier. Tu devrais peut-être y mettre un bémol.

— Pourquoi ? Je voulais juste dire bonjour. Je ne joue pas les crampons et je ne pense pas qu'à elle.

— Non, bien sûr, mentis-je. Mais il vaut mieux se rendre un peu moins accessible qu'on ne l'est. Comme ça, on est plus désirable.

Il secoua la main.

— Je ne joue pas à ce jeu-là.

Il tenta une nouvelle sortie, et à nouveau, je m'interposai.

— Je lui ai dit que tu dormais.

— Elle t'a demandé ce que je faisais ?

— Oui, bien sûr.

Je ne savais même pas pourquoi je ne voulais pas qu'il lui parle. Sans doute que je refusais qu'il se mette dans une situation qui pouvait devenir gênante. Ou peut-être étais-je juste jalouse.

— On ne va pas tarder à partir chez Beth, ajoutai-je.

Il réfléchit.

— Alors il vaut mieux que je ne la dérange pas. (Il secoua la tête.) Si seulement sa mère voulait bien la prévenir lorsque je l'appelle.

— Jimmy...

— Non, trancha-t-il. Elle ne transmet pas mes messages à Amanda. C'est vrai. C'est elle qui me l'a dit.

Il avait beau dire, je n'y croyais pas ; mais je préférai ne pas insister.

— Ce soir, je glisserai quelques subtiles allusions à Amanda pour qu'elle t'appelle demain.

Il désigna du menton la brosse à cheveux que je tenais en main.

— Hé, c'est à moi, ça !

— Ouais, la mienne s'est cassée.

— Tu as des brosses à cheveux à ne plus savoir qu'en faire.

— Oui, mais en morceaux.

Je montrai du doigt la coiffeuse de ma mère, juste derrière nous. Maman ne sortait jamais de la maison avant d'avoir passé une heure à se maquiller. Certains l'auraient traitée de snob, et moi même, je ne me suis pas gênée ; mais jamais en présence de mon père. Nous n'avions pas grand-chose en commun.

— Et maman ne me laissera jamais prendre l'une des siennes.

— Qu'est-ce qu'Amanda t'a demandé ? Sur moi, je veux dire.

— Si tu dormais assez, répondis-je en lui tapotant l'épaule. Retourne te coucher.

Je l'ai raccompagné jusqu'à son lit, afin qu'il soit en pleine forme lorsque son réveil sonnerait — à trois heures du matin. Puis je finis de me préparer et descendis les escaliers. Je trouvai Amanda et sa mère dans la cuisine, où elles étudiaient une moitié de gâteau au chocolat pour savoir s'il fallait la couper en morceaux avant de la mettre dans le réfrigérateur.

— Pourquoi ne pas la jeter à la poubelle ? suggérai-je.

Cette idée parut déplaire à M^me^ Parish. Étrange : d'habitude, elle ne se départissait jamais de son air joyeux. Comprenez-moi bien : elle ne faisait pas partie de ces casse-pieds qui ont un sourire définitivement plaqué sur leur visage. Son bonheur était moins démonstratif, plutôt intérieur. Et, au risque de me vanter, je dirais qu'elle semblait toujours plus gaie lorsque nous étions ensemble, toutes les deux. Je pouvais lui parler pendant des heures et discuter de tout, même des garçons. Elle m'écoutait, sans rien dire, sans donner de conseils, et après, je me sentais toujours mieux.

Jo, « la petite Jo », lui avait aussi donné un surnom : « Mère Mary ». Et j'appelais toujours Mme Parish par ce nom. Elle était catholique très pratiquante. Elle allait à la messe plusieurs fois par semaine et ne se couchait jamais sans dire son rosaire. C'était un de nos points de divergence : moi, je n'ai jamais été pratiquante. Oh, bien sûr, je n'avais rien contre Jésus et allais même à l'église de temps en temps, mais j'avais autre chose en tête que Dieu. Des sujets plus importants, comme de savoir si je devais essayer de sortir avec mon copain avant la remise des diplômes ou s'il valait mieux attendre le 4 juillet et ses feux d'artifice. Je voulais en faire un moment privilégié. Comme tout le reste de ma vie. Mais je ne pensais guère à Dieu.

Je radote un peu. Ce n'est pas le moment de faire du sentiment. J'y veillerai. Ce que j'ai à dire n'est pas particulièrement agréable.

Revenons à ce satané gâteau. Mme Parish ne voulait pas le jeter : c'eût été du gaspillage.

— Ta mère pourrait vouloir en manger un morceau demain matin ? me demanda-t-elle.

— S'il en reste, elle le mangera. Puis elle passera sa journée à râler parce que son régime est fichu.

Je passai mon doigt sur le bord du gâteau et

goûtai le glaçage. J'en avais déjà « goûté » une demi-livre dans l'après-midi.

— Oh, là là. Regarde-moi ça, Amanda. C'est dégoûtant. Tu en veux ?

Elle me jeta un regard peu enthousiaste.

— Je n'ai jamais été une fana des gâteaux.

Soudain, M^me^ Parish changea d'idée.

— Il vaut peut-être mieux le jeter.

— Tu n'aimes pas les gâteaux ? demandai-je à Amanda. Ce n'est pas vrai ! Tout le monde les aime. Pas question que tu viennes avec moi chez Beth si tu n'en manges pas un petit bout. Tiens, je t'en coupe un. Un petit.

Impossible de dire non. Amanda eut droit à son petit morceau, comme sa mère, et j'en pris un légèrement plus gros. Puis je décidai qu'il y avait toujours de la place dans le réfrigérateur. Ma mère pouvait prendre tous les kilos qu'elle voulait, je m'en moquais.

M^me^ Parish envoya Amanda vérifier si notre aspirateur avait besoin d'un nouveau sac. Nous nous sommes retrouvées seules, ce qui était bien agréable. Je m'assis face à la table et lui parlai de cette soirée d'anniversaire pendant qu'elle rangeait des assiettes dans le lave-vaisselle.

— C'est pour la Grosse, commençai-je. Je vous ai déjà raconté qu'elle flirtait avec Dan, à l'école. Et ça me met vraiment en colère. Je les vois tous les deux ensemble à l'autre bout de la cour, alors je les rejoins, et elle m'accueille comme si elle était vraiment contente de me voir, comme si de rien n'était.

— Comment sais-tu qu'il y a vraiment quelque chose ? demanda M^me^ Parish.

— Parce que Dan, lui, a l'air horriblement gêné. Oui, je sais : pourquoi est-ce à elle que j'en veux et pas à lui ? (J'eus un petit rire.) C'est très simple : parce que sinon, il pourrait me plaquer et sortir avec elle.

Lorsque je parlais de ce qui me tenait à cœur, je prenais toujours tout à la plaisanterie. C'était quelque chose que même M^me^ Parish ne pouvait comprendre. Je n'étais certainement pas obsédée par Daniel comme Jimmy l'était par Amanda, mais l'idée de le perdre m'était insupportable. En fait, j'étais sûre et certaine qu'il tenait à moi. Ce qui ne m'empêchait pas de me faire du souci. En matière de sentiments, je n'étais jamais tranquille.

— Dan vous emmène chez Beth, toi et Amanda ? demanda M^me^ Parish tout en se penchant avec précaution pour mettre du détergent dans le lave-vaisselle.

Elle avait de l'arthrite. Sa colonne vertébrale n'était plus ce qu'elle était. Souvent, lorsque nous étions seules dans la maison, je l'aidais à balayer le plancher ou nettoyer la salle de bains. Mais elle ne me laissait jamais faire s'il y avait quelqu'un d'autre dans la maison. En particulier, avais-je remarqué, en présence d'Amanda. Elle ne voulait pas lui montrer qu'elle avait besoin d'aide.

— Oui. Et on prendra Jo au passage. Il ne devrait pas tarder.

Je m'interrompis avant de reprendre :

— Mary, que pensez-vous de Dan ?

Son visage s'illumina.

— Il a vraiment de l'allure.

Je ne pus m'empêcher de sourire. De *l'allure*. Bonne définition.

— C'est vrai qu'il est mignon.

Je dévorai une autre bouchée de gâteau, bien que je n'en aie pas vraiment besoin, tout comme je n'avais pas besoin de prendre un bon kilo autour des hanches.

— Ce que je veux dire, c'est... est-ce qu'il vous plaît en lui-même, en tant que personne ?

Elle s'essuya les mains sur son tablier et se gratta la tête. Contrairement à sa fille, ses cheveux gris n'étaient pas ce qu'elle avait de plus marquant. Ils étaient affreusement fins et, lorsqu'elle se penchait, dévoilaient quelque peu son cuir chevelu, surtout au sommet de son crâne. Et elle n'avait que cinquante ans. À dire vrai, ce n'était pas vraiment un modèle de beauté. Par contre, elle avait un joli sourire empreint de gentillesse.

— Il m'a l'air plutôt bon garçon, fit-elle en hésitant.

— Comment ça ?

— Il te traite bien ?

— Oui. Mais...

— Oui ?

— Vous alliez dire quelque chose avant que je ne vous interrompe ?

— Ce n'est rien.

— Dites toujours.

Elle hésita à nouveau.

— Il est toujours en train de parler d'objets.

— *D'objets* ? demandai-je.

Daniel aimait beaucoup de *choses* ; les voitures de sport, les soirées mondaines, les gens chic. Comme l'univers se compose principalement d'objets, cela me semblait parfaitement normal. Et pourtant, on avait parfois du mal à discuter avec Daniel, parce qu'il semblait ne rien ressentir, ne se soucier de personne. Seuls les « objets » l'intéressaient.

M^me^ Parish haussa les épaules et rangea quelques autres verres dans le lave-vaisselle.

— Est-ce qu'il vous a jamais parlé de vous deux ? demanda-t-elle.

— Oui, bien sûr, mentis-je.

— En ce cas, vous vous entendez bien lorsque vous êtes seul à seul. Parfait. Je n'en demande pas plus.

Elle referma la porte du lave-vaisselle et le mit en marche. L'eau commença à tourner. Mon estomac en fit autant. J'écartai le plat contenant le gâteau. Je venais d'entendre une voiture s'arrêter devant la maison. Daniel, sans doute. Je m'excusai et filai vers la porte d'entrée.

Je le trouvai là, en train d'ouvrir notre garage. La remise des diplômes n'aurait lieu que dans quelques semaines, mais mes parents m'avaient déjà offert mon cadeau. Si je vous dis ce que c'est, vous penserez peut-être que j'étais gâtée-pourrie jusqu'à l'os.

Cela coûte une fortune. C'est vif comme l'éclair. C'est étranger.

Une Ferrari.

Ma voiture. J'en étais folle. J'aimais sa couleur rouge. Je l'aimais. Et, de toute évidence, Daniel aussi. Lorsque j'allai le retrouver, il remarqua à peine ma présence. Il venait d'avoir le coup de foudre pour ma voiture.

Il lui avait fallu bien plus longtemps pour tomber amoureux de moi.

J'avais rencontré Daniel après une représentation théâtrale, au lycée. Il tenait le premier rôle. J'ai une très bonne mémoire, mais je ne peux me rappeler le sujet de la pièce. Il m'avait bouleversée. Et pourtant, il n'était même pas bon acteur. Il avait oublié quelques répliques et jouait totalement en porte-à-faux. Peu importait. Il lui avait suffi d'arpenter la scène sous le feu des projecteurs pour me donner envie de foncer dans sa loge. Il fallait que j'aille lui faire des compliments. Quoique, bien sûr, Jo dût me traîner pieds et poings liés jusqu'à la dite loge. Parfois, c'est fou ce que je peux être timide.

Comme nous étions au même lycée et du même niveau, j'avais déjà entendu parler de lui avant de voir la pièce. Je souhaite noter pour la postérité que l'inverse était aussi vrai : je sais qu'il m'avait remarquée durant les quatre années que nous avions passées au lycée de Hazzard. Mais lorsque Jo nous présenta, la première chose qu'il me demanda, c'était si j'étais du coin. Quel menteur ! Il ne voulait pas me laisser croire que je lui plaisais.

Il me proposa de sortir avec lui, et ce qui devait arriver arriva. Il me l'a proposé tout de go, devant sa loge, en présence d'une Jo qui, fait rare, ne jugea pas bon d'ouvrir la bouche. Plus tard, tout ceci me parut si bizarre que je me demandai si Jo n'avait pas tout préparé à l'avance. Mais je jure sur ma mort que ce n'est pas vrai...

Il faut que je vous parle de mon attirance pour Daniel. On passait des heures dans sa chambre avec la musique à fond, à s'embrasser. Puis, par une belle soirée chaude et coquine, nous avons *presque* fait l'amour.

J'aimais bien penser à *ça*. Je pouvais y rêver des heures durant sans jamais me fatiguer, même si je répétais les mêmes fantasmes avec de très légères variations. J'étais la reine des très légères variations. Mais il est parfois mauvais de laisser courir son imagination. Lorsque nous nous sommes retrouvés sur le lit, Daniel s'est bloqué. Je suis sortie de sa chambre aussi pure que j'y étais entrée.

Et il était si gêné ! Je ne comprends pas pourquoi. J'étais prête à lui donner une autre chance.

Je n'avais pas l'intention d'en parler à qui que ce soit. D'ailleurs, je n'ai rien dit à personne. Pas vraiment. Rien qu'à Jo. Plus ou moins. Mais jamais elle n'en aurait touché mot à quelqu'un d'autre.

Donc, lorsque je suis sortie pour aller voir Daniel, il était au nirvana. Il avait allumé les lumières du garage et faisait le tour de la voiture, donnant des coups de pieds dans les pneus comme aiment le faire les garçons mis en présence d'une voiture de sport. Je ne m'en formalisai pas. Il portait un pantalon blanc et un blouson de cuir rouille assorti à ses cheveux bruns en broussaille.

— Tu l'as amenée sur l'autoroute, Shar ? demanda-t-il.

— Oui, mais je ne l'ai pas trop poussée. Elle est en rôdage.

— Cette beauté peut atteindre les deux cents sans même que tu t'en rendes compte.

Il ouvrit la portière côté conducteur et jeta un œil au compteur de vitesses.

— Tu sais combien ton père a dû mettre pour acheter ce machin ?

— Il n'a pas voulu me le dire. Et toi, tu le sais ?

Daniel fit non de la tête.

— Disons qu'à ce prix, il aurait aussi bien pu t'acheter une maison. On y va ? Je peux conduire ?

Il était déjà prêt à bondir dans ma voiture lorsque je l'arrêtai.

— On ne peut pas la prendre. Amanda Parish est là, elle vient avec nous. Et on doit récupérer Jo au passage.

Bien que ce soit elle qui nous ait présentés, Daniel ne l'aimait pas trop, et il ne savait pas pourquoi. Sinon qu'il était un garçon et qu'elle avait tendance à mépriser tout ce qui portait un pantalon.

Quant à ce qu'il pensait d'Amanda, ça, je n'en avais pas la moindre idée.

Il fronça les sourcils.

— Tu ne m'as rien dit.

— Parce que je n'en savais rien.

La Ferrari était rigoureusement biplace. Pas moyen d'y loger deux autres personnes, même avec un chausse-pieds.

— On pourra toujours aller faire un tour demain.

Il referma la portière, assez violemment, et j'eus un sursaut. À vrai dire, je ne me sentais jamais vraiment à l'aise en présence de Daniel. Il s'avança et me prit dans ses bras. Ses marques d'affection étaient toujours imprévisibles.

— Salut, dit-il.

— Salut.

Il m'embrassa. Ses lèvres étaient chaudes et ses bras puissants. Je me crispai et me détendis en même temps. Je ne savais pas si les autres filles ressentaient la même chose lorsque leur copain les embrassait. Mais lorsque ses baisers se faisaient plus insistants, je ne protestais jamais.

Une minute plus tard, une voix retentit derrière nous.

— Oh, pardon !

Daniel me lâcha, et je tourbillonnai sur moi-même. Amanda se tenait devant nous, tout aussi jolie que lorsque je lui étais rentrée dedans à l'étage. Elle baissa les yeux et allait s'éloigner lorsque je l'arrêtai.

— Non, t'en fais pas, dis-je.

Je fis un pas dans sa direction, pas vraiment gênée, ou juste un petit peu.

— Il faut qu'on y aille. Reste là. Je vais dire

au revoir à Jimmy et à Mère Mary. Je reviens tout de suite.

Amanda se figea.

— Qu'est-ce que tu as dit ?

Soudain, je réalisai que j'avais mentionné le nom de Jimmy.

— Si Jimmy est déjà réveillé, ajoutai-je. Il y a quelques minutes, il dormait encore.

Mon ton n'avait rien de très convaincant. Amanda resta là, à me regarder, puis marmonna :

— Dis-lui bonjour de ma part.

— Je n'y manquerai pas.

Lorsque j'ai risqué un œil dans sa chambre, Jimmy était bien réveillé. Il me fit signe d'approcher et j'allai m'asseoir sur son lit. Son ordinateur était allumé et, comme toujours, sa faible lumière verte me fit mal aux yeux.

— Pourquoi est-ce que tu ne l'éteins pas ? demandai-je en désignant son engin de malheur.

Il eut un vague sourire, les bras croisés sur sa poitrine, les yeux braqués sur le vide.

— Je peux toujours avoir une crise d'inspiration en pleine nuit.

— Vu comme tu te déplaces en dormant, tu n'aurais même pas besoin de te réveiller.

— J'ai rêvé de toi.

— Vraiment ? Quand ça ?

— Juste avant que tu ne me rentres dedans, dans le vestibule.

— Raconte !

Il avait ouvert la fenêtre située juste au-dessus de son lit, et une brise fraîche nous caressa. Plus tard, comme c'était une nuit particulièrement chaude, je me dis que j'avais peut-être senti le souffle de la Mort. Jimmy ferma les yeux et parla d'une voix douce.

— On était ailleurs, dans un drôle d'endroit. On aurait dit un univers contenu dans une fleur, et où chaque objet émettait sa propre lumière. Ça a l'air bizarre, mais je ne vois pas d'autres mots pour le décrire. Nous étions dans un espace dégagé, comme un champ. Et tu étais habillée exactement comme tu l'es maintenant, avec ce pantalon et ce chemisier. Tu avais un ballon et tu essayais de le gonfler. Non, tu l'avais gonflé à moitié, et tu voulais que je finisse de le faire. Tu essayais de me le donner. Tu l'avais attaché à un fil. Mais je n'ai pas pu l'attraper du premier coup, et le ballon s'est envolé. Nous l'avons regardé s'en aller dans le ciel et tu t'es mise à pleurer.

J'entendis, au loin, un bruit de moteur. Sans doute celui de la voiture de Daniel. Mieux valait ne pas le faire attendre, il n'apprécierait pas. Mais tout d'un coup, je n'avais plus envie d'aller chez Beth. Je voulais juste rester là, à discuter avec mon frère jusqu'à ce qu'il s'endorme. J'ai ramené le drap sur sa poitrine. La petite brise qui passait par la fenêtre se faisait glaciale.

— Pourquoi est-ce que je pleurais ? demandai-je.

— Parce que le ballon t'avait échappé.

— De quelle couleur était-il ?

— Je ne sais pas. Brun, je crois.

— Avec toi, tout est toujours brun ! Qu'est-ce que ce ballon pouvait avoir de si particulier ?

Il ouvrit les yeux et me sourit. Un instant, je crus qu'il allait me reparler d'Amanda. Mais, à mon grand soulagement, il n'aborda pas ce sujet.

— Je ne sais pas. Tu vas rentrer tard ? ajouta-t-il.

— Pas trop tard.

— Bien.

— Qu'est-ce qu'il y a ?

Il y réfléchit quelques instants.

— Rien. Je suis fatigué, c'est tout. (Il serra ma main dans la sienne.) Amuse-toi bien.

Je me penchai pour embrasser son front.

— Fais de beaux rêves, petit frère.

Il ferma les yeux, et j'eus l'impression qu'il essayait de retrouver le ballon et cherchait une réponse à ma question. Mais il ne dit rien, sinon :

— Prends bien soin de toi, petite sœur.

Les gens sont comme ça. Lorsqu'on dit au revoir à quelqu'un pour la dernière fois, on s'attendrait à un moment privilégié, même si alors, on ne sait pas qu'on ne le reverra plus. Et, tout bien considéré, je peux toujours me dire qu'au moins j'ai eu l'occasion de parler une dernière fois avec mon frère. Lorsque je suis descendue, Daniel klaxonnait comme un fou furieux et Mme Parish passait l'aspirateur dans le salon. J'eus à peine le temps de lui jeter un coup d'œil par la porte.

— Nous sommes partis, lançai-je.

Mme Parish se pencha douloureusement et éteignit l'aspirateur.

— Tu as emporté un pull ? demanda-t-elle en reprenant son souffle.

— Non ! J'ai toujours un beau garçon pour me réchauffer !

Devant un tel culot, elle ne put qu'éclater de rire.

— Fais attention à toi, Shari.

— Je ferai attention, affirmai-je.

Mais j'ai menti. Et ce sont tous ces pieux mensonges qui finissent par vous rattraper. Ou peut-être qu'ils s'éloignent de vous comme un ballon emporté par le vent.

## CHAPITRE II

Je laissai Amanda s'asseoir à l'avant, à côté de Daniel. Le siège arrière de son Audi était plutôt riquiqui, et comme je suis beaucoup plus petite qu'Amanda, cela me semblait équitable de lui laisser un peu d'espace. Ma petite taille a toujours été un sujet épineux. Je ne vous dirai pas le chiffre exact ; sachez juste que je faisais quelques centimètres de moins que la petite Jo, et que ce surnom n'était pas gratuit. On nous prenait souvent pour deux sœurs.

Lorsque la voiture atteignit sa vitesse de croisière, Amanda parut se réveiller. Ou du moins, elle ne se contenta plus de hocher la tête en souriant. Amanda était d'une timidité incroyable. Peut-être était-ce le sucre du gâteau qui la rendit plus loquace. Alors que Daniel fonçait à vitesse grand V vers la maison de Jo, Amanda fit l'impossible pour ne pas faire tomber le morceau de gâteau qu'elle avait emporté. Elle devait savoir que Daniel avait horreur qu'on laisse des miettes dans sa voiture.

— Merci de m'avoir invitée, dit Amanda entre deux bouchées. J'ai passé ma journée enfermée, à faire de la peinture.

— Je suis contente que tu sois là, répondis-je.

En fait, je n'avais nullement invité Amanda. Tout s'était passé par l'intermédiaire de sa mère.

— Tu es peintre ? demanda Daniel. Qu'est-ce que tu peignais ?

Amanda hésita avant de répondre :

— Notre salle de bains.

— Sans blague ? fit Daniel incrédule.

Amanda aurait aussi bien pu lui dire qu'elle nettoyait les toilettes. Il n'en revenait pas. De toute évidence, il n'avait jamais eu à repeindre un mur de sa vie. Ses parents étaient presque aussi riches que les miens, tout comme ceux de la plupart des gosses qui allaient à notre lycée. Amanda était notre pauvre de service. Parfois, je la charriais là-dessus.

— De quelle couleur ? demandai-je.

— Blanc.

— Pourquoi ? Le blanc, c'est tarte.

— Pour moi, toutes les couleurs se valent, répondit Amanda.

— Tu dois voir en noir et blanc. Tu es pire que Jimmy. Il dit tout le temps que j'ai les yeux bruns.

— Et ils sont de quelle couleur ?

— Regarde toi-même, fis-je avec une pointe d'exaspération. Qu'est-ce que tu en dis !

Amanda regarda par-dessus son épaule.

— Il fait trop sombre. Ils sont verts, n'est-ce pas ?

— Brave petite, répondis-je. Tu viens de sauver ta peau.

Daniel prit un tournant à la corde, sans même prendre la peine de ralentir.

— Hé, Dan, vas-y doucement. On va à une fête, rien de plus.

— Je ne veux pas arriver en retard. J'espère que Jo est prête.

— Elle le sera, affirmai-je. Jo est toujours prête.

Mais aujourd'hui était l'exception qui confirme

la règle. J'ai dit à Daniel et Amanda de m'attendre pendant que j'allais chercher Jo. C'est sa mère qui m'ouvrit la porte. Je ne l'ai pas encore signalé, mais la mère de Jo était la sœur de la mère d'Amanda, ce qui veut dire, bien sûr, que Jo et Amanda étaient cousines. Si je n'en ai pas encore parlé, c'est parce que Jo et Amanda étaient si différentes qu'on avait du mal à croire qu'elles aient un lien de parenté. Et leurs mères étaient encore plus dissemblables. Leur seul point commun, c'est qu'elles étaient toutes deux divorcées. Mme Parish se serait coupé un bras pour me rendre service, mais Mme Foulton n'aurait même pas tourné son poignet pour me dévoiler sa montre si je lui avais demandé l'heure. Cette dame n'avait rien d'hostile, mais était toujours occupée. C'était sa grande excuse : elle avait toujours tant à faire ! Elle était infirmière en chef dans un hôpital pourvu d'un bon millier de lits et, depuis son enfance, Jo était pratiquement orpheline. Voilà pourquoi, disait cette dernière, elle se comportait parfois de façon si bizarre.

Mme Foulton, elle, était définitivement en froid avec sa sœur. Elle haïssait Mme Parish. D'après Jo, elle lui mettait l'échec de son mariage sur le dos. Des années plus tôt, disait-elle, Mme Parish avait eu une liaison avec M. Foulton. Lorsque Jo m'a tout raconté, je n'en ai pas cru un mot. Mais c'est toujours pareil avec les gens plus vieux que ses propres parents. Il est difficile d'imaginer qu'ils aient eu un jour une vie amoureuse, quelle qu'elle soit.

— Oh, Shari, Jo est dans sa chambre, dit Mme Foulton en me voyant.

Elle ouvrit la porte toute grande avant de retourner dans la cuisine, tasse de café en main, cigarette aux lèvres. Voir une personne en blouse d'infirmière en train de fumer une cigarette me choquera toujours ; pour moi, les deux choses sont antinomiques.

— Merci, dis-je.

Pour entrer, je dus enjamber une pile de journaux et de revues. Mme Foulton était *tellement* prise, comment voulez-vous qu'elle puisse trouver le temps de ranger la maison ? Et pourtant, celle-ci était grande et très belle. Mme Foulton n'était pas obligée de se tuer au travail. Son mari lui avait laissé bien assez d'argent pour qu'elle puisse passer ses après-midi à regarder des feuilletons à la télé. Jo était fermement convaincue que sa mère se sentait obligée d'aider les autres parce qu'elle-même n'aimait personne et en concevait une certaine culpabilité.

— Vous partez travailler ? demandai-je.

— Mais je travaille déjà, répondit Mme Foulton en jetant son café dans l'évier avant d'écraser sa cigarette sur le goulot d'une bouteille de bière. En fait, je suis en pleine pause du déjeuner. (Elle ramassa ses clés de voiture.) Dis à Jo que je ne veux pas qu'elle emmène son appareil de médium chez Beth.

— Son Ouija [1] ? Je ne crois pas que la soirée s'y prêterait, Mme Foulton.

Elle s'arrêta sur le pas de la porte et chercha son rouge à lèvres dans son sac. Lorsqu'elle n'était pas si pressée, elle pouvait être plutôt jolie. Elle avait un nez de style romain, très autoritaire. Je ne pouvais croire que M. Foulton ait pu l'aban-

1. Petit appareil très commun chez les adolescents américains, censé servir à invoquer les esprits. Il se compose d'un plateau et d'une planchette mobile en forme de flèche. Les lettres de l'alphabet sont inscrites sur le plateau ; chacun pose le bout des doigts sur la planchette. L'esprit invoqué déplace la planchette et désigne une lettre après l'autre pour former des mots et des phrases complètes et communiquer ainsi avec les vivants. Il paraît que certains y croient vraiment. (*N.d.T.*)

donner pour aller trouver Mme Parish. Mais d'un autre côté Mme Foulton était aussi surexcitée que Mme Parish était calme. Je me demandais souvent à quoi pouvait ressembler M. Foulton. Jo refusait d'en parler.

— De quoi ai-je l'air ? demanda-t-elle en effleurant ses lèvres.

— D'une infirmière.

Elle me lança un sourire peu engageant.

— Tu es pire que Jo. Qui est dans cette voiture ? Dan ?

— Oui, et Amanda.

Mme Foulton sourit. À part ces gens qui se mouraient sur des lits d'hôpital, Amanda faisait partie des rares personnes que Mme Foulton considérait digne de son attention. Elle remit son rouge à lèvres dans son sac.

— Je vais lui dire bonjour. Au revoir, Shari.

Je trouvai Jo dans sa chambre, occupée à se peigner. Tout d'un coup, elle avait décidé de soigner son apparence, comme le font la plupart des filles à partir de la troisième. Elle était tombée amoureuse. Il s'appelait Jeff Nichols, et c'était le copain attitré de la Grosse. La soirée s'annonçait orageuse.

Jo était fascinée par tout ce qui était occulte. Elle s'était lancée dans tout ce tralala New Age avec son cortège de cristaux et d'astrologie. Et pourtant, elle s'intéressait plutôt aux aspects les plus sombres du cercle ésotérique. Rien ne l'excitait davantage qu'une méthode destinée à acquérir des pouvoirs paranormaux. Dernièrement, elle s'était entichée d'un pendule magnétique qui, d'après elle, pouvait envoyer des ondes ou des substances dans le corps de quelqu'un, et ce quelle que soit la distance. La semaine d'avant, j'avais attrapé un rhume, et elle m'avait appelée pour me dire qu'elle avait envoyé de la vitamine C dans mon gosier. Une vitamine C éthérée, bien sûr, mais d'après elle, qui avait le même effet que la vraie. Toujours est-il que je n'ai rien senti du tout.

Y croyait-elle vraiment ? Je ne sais pas. Quand j'étais en vie, je ne m'en souciais pas, et maintenant que je suis morte, je me considère trop proche du sujet pour pouvoir donner un avis objectif. Mais ce que je peux dire, c'est que Jo ne se laissait pas avoir si facilement.

— Le moteur tourne, dis-je en entrant dans sa chambre.

Les amies de Jo, celles qui connaissaient son intérêt pour le surnaturel, étaient souvent déçues lorsqu'elles entraient chez elle et découvraient que sa chambre était tout à fait banale. En fait, c'était la pièce la plus propre de toute la maison. Une seule chose vous renseignait sur son passe-temps favori : un bâtonnet d'encens fixé sur une boule, elle-même posée sur sa commode.

Son apparence était des plus normales. Bien que nous nous ressemblions, elle avait des cheveux bien assez sombres pour que je puisse me moquer d'elle chaque fois qu'elle se prétendait blonde. Nous étions toutes deux petites et menues et avions des bouches dessinées sur le même moule, et qui riaient aux mêmes blagues. Mais, bien que j'aie des yeux d'un vert à vous pétrifier sur place, les siens étaient noisette. Et encore : dans leurs bons jours uniquement. Néanmoins, elle s'habillait avec beaucoup de goût. Je lui empruntais sans cesse des affaires. En fait, le chemisier jaune et le pantalon vert que j'avais passés pour aller chez Beth appartenaient à Jo.

— Dis-lui que je n'en ai plus que pour une

minute, dit Jo en finissant de se peigner pour fondre sur sa penderie.

— Il me faut moins d'une minute pour retourner à la voiture, dis-je.

Je m'assis sur son lit dur comme de la pierre. Jo faisait du yoga et n'aurait jamais supporté un matelas qui ramollisse sa colonne vertébrale.

— Tu es très bien comme tu es, ajoutai-je. Allons-y. Dan est déjà d'une humeur de dogue, inutile d'en rajouter en le faisant attendre.

Jo me regarda avec un sourire.

— Est-ce que Spam se sent mal à l'aise avec toi depuis vos exploits de l'autre jour ?

— Je n'ai pas dit qu'on avait couché ensemble.

Jo appelait toujours Dan « Spam ». Il y a longtemps que j'avais renoncé à lui passer cette habitude. En fait, j'étais une des rares personnes que Jo n'avait pas gratifiée d'un surnom, et j'étais sa meilleure amie. Cela donne matière à réfléchir.

Jo trouva ce qu'elle cherchait, en l'occurrence un morceau de métal, et renchérit :

— Pourtant, d'après ce que tu m'as raconté...

— Bon sang, Jo ! On est censées se rendre à la même soirée dans la même voiture, alors ne commence pas ! D'abord, qu'est-ce que c'est que ça ? Un de ces trucs magnétiques ?

— Oui.

— Où est passé le dernier en date ? demandai-je en ramassant une liasse de papiers qui traînait sur son lit.

— Je l'ai toujours. Mais celui-là est plus puissant. Et il a un autre usage.

Elle le mit dans la poche de son jeans noir. Comme toute sorcière qui se respecte, Jo s'habillait en noir.

— Avec celui-là, tu peux t'entretenir avec l'univers entier. On va essayer chez Beth. (Elle désigna du doigt les papiers que j'avais en main.) Tu sais ce que c'est ?

— Non.

— Une nouvelle de Peter Nichols, le frère de Jeff.

Quelques années plus tôt, Peter et moi nous étions retrouvés ensemble en cours de biologie. Lui seul pouvait me faire rire comme une folle. Il n'arrêtait pas d'échafauder des histoires dingues censées lui être arrivées. Par exemple, il racontait qu'un jour, il avait pris en stop un vieux type à barbe blanche, et que ce bonhomme lui avait raconté toute sa vie à lui, depuis le jour où Peter était entré en sixième jusqu'au jour où il avait contribué à la victoire de l'équipe de baseball du lycée de Hazzard. Peter avait un bras extraordinaire, et son entraîneur disait qu'il pouvait bien envisager une carrière de professionnel. De plus, Peter savait manier les mots comme personne. Pendant qu'il me racontait son histoire, je pouvais presque voir ce vieil homme. Mais avant qu'il ne descende de la voiture, il lui avait aussi prédit son avenir. Lorsque je demandai à Peter de me dire ce qui l'attendait, il se contenta de hocher la tête en souriant.

Je dois souligner que, pour autant que je sache, Peter ne s'intéressait pas du tout à l'occulte. Je ne sais pas pourquoi il m'avait raconté cette histoire. En général, il parlait surtout de flics corrompus et des fous qui lui rentraient dedans lorsqu'il marchait dans les rues.

Peter mourut peu de temps après dans un accident de la route. Il me manquait. Je me sentais si bien avec lui, et j'avais l'impression de le connaître depuis toujours.

Lorsque Jo prononça son nom, je rejetai instinctivement la liasse de papiers.

— Mon Dieu, murmurai-je. Peter. Où est-ce que tu as trouvé tout ça ?

— C'est Jeff qui me l'a donné, fit-elle en ramassant et reclassant les feuilles. Il m'a passé tout un paquet de nouvelles écrites par Peter. Il voulait voir si je pouvais l'aider à en publier quelques-unes.

— Peter n'était pas un écrivain. Il passait son temps à jouer au base-ball. Quand veux-tu qu'il ait eu le temps d'écrire ? Il ne m'a jamais rien montré de tel.

— Il ne les a jamais fait lire à qui que ce soit. Jeff n'a trouvé ces papiers qu'il y a quelques mois. Ils étaient au fond du placard de Peter. Tu devrais lire celle-là.

Je ne sais pas pourquoi je me sentais si mal en apprenant cela. Jo me tendit les feuilles de papier, mais je les repoussai d'un geste.

— Pourquoi est-ce que tu les lis ? Est-ce que tu essaies de te mettre dans les petits papiers de Jeff ?

Malgré mon ton venimeux, Jo ne cilla pas. Sa douleur ne montait jamais jusqu'à son visage.

— Non, juste parce que j'en ai envie, dit-elle d'une voix tout à fait normale. Peter était un bon auteur, bourré d'excellentes idées. Mais il ne finissait jamais rien. C'est pour ça que Jeff est venu me voir : pour que je termine les nouvelles de Peter.

Cette histoire ne me plaisait pas, mais je ne savais toujours pas pourquoi. Peut-être parce que le nom de Peter avait évoqué des souvenirs douloureux ? me demandai-je.

Jo écrivait pour le journal du lycée et, de l'avis général, était la seule étudiante du lycée de Hazzard à avoir une parfaite maîtrise de la grammaire. Elle me tendit à nouveau la nouvelle.

— Tu devrais la lire.

Je finis par la prendre et regardai le titre : *La réponse d'Ann*.

— De quoi ça parle ? demandai-je à contrecœur.

— D'une fille de notre âge qui achète un magnétoscope et découvre qu'elle peut enregistrer aujourd'hui les programmes du lendemain. Elle commence à regarder les journaux télévisés pour guetter les tragédies qui peuvent se produire et essaie de les prévenir.

— Et ça se termine comment ?

— Il ne l'a jamais finie.

— Mais quelle est la dernière chose qui arrive à cette fille ?

Après tout, me dis-je, Ann est mon second prénom. Mais ce n'était pas moi qu'il visait en écrivant son histoire. Et pourtant, la brise glaciale qui s'était introduite dans la chambre de mon frère semblait m'avoir poursuivie jusque chez Jo, bien que les fenêtres soient toutes fermées. Mon front s'ourla d'une sueur glacée. Tout, de ce que Jo allait me dire jusqu'au ballon que Jimmy avait vu en rêve, avait une explication très simple. C'était une série de présages. Simple question d'interprétation. Peut-être que quelque chose en moi voyait se lever la hache noire qui allait bientôt trancher le fil de ma vie.

Peut-être Peter l'avait-il vue, lui aussi.

Mais, bien sûr qu'il l'avait vue. Et de bien plus près que moi.

— Elle enregistre un programme, un reportage consacré à elle-même, dit Jo.

J'avalai ma salive.

— Et elle apprend qu'elle doit mourir ?

— La cassette s'est coincée dans le magnétoscope. Elle ne peut pas voir la fin du reportage, juste le début, où l'on montre son nom et sa photo. Puis Peter s'est arrêté là.

— Il s'est arrêté ?

— Au beau milieu d'une phrase. Mais lis-la quand même. Elle est marrante.

Je lui rendis les feuilles de papier.

— Je préfère attendre que tu l'aies terminée.

## CHAPITRE III

J'avais oublié de dire à Jo qu'Amanda se trouvait déjà dans la voiture ; ce qui ne sembla guère la troubler. Elle et sa cousine n'avaient rien en commun, mais ça ne veut pas dire qu'elles s'arrachaient les yeux à la moindre occasion. Néanmoins, Jo monta derrière avec moi. Un arrangement qui n'était peut-être pas au goût de tout le monde. Une fois, Dan s'était plaint que, lorsque Jo et moi étions réunies, le reste du monde cessait d'exister. Je me le tins pour dit et restai silencieuse — non sans mal. Jo se crut obligée de compenser mon mutisme.

— Qu'est-ce que tu as acheté pour l'anniversaire de Beth, Spam ? demanda-t-elle à Dan alors qu'il faisait marche arrière pour revenir sur la route.

Même en ne voyant que sa nuque, je pouvais dire que Dan fronçait les sourcils. C'était une réaction automatique chaque fois que Jo lui adressait la parole : il fronçait aussitôt les sourcils.

— Pour une fois, tu pourrais appeler les gens par leur vrai nom.

— Bon, d'accord, Daniel. Qu'est-ce que tu vas offrir à Elizabeth pour son anniversaire ?

— Des boucles d'oreilles, dit-il en appuyant sur l'accélérateur, comme s'il était en retard à son propre mariage. La voiture fit un bond en avant et se mit à dévorer allégrement les kilomètres.

— Quoi ? fis-je, stupéfaite. J'avais prévu un cadeau de la part de nous deux. Tu n'avais pas besoin de lui acheter quelque chose.

— Qu'est-ce que tu lui as trouvé ? me demanda Jo.

— Un vieux disque des Beatles.

— Beth a un lecteur de C.D., rétorqua Daniel.

— Elizabeth a horreur des Beatles, renchérit Jo.

— Oh, répondis-je.

Je savais tout cela, mais il y avait une promotion sur les albums des Beatles au magasin d'à côté.

— Qu'est-ce que tu as acheté, Béate ? demanda Jo à Amanda.

Jo m'avait un jour expliqué l'origine des surnoms dont elle gratifiait tous ceux qui passaient à sa portée. Apparemment, en Inde, le terme sanscrit pour « béatitude » est *ananda*, d'où « Béate ». Raisonnement qui n'excluait pas une pointe de sarcasme. Amanda avait le sourire rare.

— Je n'ai pas eu le temps de faire les magasins, dit doucement Amanda.

Si je n'avais pas été si dégoûtée de savoir que Dan avait acheté un cadeau pour Beth, j'aurais sans doute proposé à Amanda de joindre son nom au mien sur le disque.

— Personne ne va me demander ce que je lui ai trouvé ? dit Jo en tripotant le ruban rose ornant le paquet qu'elle tenait en main.

Il y eut un silence.

— Des bocaux à échantillons, finit-elle par avouer. Ma mère les a ramenés de l'hôpital.

— Tu ne peux pas en faire cadeau à Beth ! répliqua Daniel, irrité.

— Mais si. Regarde, on dirait du cristal.

— Elle n'est pas si bête.

— Ça se discute, intervins-je.

— Il suffit de lui dire que c'est du cristal, insista Jo. Hé, doucement, Spam. Pas la peine de se presser : la soirée ne commencera pas sans moi.

— Je conduis toujours à cette vitesse, rétorqua Dan.

— Il est toujours aussi pressé ? me demanda Jo.

— Absolument, fis-je sans réfléchir.

La question et sa réponse étaient bien innocentes. Au premier abord. Sauf que Jo éclata d'un fou-rire à n'en plus finir.

— *Toujours ?* hoqueta-t-elle.

Je lui flanquai un grand coup de coude, mais trop tard. Je n'avais pas besoin de voir le visage de Daniel pour savoir qu'il bouillait de colère. Et je recevais ses mauvaises vibrations. Il savait que Jo savait ce qui s'était passé lorsque nous avions essayé de faire l'amour.

— Qu'est-ce qu'il y a de drôle ? fit Amanda.

— Rien, répondis-je.

Nous avons continué notre route en silence.

La Grosse nous accueillit à la porte. L'appartement de ses parents se trouvait au quatrième et dernier étage d'un immeuble avec vue sur l'océan, qui avait visiblement coûté très cher. Je le savais : mon père avait participé à sa construction. L'insonorisation des murs séparant chaque appartement avait été particulièrement soignée. Beth pouvait faire hurler sa chaîne stéréo à plein tube sans que personne ne vienne se plaindre. En entrant, je tendis son cadeau à Beth. N'importe quel idiot aurait pu deviner de quoi il s'agissait. Beth y jeta un coup d'œil et eut un grand sourire.

— C'est un tableau ? fit-elle, pleine d'espoir.

— Tu ne seras pas déçue, dis-je en pensant à son C.D.

Mes yeux se tournèrent brièvement vers Daniel. Lorsque quelqu'un est plus en colère contre moi que je ne le suis contre lui, j'ai du mal à rester en rogne. Question de culpabilité, sans doute. Daniel tendit sa petite boîte à Beth, et on aurait dit qu'il lui proposait son anneau de fiançailles. Elle posa un baiser sur sa joue.

— Tu n'aurais pas dû, roucoula-t-elle.

— T'en fais pas, répondit-il sans faire mine de la repousser.

— Écoute ! fit Jo. C'est ton anniversaire, il fallait bien qu'il t'apporte quelque chose.

Ses yeux firent le tour de la pièce à la recherche de Jeff Nichols. Il était là, seul dans son coin, une canette de bière en main. Il ne nous gratifia même pas d'un regard. Je n'en finirai jamais de me demander ce qu'un garçon timide et intelligent comme Jeff faisait en compagnie de quelqu'un comme Beth. Les yeux de Jo restèrent posés sur lui quelques instants avant qu'elle ne se tourne vers Beth et lui donne les bocaux.

— Quoi qu'il arrive, ne laisse pas tomber cette boîte, dit-elle avec le plus grand sérieux.

Beth acquiesça et posa son oreille contre le paquet. Ne me demandez pas pourquoi.

Je sens que je vous donne une fausse impression de Beth. Elle n'était pas Miss Einstein, certes, mais était loin d'être complètement idiote. Elle avait d'aussi bonnes notes que moi au lycée — entre A et B — et réussissait plutôt bien les tests d'aptitudes. Je pense qu'elle avait elle-même cultivé son air idiot en croyant que cela la rendrait plus séduisante. Les mecs disent souvent qu'il n'y a rien de plus sexy qu'une fille intelligente, mais regardez-les baver sur la Miss Septembre de *Playboy*, dont le Q.I. est inversement proportionnel à ses mensurations. Rien d'étonnant à ce que, élevée dans une société aussi superficielle que la nôtre, une fille comme Beth, dotée d'une paire de seins à se mettre à genoux, s'imagine qu'il lui suffisait de sourire beaucoup et de ne rien faire de trop cérébral pour avoir les garçons à ses pieds. Du moins telle est ma théorie, maintenant bon, je ne suis pas infaillible.

Beth n'était pas qu'une poitrine. Elle avait aussi un petit nez retroussé, deux yeux d'un brun quelconque — sans une trace de ce splendide vert qui faisait ma fierté — et des cheveux châtains, longs et droits, incapables d'accrocher le moindre rayon de lumière. Tous les gars de l'école voyaient en elle Vénus incarnée, alors qu'elle n'était même pas jolie. Et, comme je l'ai dit, je pense qu'elle en était consciente. Alors qu'elle se tenait à côté de la douce Amanda, je me dis que Beth ne tenait pas la comparaison.

— Je suis désolée, dit Amanda. Je n'ai pas pu t'apporter un cadeau.

— Ça ne fait rien, s'exclama Beth en serrant Amanda dans ses bras — bien qu'elle la connaisse à peine. Tu es venue, ça me suffit.

— Fais gaffe à la boîte, avertit Jo avant de murmurer : *Mon Dieu*.

Daniel, lui, ne dit rien du tout.

Ainsi débuta la soirée, d'une façon bien anodine. Je vous épargne les détails. Les parents de Beth étaient sortis. Nous avons mangé, un peu. Dansé, un peu. Mangé encore un peu. Et échangé les derniers ragots ; bien des gens entraient et sortaient, ce qui nous donnait d'infinis sujets de commérages. Et je guettais toujours du coin de l'œil Daniel et Beth pendant que Jo gardait Jeff et Beth sous haute surveillance. Il ne s'est rien passé de bien remarquable.

Cependant, il y a quand même quelques petites choses qui méritent d'être mentionnées avant de disserter sur les distractions très particulières de Jo. Beth ouvrit ses cadeaux vers onze heures, et malgré l'heure peu tardive, les convives s'étaient déjà éparpillés. Il ne devait guère rester plus d'une douzaine de personnes lorsque Beth s'assit sur le parquet, froissant sa robe rose, et entreprit de briser ses ongles l'un après l'autre. Littéralement. Chaque fois qu'elle ouvrait un paquet, l'un de ses ongles fraîchement manucurés déclarait forfait. J'en avais des frissons rien qu'à la regarder.

— J'aurais dû t'offrir des injections de calcium, fit Jo.

Beth éclata de rire, mais je peux vous dire qu'elle n'avait pas apprécié la remarque. Jo fut pardonnée lorsque, quelques instants plus tard, elle ouvrit son cadeau. Il faut reconnaître que les bocaux qu'avait rapportés M^me^ Foulton étaient plus grands et un peu plus luxueux que la moyenne. On ne pouvait pas pour autant les confondre avec du cristal de luxe. Lorsque Beth les dévoila et les tendit pour que tout le monde puisse voir, ses yeux reflétaient un certain trouble, et Jo opta pour un brin de sincérité.

— C'est une variété inhabituelle de cristal, dit-elle humblement, mais je me suis dit que tu aimerais quelque chose d'un peu différent pour ta collection. Ils viennent de Chine.

Beth sourit aux anges et serra Jo dans ses bras. De Chine ! Qu'est-ce qu'il ne faut pas entendre ! Le reste des convives hocha la tête et on passa à autre chose. À voir sa réaction, Jeff fut le seul à se douter que Beth s'était fait avoir en beauté. Et encore, il ne fut pas très démonstratif. Il termina sa bière et écrasa la canette entre ses paumes. Amanda restait tranquillement assise dans son coin en me jetant des regards furtifs ; peut-être se demandait-elle si j'allais craquer, ou peut-être était-elle toujours gênée de ne rien avoir offert à Beth.

Les boucles d'oreilles de Daniel étaient serties de diamants. Des diamants ! Ils n'en finissaient pas de briller alors que Beth les accrochait à ses lobes. J'ai cru que j'allais me mettre à pleurer. Ou tomber raide morte. Mais qu'est-ce que je pouvais dire ? Daniel m'avait à peine adressé la parole de toute la soirée. Je savais qu'il m'en voulait toujours d'avoir raconté à Jo ses faiblesses amoureuses. Je craignais que, si je l'ouvrais — maintenant ou plus tard — ce serait la fin des haricots.

Tout compte fait, cette fête ne valait pas grand-chose.

Beth finit d'ouvrir ses cadeaux (« Oh, Shari, les Beatles ! Mon groupe préféré ! »). D'autres convives prirent congé. Puis Beth suggéra que nous allions tous nous tremper dans la piscine. L'immeuble comprenait une grande piscine chauffée et deux jacuzzis. Mais comment pouvions-nous aller nager alors que nous n'avions pas emporté de maillots de bain ? me demandai-je. Bien sûr, ceux qui avaient été prévenus à l'avance avaient un avantage sur nous. Bizarrement, Amanda faisait partie des privilégiés. Après avoir dit à sa mère de me demander si je pouvais l'emmener, elle avait dû appeler Beth pour savoir si elle était invitée et apprendre qu'il fallait apporter un maillot de bain. Daniel et Beth portaient les leurs sous leurs vêtements.

— On peut toujours s'en passer, pour un bain de minuit ? suggéra Jo en regardant sortir tout le monde par la grande porte.

Tout le monde sauf Jeff. À ce moment-là, il se tenait sur le balcon, seul, sa bière à la main. Il avait bu toute la soirée, mais n'avait pas l'air saoul.

— Non, rétorquai-je avec mon humour habituel. Sans mes vêtements, je me sens toute nue.

Je désignai du menton le balcon plongé dans les ténèbres. Nous pouvions voir la silhouette de Jeff se découper sur le ciel nocturne et l'ombre de sa boîte de bière posée sur la rambarde de bois.

— En plus, ajoutai-je, tu as ta chance. Va donc tenter le diable.

— Je crois qu'il préfère être seul, répondit Jo.

— En ce cas, il ne serait pas venu.

— Il était bien obligé. C'est l'anniversaire de sa copine.

— Mais elle n'est pas là. Elle est allée nager avec mon copain à moi.

— Tu leur en veux ?

— D'après toi ?

— Ces boucles d'oreilles étaient super.

— Super, c'est-à-dire chères. Tu aurais dû lui refiler des bocaux usagés.

— Parce que tu crois qu'ils n'ont jamais servi ? Tu es vraiment furax ?

— Je ne sais pas. Et toi, tu as vraiment peur d'aller voir Jeff ?

— Je ne sais pas. (Elle eut un soupir et ajouta :) Ouais.

— Tu veux que j'aille lui parler ?

— Si tu veux. Ne lui dis pas que je l'aime, c'est tout.

— Tu es amoureuse de lui ! fis-je, surprise.

Je n'avais pas compris que c'était si grave. Elle avait dû se forcer pour venir à la soirée.

Jo allait répondre du tac au tac, exercice que nous maîtrisions à la perfection. Puis elle s'interrompit et baissa les yeux.

— Ouais, peut-être. Je ne sais pas. Et toi, tu es amoureuse de Spam ?

Je me levai.

— Quand j'étais petite, je ne pouvais pas le sentir.

Avant de passer sur le balcon, je fis un détour rapide par les toilettes. Non pas que j'aie bu de la bière. Je n'ai jamais aimé ces espèces de dépresseurs que sont l'alcool et la nourriture macrobiotique. J'aime sentir le choc de la caféine, sous forme de café, de Coca ou de Pepsi. Et, ce soir-là, j'avais bu des trois.

L'appartement était diposé d'une façon classique pour le bord de plage. Il comprenait deux chambres à coucher, avec chacune un cabinet de toilette. Celle de Beth avait la plus belle vue, et une baie vitrée donnait directement sur le balcon face à l'océan.

En sortant des toilettes, je rejoignis Jeff sur le balcon sans avoir à repasser par le salon.

Il allumait une cigarette lorsque je sortis dans la nuit. Voilà la dernière vision que je devais garder de Jeff Nichols : une moitié de visage buriné dans la clarté orange d'une allumette. Il n'était pas particulièrement beau et n'avait ni l'humour ni la chaleur de ses frères. Et pourtant, on ne pouvait s'empêcher de le regarder. Il avait un certain magnétisme, caché tout au fond de lui et sans doute un peu rouillé, mais indéniable. Contrairement à ceux que je connaissais, il se fichait pas mal de ce que les autres pensaient de lui.

Nous avions plusieurs cours en commun, et

pourtant nous ne nous parlions pas souvent. Parfois, j'avais l'impression qu'il m'évitait.

— Je ne te dérange pas, j'espère ?

Il me regarda, secoua son allumette et tira sur sa cigarette.

— Non.

J'allai m'accouder à la rambarde et restai là, immobile, à trois mètres de Jeff. On ne voyait pas grand-chose de l'océan : juste une étendue plate, noire et déprimante. En tout cas, ce soir-là, sa vue m'a donné le cafard. Ou peut-être était-ce les éclaboussements et les rires qui provenaient de l'autre côté de l'immeuble.

Jeff n'avait pas l'air très gai, lui non plus. Je me demandai s'il pensait à Peter. Il ne dit rien, et je me crus obligée d'engager la conversation.

— Belle nuit, remarquai-je.

L'air était chaud, mais parcouru d'ondes fraîches et humides qui dérivaient jusqu'au balcon. Rien d'inhabituel lorsqu'on se trouve en bordure de mer.

— C'est vrai.

— Je te dérange ?

Il haussa les épaules.

— De toute façon, je ne vais pas tarder à rentrer.

— Avant que Beth ne revienne ?

— Peut-être.

— Jeff ?

— Quoi ?

— Rien. Je voulais juste, heu... dire quelque chose.

Ben voyons. Un détail. Je voulais juste lui dire qu'il perdait son temps avec une fille capable de coller des bocaux à échantillons dans sa collection de cristals et qu'à moi aussi son frère me manquait.

Peter était l'idole de Jeff ; la façon dont Peter pouvait grimper dans la mêlée et faire trembler un adversaire rien qu'en mâchant son chewing-gum le mettait en transes. Peter n'avait pas besoin d'en faire des tonnes pour être drôle et intéressant.

— Si seulement j'avais amené mon maillot de bain !

Comme il ne répondait pas, j'ajoutai :

— Dan aurait dû me dire que nous allions nager.

— Il a dû oublier.

Peut-être que je me montais la tête, mais je crus discerner une pointe de sarcasme dans sa réponse.

— Vous ne vous connaissez pas très bien, non ? demandai-je.

— Non.

— Dommage.

Il me dévisagea. La cuisine et la chambre de Beth étaient toutes deux plongées dans l'obscurité. Je ne pus distinguer ses yeux, mais me sentis néanmoins mal à l'aise.

— Pour qui ? demanda-t-il.

— Pour tous les deux. Enfin... qu'est-ce que tu veux dire ?

Jeff se tourna vers l'océan et tira à nouveau sur sa cigarette.

— Oh, rien.

Je fis un pas dans sa direction.

— Tu n'aimes pas beaucoup Dan, n'est-ce pas ?

— Pourquoi est-ce que tu me demandes ça ?

— Arrête, Jeff.

— Disons... je crois qu'on peut l'aimer. Si on a un penchant pour ce genre de taré.

Je n'appréciai guère. Surtout parce que, étant la copine de Daniel, j'étais moi aussi visée.

— C'est toi, le taré, rétorquai-je.

Apparemment, je m'étais trompée sur son compte.

— Bien possible.

— Qu'est-ce qui ne va pas ?

— Tout va bien.

— Ta copine est une andouille de première et tu dis que tout va bien ?

J'admets qu'une brave fille comme moi ne devrait pas dire des choses pareilles. Je m'attendis à le voir jeter sa cigarette et s'en aller. Pourtant, sa lèvre supérieure s'incurva lentement pour former un sourire qu'éclairait la pointe rougeoyante de sa cigarette.

— Elle n'est pas si mal. Elle est trop bien pour lui.

— Pour qui ?

Il secoua la tête et se tourna pour quitter le balcon.

— Rien.

J'ai horreur qu'on s'arrête au moment où l'on va me dire quelque chose de désagréable. C'est la seule excuse que je puis trouver, car ce que je proférai ensuite était vraiment cruel.

— Tu sais, Jeff, comparé à ton frère, tu ne vaux pas un pet de lapin.

Il se figea, et à ce moment précis, j'aurais voulu pouvoir revenir en arrière et ne pas avoir prononcé ces mots. Comme pour Dan dans la voiture, je n'avais qu'à regarder sa nuque pour percevoir les mauvaises vibrations. Il se retourna lentement, sa cigarette pendouillant au coin de sa bouche. Il faisait trop noir pour que je puisse distinguer l'expression de son visage. C'était mieux comme ça.

— Il me parlait sans cesse de toi, dit-il. Il te trouvait formidable. Mais j'ai toujours su que tu ne comprenais rien à rien. Il me suffisait de te voir passer, la tête dans les nuages.

Il retira sa cigarette, la jeta à terre et l'écrasa du talon de sa botte avant de se râcler la gorge.

— Ouais. Il est mort, Shari, et tu n'as pas changé. Pour moi, tu es toujours aussi conne.

Il rentra à l'intérieur, mais resta dans l'appartement. Jo l'intercepta dans la cuisine, et je les vis s'asseoir tous les deux sur le canapé du salon et entamer la conversation. Peut-être parlèrent-ils de moi. Je ne le saurai jamais.

Ce que je ne savais pas non plus, c'est qu'il ne me restait plus que deux heures à vivre.

Je me retournai et fixai l'océan, noir comme mes pensées. Je regardai en contrebas. Un trottoir de béton bordait les fondations de l'immeuble, flanqué d'un rectangle de gazon éclairé par un globe blanc fixé sur un réverbère miniature. Et j'étais là, perchée tout en haut. Plus dure serait la chute.

## CHAPITRE IV

Je peux vous raconter comment je suis morte. Comment mon crâne s'est brisé, libérant un flot de sang. Tous les détails croustillants. Le sang appartient au monde des vivants. Un mortel ne ferme pas toujours les yeux au moment où son esprit se détache de son corps, mais il est rare qu'il assiste à l'opération. En tout cas, moi, je n'ai pas regardé.

Avant qu'on ne commence vraiment à s'amuser — quoique pas pour longtemps — Jo jouait vraiment un drôle de jeu. Mais même avant, Béate m'avait tout dit sur la Grosse et Spam. Je crois comprendre maintenant pourquoi Jo s'amusait à coller des surnoms aux gens. Les vivants n'ont jamais qu'un seul point de vue : le leur. Oh, ici et là, sur terre, on peut dénicher des sages qui sont capables de se mettre dans la peau d'un autre et voir par ses yeux, mais ils sont rares. La plupart des gens sont incapables de considérer les autres comme aussi réels qu'eux-mêmes. On peut leur pardonner en se disant qu'ils considèrent le monde à partir d'un corps qui ne peut être qu'à un seul endroit à un moment précis. Lorsque j'étais en vie, certains élèves de mon lycée n'étaient pour moi guère plus que des mannequins dans une vitrine de magasin.

Jo devait souffrir du même mal. Pour elle, il

était plus facile de considérer Daniel sous son nom de Spam — une marque de pâté en boîte — parce que Spam n'était qu'un *objet*. Et si un objet a cessé de plaire, on s'en débarrasse et tout est dit. Or la Grosse n'était qu'un personnage de dessin animé ; Jo pouvait changer de chaîne à volonté et regarder un autre programme lorsqu'elle se lassait du premier. Ou elle pouvait éteindre le poste, et ils disparaîtraient tous. Tous.

Je crois qu'en distribuant généreusement les surnoms, Jo s'imaginait contrôler son environnement.

Mais je m'écarte du sujet. Pendant que Jo et Jeff papotaient dans le salon, je retournai dans la chambre de Beth et m'allongeai sur le lit. Si elle pouvait se permettre d'aller nager avec mon copain, je pouvais bien froisser ses draps. Je ne suis pas allée tout droit du balcon au lit. Je découvris que la porte coulissante que j'avais tirée quelques minutes plus tôt s'était verrouillée automatiquement lorsque je l'avais refermée. Je dus rentrer par la porte de la cuisine et faire le tour jusqu'à la chambre. Jeff et Jo ne levèrent même pas les yeux lorsque je passai devant eux. Dieu sait de quoi ils pouvaient bien parler.

J'avais mal au crâne. J'étais fatiguée. Lorsque je me suis allongée, je n'avais pas l'intention de m'endormir, mais c'est pourtant ce qui dut m'arriver. Je n'ai pas rêvé. Ce soir-là, j'avais eu ma dose de présages. Pourtant, il en viendrait encore un : lorsque toute l'équipe se mettrait à mimer mon enterrement, comme pour une répétition générale. Mais nous n'en sommes pas encore là.

C'est Amanda qui m'a réveillée. Lorsque j'ouvris les yeux, elle se tenait assise sur le lit, à mes côtés. Ses cheveux noirs me parurent si longs et si beaux que je pensai : ce serait dommage de les voir blanchir prématurément. D'après un album de photo que M^me^ Parish m'avait montré, elle-même avait grisonné à vitesse grand V. Amanda devait s'être passé un coup de séchoir après la piscine.

— Quelle heure est-il ? marmonnai-je.

Ma migraine était loin de s'être dissipée.

— Plus de minuit.

Je me levai.

— L'heure du bain est passée ?

Amanda avait remis ses vêtements. Elle me dévisagea de ses yeux gris avant de répondre.

— Il ne reste plus grand monde.

L'appartement me parut étrangement silencieux.

— Où est Dan ? Il est revenu ?

— Non.

— Où est-il ?

Elle baissa les yeux, et même dans la pénombre, je pouvais voir son front se rider.

— Je ne sais pas comment t'expliquer, Shari.

— Quoi ?

— Dan et Beth sont toujours là-bas.

— Et alors ?

Amanda inspira profondément, ses cheveux cachant son visage.

— J'étais sur le point de rentrer lorsque je me suis aperçue que j'avais laissé ma montre sur le plongeoir. Je suis retourné la prendre. Dan et Beth devaient être sortis de la piscine. Ils n'étaient plus là. Mais...

Elle s'interrompit. Je la pressai :

— Quoi ?

— Ils étaient dans le jacuzzi. Ensemble.

— Non. Comment est-ce que tu le sais ?

— Je les ai vus.

J'avalai péniblement ma salive ; ma gorge

n'était pas seulement sèche, mais aussi douloureuse, comme mon âme. Je dois vous confier quelque chose. Daniel valait beaucoup mieux que ma description ne le laisserait supposer. Il n'était pas qu'un beau gosse. Il avait de la classe et de l'humour. Il avait fait beaucoup pour moi. Il m'avait emmenée au bal de la promotion dans une Rolls avec chauffeur en respectant le rituel. Je l'aimais bien, vraiment. Et si j'avais des doutes sur Beth et lui, eh bien, tout au fond de moi, je savais que ce n'était que de la parano.

Je fus prise d'une haine subite pour Amanda, qui venait de me prouver que j'avais toujours eu raison de m'inquiéter.

— Qu'est-ce qu'ils faisaient ?

Elle secoua la tête.

— Rien du tout.

— Comment ça ? insistai-je.

— Ils s'embrassaient.

Elle secoua à nouveau la tête.

— Je n'aurais pas dû te le dire.

Amanda se leva. Je saisis son bras.

— Puisque tu as tout vu, décris-moi ce qu'ils faisaient. Est-ce qu'il la caressait ?

Amanda se libéra et battit en retraite jusqu'au bout du lit, d'où elle me regarda.

— Je suis désolée, dit-elle.

J'éclatai de rire. Un instant seulement.

— Pourquoi est-ce que tu t'en fais tant que ça ? Après tout, ce n'était pas Jimmy qu'elle embrassait, à supposer qu'il t'intéresse encore. Tu sais, il était là lorsque tu es entrée dans la maison. Tu aurais pu aller lui dire bonjour. Et puis, peu importe. Dan peut bien faire ce qu'il veut, et toi aussi. C'est pas moi qui vais t'en empêcher, ma grande. Le monde peut bien s'écrouler, je m'en fous !

Amanda s'en alla. Je me mis à pleurer. Toute seule.

La soirée aurait dû se terminer sur le retour de Dan et Beth. J'aurais dû les accuser ouvertement, ignorer leurs dénégations et leurs excuses, puis m'en aller dans la nuit, Jo cavalant derrière moi pour m'éviter de faire une bêtise. L'ennui, c'est que lorsque Dan et Beth ont fini par faire leur apparition, j'étais trop mal pour parler, et Jo était toujours sur le canapé, à tenir la jambe à Jeff. C'est alors que l'évidence me frappa : ma meilleure amie avait toutes les raisons de se réjouir de l'intérêt de Beth pour Dan.

La soirée se serait terminée là si, une fois tout le monde rhabillé, Jo n'avait décidé qu'il était temps d'interroger l'univers. Elle sortit son aimant et le tint de façon à montrer à tout le monde le capuchon de bronze qui coiffait l'une de ses extrémités.

— J'ai appris cette technique dans un bouquin sur le taoïsme, expliqua-t-elle. Il y a des milliers d'années, elle servait à identifier les maladies et fournir un diagnostic. Elle vous permet d'interroger directement le corps pour lui demander ce qui ne va pas.

— Un peu comme un Ouija ? demanda Beth d'un ton las.

Moi-même, je pouvais la comprendre. Beth redoutait que Jo ne sorte son Ouija, comme elle l'avait déjà fait à la fin de plusieurs soirées. Ce qui ne veut pas dire que Jo imposait sa fascination pour l'occulte aux autres ou qu'elle ne pouvait pas ranimer une fête un peu morne en invoquant quelques défunts de marque. Non, l'ennui, c'est que Jo ne réalisait jamais qu'il commençait à se faire tard.

— Cela s'en rapproche tout en étant différent.

— Oh, fis-je.

Jo me lança un regard qui signifiait clairement qu'elle savait que je voulais partir, mais qu'elle voulait laisser l'aimant décider si nous devions en rester là.

— Puisqu'on en parle, pourquoi ne pas l'utiliser ?

— De quoi est-ce que tu as besoin ? fit Jeff.

Apparemment, le sujet l'intéressait. Il avait rangé ses cigarettes et, à la lumière, n'avait pas l'air aussi féroce que lorsqu'il était plongé dans les ténèbres. À ce moment-là, nous étions six dans la pièce : Amanda, Dan, Beth, Jo, Jeff et moi, tous éparpillés dans le salon en désordre.

Jo sourit à Jeff.

— Un corps.

— J'en ai un, offrit Beth.

Apparemment, maintenant que son copain avait officialisé le sujet en posant sa question, elle ne craignait plus de montrer son enthousiasme. Daniel la regarda et ce salaud se permit de sourire.

— Ça, on le sait, dis-je en m'asseyant sur le sol, dos au mur.

Tous m'ignorèrent. Ils voulaient dialoguer avec l'univers. Seule Amanda semblait s'en désintéresser. Ou bien elle avait peur. Elle resta là, sur sa chaise, dans un coin. Peut-être redoutait-elle ce que je pouvais dire. Ou ce que l'univers pouvait nous dévoiler. À chacun ses secrets.

Mais Dan et Beth n'avaient peur de rien. Ils s'approchèrent de Jo, qui s'assit par terre.

— Comment sont les talons des chaussures que tu portes ? demanda Jo à Beth.

— Ils sont très bien, répondit-elle.

Beth n'avait pas la moindre idée de ce que Jo

voulait dire. Celle-ci se pencha et examina les chaussures en question.

— Ça ira. Couche-toi sur le dos.

— Qu'est-ce que tu vas faire ? dit Beth, un peu plus nerveuse.

— Je vais poser cet aimant sur le sol juste derrière ta tête, dit Jo en joignant le geste à la parole. Puis je vais prendre tes chevilles dans mes mains et poser des questions à ton corps. Lorsque ton corps voudra répondre oui, une de tes jambes va s'allonger.

— Pourquoi pas son nez ? remarquai-je, pensant à Pinocchio, aux mensonges et à tout le reste.

Personne ne m'écouta. Ils m'ignoraient de plus belle.

— Sans blague ? demanda Dan.

— Tu verras. L'une de ses jambes va devenir plus longue que l'autre.

— Comment est-ce possible ? demanda Jeff.

— Ses hanches doivent pivoter.

Jo prit les chaussures de Beth entre ses mains. Beth avait fermé les yeux et paraissait se concentrer sur quelque chose qui nous était inconnu.

— Non, je veux dire, comment son corps peut-il connaître les réponses ?

— Personne ne le sait, répondit Jo. D'une façon ou d'une autre, l'aimant déclenche une réaction.

— Pourquoi avoir mis un capuchon sur l'une des extrémités de l'aimant ?

— Parce que d'après le livre, c'est un point essentiel. Sinon, ça ne marche pas.

Elle se tourna vers Beth.

— Comment te sens-tu ?

— Différente, murmura Beth.

— Ton corps doit être en bon alignement. Tes jambes sont exactement de la même taille.

— Merci.

— Elle doit faire travailler régulièrement ses hanches, remarquai-je.

Cette fois-ci, la remarque porta, du moins sur une des personnes présentes. Daniel croisa mon regard et me dévisagea. J'en fis autant, d'une manière qui lui fit comprendre que je n'ignorais rien de ce qui s'était passé dans le jacuzzi. Et, sans savoir pourquoi, je pensai à la remarque de Jo dans la voiture, comme quoi il était toujours si pressé — et me disant que j'étais vraiment une petite idiote qui avait trahi sa confiance. Il y avait quelque chose de malsain dans les regards que nous échangions.

— Sommes-nous le jour anniversaire de Beth ? demanda Jo à voix haute tout en levant les talons de Beth du sol.

Jo fit signe à Jeff de regarder la longueur de ses jambes.

— Elles n'ont pas changé.

— Ça ne marche pas ? demanda Beth, comme si elle regrettait que son corps ne soit pas en phase avec l'univers.

Jo ne s'en soucia pas.

— Réfléchis un peu. Il est minuit passé. Nous sommes le *lendemain* de ton anniversaire.

— Pose-lui une question évidente, proposa Jeff.

— Beth est-elle une fille ? demanda Jo en levant à nouveau les pieds de Beth.

J'étais trop éloignée pour voir ce qui se passa, mais apparemment, l'une de ces jambes se détendit. Jeff quitta sa place sur le canapé, s'avança et hocha la tête.

— Ouais, il y a une petite différence. Pas de beaucoup, mais...

— Pas si petite que ça, reprit Jo en pressant

toujours les talons de Beth l'un contre l'autre. La jambe gauche est plus longue que l'autre de deux centimètres.

— Et c'est une façon de répondre oui ?

— C'est ça.

— Tu ne peux poser que des questions où il faut répondre par oui ou non ?

— On peut obtenir plus d'informations que tu le crois par ce biais, affirma Jo. Je sais ce que tu vas me dire, mais vas-y quand même.

Jeff haussa les épaules.

— Beth t'a entendue poser la question. Elle est bien placée pour savoir qu'elle est une fille. Même sans tricher, son corps peut avoir répondu de façon inconsciente.

Jo eut un petit sourire.

— Et si je te disais que je n'ai pas besoin de poser la question à voix haute, qu'il me suffit d'y penser ?

— Ses jambes bougeront tout de même ?

Jo lâcha les chevilles de Beth, se dressa sur ses genoux et se pencha vers Jeff.

— Je vais te murmurer à l'oreille trois questions dont nous connaissons déjà les réponses. Puis on verra si le corps répond correctement chaque fois.

Elle chuchota quelques mots inaudibles, puis s'empara à nouveau des chevilles de Beth. Comme nous autres ne connaissions pas les questions, la démonstration n'était pas vraiment convaincante. Néanmoins, lorsque Jo eut fini, Jeff acquiesça.

— Qu'est-ce que tu lui as demandé ? pressa Daniel.

— D'abord, j'ai demandé si Beth était enceinte. La réponse fut non. Ses talons n'ont pas bougé.

— Dieu merci, soupira Beth avec un sourire.

C'est alors que je réalisai que Beth agissait avec

un culot monstrueux, pour quelqu'un qui, quelques instants plus tôt, draguait mon petit copain.

— Puis j'ai demandé si Beth était en vie, reprit Jo. Et quand j'ai soulevé ses pieds, sa jambe droite s'est allongée. Pas vrai, Jeff ?

— C'est vrai, dit-il d'un ton pensif.

D'après moi, même s'il soupçonnait l'infidélité de Beth, il s'en fichait pas mal. Mais il avait l'air de se concentrer totalement sur ce que faisait Jo. Et elle le savait. Ses joues en rosissaient de plaisir.

— Comme troisième question, j'ai demandé si nous étions bien samedi matin. Et encore une fois, les jambes de Beth ont remué.

Jo baissa les yeux.

— Ça va ? demanda-t-elle à Beth. On peut continuer à poser des questions ?

Beth plissa les yeux sans les ouvrir.

— Oui, si tu éteins cette lampe. La lumière me gêne.

Jo désigna l'interrupteur à Daniel. Les autres s'approchèrent un peu plus près, y compris Amanda, qui finit par venir s'asseoir sur le sol, à côté de moi. Dans la cuisine, la porte du balcon était restée ouverte. Je pouvais sentir l'air froid sur mes pieds, et il semblait s'accrocher au plancher comme un drap de fraîcheur. Je voulais rentrer chez moi. Mon mal de crâne refusait de passer.

— Qu'est-ce qu'on peut bien demander ? fit Daniel.

— N'importe quoi, fit Jo avec une lueur malicieuse dans l'œil. Tout ce qu'on veut.

Et elle s'empara à nouveau des chevilles de Beth.

— Demande-lui s'il va y avoir une autre guerre, proposa Daniel.

Jo posa la question à voix haute en levant les

pieds de Beth trente centimètres au-dessus du sol, puis regardant si ses jambes avaient bougé. Maintenant que j'était assez près, je pouvais voir clairement la différence.

— Oui, dit Jo.

— Oh, non, fit Daniel tristement.

Pauvre petit, pensai-je. Quand les bombes lui tomberont dessus, il sera sans doute en train de faire du charme à la femme de son voisin. Bon sang, j'aurais voulu pouvoir m'emparer de ce maudit aimant et le coller sur son crâne afin que sa jambe s'allonge chaque fois qu'il mentait et qu'il tombe par terre.

— Bien sûr qu'il y aura une autre guerre, dis-je. Il y en a sans arrêt en un point ou un autre du globe. Demande-lui s'il y aura une autre guerre mondiale dans les vingt prochaines années.

Je remarquai qu'au moment où Jo lâchait les pieds de Beth, ceux-ci se réalignaient sur le sol. Au fond de moi, je me demandai si Jo ne tirait pas le pied de Beth quand elle voulait une réponse positive.

Jo posa la question. Les jambes bougèrent très légèrement.

— Qu'est-ce que ça veut dire ? demanda Jeff.

— Que c'est une possibilité, fit Jo, prise de court.

— C'est marqué dans ton livre ? Qu'un tout petit mouvement signifie « peut-être » ?

Apparemment, Jeff n'avait pas une confiance absolue en ce qu'elle lui disait.

— Oui, rétorqua Jo.

— Demande-lui si je deviendrai riche, proposa Daniel.

La jambe droite de Beth ne bougea pas. Jo éclata de rire.

— Tu resteras un pauvre bougre toute ta vie, Dan.

Daniel se rassit, dépité.

— Je ne vois pas comment un idiot d'aimant peut décider de mon avenir.

— Ça n'a rien à voir avec l'aimant, répondit Jo. Il n'est qu'un instrument. C'est le corps de Beth qui répond à nos questions.

— Son corps peut avoir une certaine influence sur ton avenir, marmonnai-je.

Cette fois-ci, on remarqua mon petit commentaire. Une tension nouvelle se fit sentir. Pourtant, personne ne dit rien. Pourquoi discourir alors qu'on avait une chance de dialoguer avec l'univers ? Jo n'allait pas laisser ma mauvaise humeur gâcher sa grande scène du deux. Elle hocha la tête en direction d'Amanda.

— Et toi, Béate, tu veux savoir quelque chose ?

Amanda se leva lentement et s'approcha de Jo.

— Je peux le faire moi-même ?

— Il faut un peu d'entraînement, fit Jo avec un sourire. Laisse-moi donc poser ta question.

Amanda désigna les deux pieds de Beth.

— Mais tu te contentes de lui lever les pieds. Ça, c'est facile.

— Pourquoi tu ne veux pas me laisser faire ?

— Elle veut demander quelque chose de privé, suggéra Jeff.

Amanda hocha affirmativement la tête.

— S'il te plaît ?

— C'est bon, fit Jo en s'écartant à contrecœur. Mais il faut que la question soit très claire dans ton esprit, sinon, cela ne marchera pas.

L'aimant répondit bel et bien à Amanda. Parfois, la jambe droite de Beth s'allongeait et parfois, ses talons restaient immobiles. Drôle de spectacle.

Amanda se concentrait totalement sur son exercice et ne dit pas un mot. Elle posa beaucoup de questions. Ou alors, elle posa plusieurs fois la même. Je ne sais pas pourquoi, mais à un moment donné, j'eus l'impression qu'elle tournait en rond. Lorsqu'elle eut terminé, elle resta quelques instants les yeux dans le vague.

— Tu est contente ? demanda Jo.

— Juste une question, reprit Amanda. Ce truc ne se trompe jamais ?

— Pas à ma connaissance.

Amanda la regarda.

— Mais je lui ai demandé s'il avait toujours raison, et tu sais ce qu'il m'a répondu ?

— Quoi ?

— Peut-être.

Jo fit signe à Amanda de s'écarter et s'empara des pieds de Beth.

— Est-ce que le mouvement des jambes de Beth correspond toujours à nos questions ?

La jambe droite de Beth s'allongea.

— Oui, répondit Jo.

— Ce n'est pas ce qu'il m'a dit.

Amanda était toujours si solennelle qu'il était difficile de dire si les réponses de l'aimant l'avaient irritée ou non. En tout cas, elle n'avait pas l'air d'exploser de joie.

— Tu as dû faire une bêtise quelque part.

Amanda considéra la question.

— Peut-être, dit-elle.

Ensuite, ce fut au tour de Jeff de poser ses questions. Il le fit à haute voix, sans se soucier de ceux qui l'écoutaient. Il laissa Jo se charger des pieds de Beth.

— Y a-t-il une vie après la mort ?

Jo s'interrompit.

— Jeff, c'est trop évident comme question ! C'est un esprit qui nous répond. Il y a donc forcément une vie après la mort.

— Demande toujours.

Ce qu'elle fit.

— Oui. Je te l'avais bien dit.

Puis il posa la question qui mit en branle le processus devant aboutir à mon décès. Il devait certainement penser à Peter.

— Est-ce que quelqu'un qui fut un jour vivant et qui est désormais mort utilise les jambes de Beth pour communiquer avec nous ?

— Oui.

— Est-ce quelqu'un que nous connaissions lorsqu'il était en vie ? fit Jeff en se penchant en avant.

— Oui.

— Cette personne désire-t-elle nous parler ?

— Oui.

Jo lâcha les pieds de Beth et la regarda. C'est alors que je remarquai que Beth s'était endormie. Elle ne ronflait pas, mais de la façon dont elle respirait, il était évident qu'elle n'était plus avec nous. Jeff avait baissé la tête, plongé dans ses pensées. Amanda en faisait autant, cachant son visage sous une cascade de cheveux. Daniel semblait mal à l'aise.

— C'est sinistre, votre truc.

En fait, il avait parfaitement raison. L'atmosphère du salon s'était sensiblement modifiée. Il n'y avait plus que de la tension dans l'air. L'atmosphère était perturbée, comme si la pièce s'était soudain métamorphosée en une autre pièce à peu près semblable, mais vaguement différente. L'air semblait *lourd*.

— Beth s'est endormie, dis-je. On ferait mieux d'en rester là.

— Non, fit Jo avec fermeté.

Elle secoua les pieds de Beth, qui ouvrit les yeux.

— Je flotte, chuchota-t-elle.

— Il faut qu'on découvre *qui* est en train de nous parler, affirma Jo. Pas vrai, Jeff ?

Essayait-elle de se concilier ses faveurs en lui offrant une dernière conversation avec son frère ? L'idée me parut si perverse que je faillis hurler. Mais hurler n'est pas très bien vu. Pourtant, parfois, cela peut sauver votre réputation. Oh, que oui.

Jeff toucha l'épaule de Jo. Je pouvais quasiment voir le frisson qui la traversa. On dit qu'il n'y a pas d'aphrodisiaque plus puissant qu'un contact surnaturel. Peut-être est-ce juste moi qui le dis. Mais Jo était accrochée. Elle ne refuserait plus rien à Jeff. Beth avait refermé ses yeux.

— Tu as amené ton Ouija ? demanda-t-il.

— Non.

— Il me faut plus que ces réponses par oui ou par non, dit Jeff, sa main toujours posée sur l'épaule de Jo. Il me faut des réponses complètes.

— On peut s'arranger sans le Ouija.

— Comment ?

Jo avala sa salive.

— L'un d'entre nous peut servir de medium.

— Pas moi, fit Daniel avec un rire idiot.

— Comment ? demanda Jeff.

— Je peux hypnotiser l'un d'entre nous et le mettre en transe.

— Qui ?

— Shari, suggéra Jo.

— Pas question, répondis-je.

— Pourquoi Shari ? fit Jeff.

— Il faut que ce soit quelqu'un que je connais depuis longtemps.

Jo était la cousine d'Amanda et elle la connaissait depuis toujours, mais je gardai la remarque pour moi. Amanda était certainement trop timide pour inviter une entité dans son corps. De plus, soudain, j'avais changé d'avis. Je voulais bien servir de medium. Mon raisonnement était simple : ainsi, je serais à même d'arrêter toutes ces âneries. Une fois que Jo croirait m'avoir hypnotisée, je prétendrais que nous autres entités en avions marre et voulions rentrer nous coucher.

— C'est bon, dis-je. Qu'est-ce que je dois faire ?

Avant de commencer, il nous fallut réveiller à nouveau Beth, ce qui ne fut pas une partie de plaisir. On aurait dit que l'aimant avait pompé ses dernières forces. Lorsqu'elle finit par s'asseoir, je remarquai que ses yeux étaient vitreux.

Jo me fit allonger sur le dos à l'endroit même que Beth venait de déserter. Bizarrement, le sol n'était pas chaud. Jo envoya Daniel chercher une couverture dans la chambre et me couvrit jusqu'au menton. Puis Jo éteignit toutes les lumières et alluma une bougie de Noël rouge, qu'elle posa sur la table basse en verre, à ma droite. Il faisait noir, mais je pouvais distinguer tous ceux qui m'entouraient, assez pour les identifier. Jo s'installa derrière ma tête et fit s'agenouiller les autres autour de moi. Tout cet arrangement me parut très New Age.

La lumière de la bougie se refléta dans mes yeux. J'ai toujours aimé les flammes et trouvai ce faisceau orange qui s'élevait vers le ciel plutôt réconfortant. Pourtant, je ne sais pas pourquoi, j'aurais préféré que la bougie ne soit pas rouge.

— On va commencer de la même façon que le jour où nous avons joué à la « jeune morte » chez Tricia, dit Jo. Vous vous rappelez ? On va faire comme si Shari ici présente était sur le point d'être enterrée. On va parler d'elle comme si elle était morte et, surtout, *ressentir* vraiment sa mort. Nous devons être tristes. Mais, contrairement à la dernière fois, inutile de prétendre qu'elle devient légère, ni essayer de la soulever à la pointe du doigt. Lorsqu'elle sera en transe, on commencera à lui poser des questions, comme nous l'avons fait avec l'aimant. Mais Shari devrait pouvoir nous répondre à voix haute. C'est bon ?

Tout le monde acquiesça.

— Ferme les yeux, Shari, et écoute mes questions. *Toi*, tu n'as pas à t'occuper de quoi que ce soit. *Nous* nous chargeons de tout.

Je fermai les yeux et pensai à la dernière fois où j'avais joué à la « jeune morte ». Ce n'était pas moi qui avais eu l'honneur de décéder, mais deux autres filles, Tricia Summers et Leona Woods. Il est vrai qu'elles étaient devenues étrangement légères après cet enterrement rituel. En fait, il avait suffi d'un doigt pour que Jo et moi puissions soulever Tricia jusqu'au plafond. Elle nous avait paru légère comme une plume. Incroyable, n'avais-je pas cessé de penser, et pourtant, j'étais contente que ce ne soit pas moi qui me retrouve ainsi suspendue dans les airs. J'avais le vertige.

— Inspire à fond, Shari, fit Jo d'une voix douce mais ferme. Et expire lentement. Tu dois sentir l'air quitter tes poumons. Très bien. Maintenant, inspire à nouveau, et expire tout doucement. Et tu sens ton cœur qui se ralentit, qui bat plus faiblement. Écoute-moi, Shari, n'aie pas peur. Tout ira bien. Ce n'est que ton corps que tu vas abandonner, pas ton âme.

Peut-être étais-je fatiguée, mais ces suggestions firent tout de suite effet. Je me détendis sur-le-champ. La tension qui enserrait mes épaules et mon cou se dissipa, et je pouvais sentir mon mal de crâne qui s'amenuisait peu à peu. Tout se passait comme l'avait dit Jo : mon pouls se ralentissait. Les muscles de mon dos s'ammollirent contre le tapis. J'eus l'impression de flotter, comme Beth.

Jo continua de me parler — je ne pourrais pas dire combien de temps — puis il y eut un long moment de silence. Je sentais toujours mon corps, et pourtant, j'étais comme détachée de la situation. Je n'avais même pas envie de penser. Je voulais me laisser dériver tel un ballon emporté par le vent. Mais alors même que je me détendais, je ne me sentais pas satisfaite. Le vent m'emportait, mais dans une direction qui ne me plaisait guère. Pourtant, je n'osais pas bouger, interrompre ce qui allait se passer.

C'est vrai, j'avais *un peu* peur. Bien que Jo m'ait assuré que j'étais parfaitement en sécurité, j'avais l'impression que j'allais perdre quelque chose qui m'était précieux. Pire, que je l'avais déjà perdu. L'image de Daniel embrassant Beth dans le jacuzzi traversa mon esprit, accompagnée d'une pointe de douleur. Puis c'est le visage de mon frère que je vis flotter et disparaître dans les ténèbres. La voix de Daniel retentit au loin.

— C'était une très bonne amie. On a passé de bons moments ensemble, et je la regretterai.

Ce fut tout ce que j'entendis. Deux phrases à propos de sa copine, sa copine morte, et pas un mot sur l'amour qu'il devait lui porter. Ma tristesse s'accrut et les ténèbres s'épaissirent. Soudain, il faisait si noir que j'eus peur d'être dévorée, moi et mon âme.

Je ne flottais plus. Je coulais, m'enfonçant rapidement. Je ne crois pas que j'aurais été capable d'ouvrir les yeux, même en y mettant toutes mes forces. Ce fut au tour de Jeff Nichols d'évoquer la mémoire de Shari Cooper.

— Je ne la connaissais pas tant que ça, moins bien que mon frère. Sans doute que si je l'avais connue davantage, je l'aurais mieux appréciée. Nous n'avions jamais grand-chose à nous dire. Mais c'est affreux qu'elle soit morte comme ça.

Aucun d'entre eux n'avait vraiment l'air triste. On aurait dit qu'ils évoquaient quelqu'un qu'ils avaient assassiné. Ce fut alors au tour d'Amanda.

— Je ne la connaissais pas très bien, moi non plus. Mais elle aimait son frère, Jim. Elle était folle de lui.

On aurait dit un disque déjà programmé. Puis vint Beth. Là, c'était un disque rayé. Je me rappelai du cadeau que je lui avais offert : un album des Beatles sorti du bac des promotions. Je pouvais me souvenir de la fête. Je savais que j'y étais toujours ; je ne m'étais pas dissoute dans la couche d'ozone. Je savais que tout ceci n'était qu'un jeu. Pourtant, une partie de moi, une partie essentielle, descendait toujours au plus profond de la terre, là où étaient enterrés les pires secrets. Ils auraient aussi bien pu m'allonger dans ma tombe et me recouvrir de terre.

Beth ne put dire un mot. Une entité quelconque devait s'être introduite en elle et avoir mangé sa langue pendant qu'elle dormait. Jo prit la parole. Elle, en revanche, avait l'air triste.

— C'était ma meilleure amie. Elle m'était plus chère que tout. Je lui racontais tout, et maintenant elle est morte. Je n'arrive pas à y croire.

Jo dut s'interrompre pour reprendre ses esprits. Elle aussi paraissait lointaine. J'avais l'impression que, si je tendais la main pour la toucher, je ne saisirais que de l'air.

Jo reprit d'une voix plus assurée :

— Mais pour moi, elle est toujours en vie, car je ne l'oublierai jamais. Les morts ne sont jamais vraiment loin de nous. Ils sont toujours là et nous murmurent des mots que nous ne pouvons entendre. Mais, parfois, ils réussissent à nous parler, si toutefois ils peuvent trouver quelqu'un qui veuille bien les accueillir.

Jo s'interrompit à nouveau, peut-être pour s'éclaircir la gorge. Ou peut-être est-ce moi. Je ne savais pas ce qui se passait. J'avais cessé ma chute vertigineuse, mais je me demandai si je finirais par remonter pour respirer. Il se passait quelque chose d'étrange, plus encore que tout ce qui l'avait précédé. Peut-être était-ce le choc de découvrir que j'étais désormais une *ex*-copine qui me frappait à retardement. Peut-être était-ce les étranges suggestions qu'avait émises Jo.

Mais cela pouvait aussi être un ultime présage.

Lorsque Jo parla à nouveau, une masse de tristesse assez lourde pour écraser le monde entier s'abattit sur moi. Je pouvais sentir son poids sur ma poitrine, broyant mes côtes et mon cœur.

— Qui es-tu ? demanda-t-elle.

C'est ma voix qui résonna. Mais ce n'était pas vraiment ma voix. Ce n'était pas moi qui parlais.

— On peut dire que je suis un fantôme, dit la voix ; c'est ainsi que me considéreraient la majorité des gens. Et comment leur en vouloir : après tout, je suis mort. Mais je n'arrive pas à m'y faire. Il n'y a pas si longtemps, j'étais encore plein de vie. Je n'avais que dix-huit ans et toute ma vie devant moi...

Quelqu'un eut un hoquet. Quelqu'un d'autre cria un nom : Peter. D'autres exclamations suivirent. Tout le monde parlait en même temps. On avait renversé la bougie, au risque de mettre le feu à la maison.

Je sortis soudain de ma transe. Au moins, mon corps m'appartenait à nouveau. Pour l'instant. Je rejetai ma couverture et fis un bond. Tout d'abord, je ne vis que du noir. Je n'étais même pas sûre d'avoir les yeux ouverts. La pièce était plongée dans l'obscurité. Puis Jeff alluma une lampe à côté du canapé, et son éclat me frappa comme une bouffée embrasée. Jeff m'en voulait. Les autres aussi.

— Pourquoi est-ce que tu t'es levée ? demanda-t-il. Tu as tout gâché.

— Tu n'aurais pas dû bouger, fit Jo.

— Tu nous as fait marcher, renchérit Daniel.

Non, je n'avais rien fait, voulais-je leur crier, mais je me retrouvai incapable de prononcer le moindre mot. J'étais trop choquée. Lorsque je fis le tour de leurs visages, je ne pus trouver la moindre trace de ce qui, croyais-je, avait toujours été à mes côtés durant ma vie, à un degré ou un autre. Il n'y avait pas d'amour dans leurs yeux. Daniel n'avait qu'une seule idée en tête : rejoindre Beth dans son jacuzzi. Jo voulait être seule avec Jeff. Je baissai la tête, et une odeur de fumée emplit mes narines. Amanda était là, par terre, redressant la bougie renversée. Sur le tapis, la cire était brûlante et rouge comme du sang. Mon corps, lui, était glacé et parcouru de frissons. À ce moment précis, je fus envahie par un sentiment de solitude si terrible que je me demandai si je n'allais pas en mourir sur-le-champ.

— Qu'y a-t-il ? fit-elle en plongeant ses yeux gris dans les miens.

— Rien, murmurai-je. Rien.

Alors je sortis de la pièce, traversai la cuisine et allai sur le balcon. Dans la nuit. Je me rappelle être restée là, face à la rambarde, et avoir senti son bois rugueux sous mes doigts tremblants. Je me rappelle avoir contemplé la masse noire de l'océan et pensé à quel point j'aimerais pouvoir éveiller mes pouvoirs magiques pour m'envoler et disparaître sous sa surface. Le temps passa.

C'est alors que tout a basculé.

Littéralement. Je n'eus pas l'impression d'être poussée, plutôt de m'élever. Puis de tournoyer à l'infini, complètement désorientée. Je vis le toit de l'immeuble et les étoiles. Quelques-unes seulement. Et elles ne brillaient pas beaucoup. Rien à voir avec la clarté émise par le globe laiteux posé là, au-dessus du trottoir en béton, qui se précipitait vers moi à une vitesse incroyable. Ce n'est qu'à l'ultime instant que je compris que je venais de tomber du balcon. Et que je dégringolais tête la première vers le sol.

Je ne sentis pas la force de l'impact. Je me rappelle m'être retournée et avoir regardé en l'air. Maintenant, des millions d'étoiles emplissaient le ciel. Des oranges, des vertes et des bleues. Aussi des rouges. De grosses étoiles rouges, qui parurent soudain se multiplier à vitesse grand V, masquant les autres jusqu'à ce qu'il ne reste plus qu'une immense vague de cire brûlante.

Puis tout devint noir.

J'étais morte.

## CHAPITRE V

Je me réveillai chez moi, étendue sur mon lit non défait dans ma chambre plongée dans les ténèbres. D'abord, je ne m'inquiétai pas. Il m'est souvent arrivé de me réveiller dans mon lit sans savoir ce que je faisais là. J'avais toujours eu le sommeil lourd, et en général, au réveil, il me fallait quelques minutes avant de me rappeler sur quelle planète je pouvais bien être.

D'un autre côté, j'avais une sensation étrange. En me redressant, je m'étonnai de ne pas avoir le tournis. Je m'attendais à voir tournoyer ma chambre autour de moi. Pourtant, lorsque je pris le temps de me demander pourquoi, je ne pus trouver de réponse. Je me rappelais la fête d'hier soir, mais pas la façon dont elle s'était terminée. En tout cas, je ne me souvenais pas de ma chute mortelle.

Je me levai pour de bon, allai jusqu'à la porte ouverte et risquai un œil au-dehors. Comme je l'ai déjà décrit, ma porte donne sur un palier surplombant une bonne partie du rez-de-chaussée. Mais les lumières étaient éteintes, et je ne pouvais pas distinguer ce qui m'entourait. Pourtant, si j'y voyais mal, ce n'était pas à cause de l'obscurité qui régnait dans la maison. En fait, il faisait moins sombre qu'il n'aurait dû ; les murs et les meubles ne luisaient pas, mais semblaient émettre une vague lueur. Disons qu'ils étaient plus brillants qu'ils n'auraient dû l'être sans la moindre source de lumière à proximité.

Et il y avait aussi comme une *brume* en suspension dans l'air. C'était elle, décidai-je, qui brouillait ma vision. Elle était partout ; translucide, vaguement gazeuse, et s'écoulant partout dans la pièce, au-dessus des rideaux et par-dessus la bibliothèque. En fait, ces vapeurs semblaient se glisser *à travers* les murs. Je clignai des yeux sans arriver à dissiper cette étrange brume. Et pourtant, je me demandai si je la voyais vraiment, tant elle était ténue et presque invisible.

Je traversai le palier jusqu'à la chambre de Jimmy et passai ma tête par la porte entrouverte. Il dormait, allongé sur le dos, les draps rejetés, son bras droit passé sous sa nuque. S'il n'avait pas dû se lever tôt, j'aurais tenté de le réveiller. Je n'arrivais pas à surmonter ce sentiment de dislocation, comme si mon univers avait été mis sens dessus dessous, et j'aurais bien voulu en parler avec lui. Mais je préférai le laisser dormir. Bien sûr, son ordinateur était resté allumé.

Je descendis les escaliers. Mes parents étaient dans la cuisine ; je les entendis avant de les voir, et avant même d'être entrée pour m'asseoir à la table, je me dis que leurs paroles avaient quelque chose d'inhabituel. Ma mère avait une de ces voix très aristocratiques, pleine de charme lorsqu'elle était de bonne humeur et plutôt déplaisante lorsqu'elle était de mauvais poil. La voix de mon père était grave et autoritaire et, quel que soit son état d'esprit, toujours égale. Mais je ne l'avais jamais entendue si étouffée. Leurs mots me parvenaient comme à travers une couche d'isolant. Pourtant, je ne dois pas donner à cet effet une importance qu'il n'a pas. Je pouvais comprendre ce qu'ils disaient. Ils parlaient d'argent.

— Salut, m'man. Salut, papa, dis-je en entrant dans la cuisine.

Je m'emparai d'une des chaises et la tirai afin de pouvoir m'asseoir. Mais la chaise me parut comme collée au plancher. Drôle d'impression. Pas moyen de la bouger. Je n'allais pas me laisser abattre et me rabattis sur une autre chaise, plus près de la cuisinière, à la droite de mes parents. Je me laissai tomber sur mon siège, mais ils ne me regardèrent même pas, ce qui ne me parut guère gentil de leur part.

— Est-ce que tu as entendu ce que disait Mme Meyer à propos de ce prêt que la firme de M. Hoyomoto vous a fait, à Bill et à toi ? demanda ma mère.

Elle ponctua sa phrase en mordant dans le gâteau au chocolat dont Amanda, Mme Parish et moi avions tant discuté.

Mon père alluma un cigare et s'adossa à sa chaise.

— Non, répondit-il, mais je pense qu'elle a dû dire que nous aidions les Japonais à acheter le monde entier.

Il avait l'air fatigué, tout comme ma mère, mais ils ne manquaient pas d'allure. Ils étaient tirés à quatre épingles et formaient un beau couple. Mon père était de taille moyenne, robuste, avec des épaules capables d'enfoncer n'importe quelle porte. Il irradiait la force et la virilité. Il ne souriait pas souvent, mais n'était pas du genre froid, juste trop occupé pour sourire. Il y avait tant d'immeubles à construire. Ses cheveux couleur de rouille étaient soigneusement taillés ; il était bronzé et avait de petits yeux bleus.

Ma mère lui ressemblait peu, sinon qu'elle était plutôt belle. Elle était grande et élancée, vive et enjouée. Sa bouche aux lèvres pleines et ses cheveux d'un noir immaculé étaient ses deux grands attraits. À ce moment précis, elle portait une longue robe noire fendue sur le côté, révélant une jambe lisse et blanche. C'était étrange de la voir manger du gâteau si tard. En général, elle prenait bien soin d'elle-même. En fait, elle y consacrait tant de temps qu'il ne lui en restait plus beaucoup pour s'occuper de nous. Mais elle aimait mon père et ses enfants. L'ennui, c'est qu'elle nous aimait de la façon que lui avait apprise son analyste.

— Elle ne l'a pas dit en ces termes, répondit-elle avec un crachotement dans sa voix, comme une radio mal réglée. Mais à son ton, on aurait dit que vous vendiez des documents secrets aux Russes. Vraiment, ce n'est qu'une petite emmerdeuse.

— Son mari, lui, est plutôt un brave bougre, reprit mon père en envoyant un nuage de fumée vers le plafond.

Drôle de fumée, drôle de nuage. Noyé dans cette *brume*, cette substance qui aurait pu être un mélange archi-raffiné de fumée, de gaz et d'eau entremêlés.

Ma mère posa sa fourchette à dessert et agita sa main.

— Oh, Ted. Il est adorable, vraiment merveilleux. Je me demande comment il a pu rester si longtemps avec cette mégère.

— J'ai failli jeter ce gâteau à la poubelle, remarquai-je.

— C'est un brave type, dit mon père.

— Trop bon pour elle, affirma ma mère. Mais tu sais, Wendy m'a dit que Colleen Meyers possède six puits au Texas.

— Ted soutient qu'il n'y en a plus que trois en activité.

— Trois puits suffisent à faire passer quelques traits de caractère.

— Hou-hou, dis-je. C'est moi. Je suis là, à attendre patiemment qu'on veuille bien remarquer ma présence.

Ils continuèrent de m'ignorer. Je n'y comprenais rien.

C'est alors que le téléphone se mit à sonner. Ma mère se leva et alla répondre, emportant sa part de gâteau. Mais avant de décrocher, elle dit quelque chose de vraiment bizarre.

— Ce doit être Shari.

— Hein ? dis-je.

Ma mère approcha le combiné de son oreille. Elle souriait.

— Allô, dit-elle. Oui, c'est elle-même. Qui est à l'appareil ?

Elle écouta quelques secondes, et la main qui tenait sa part de gâteau se mit à trembler. Mais son sourire ne disparut pas sur-le-champ ; il entama une lente métamorphose, se crispant aux commissures des lèvres, puis se figeant peu à peu jusqu'à ce qu'on ne puisse plus vraiment le prendre pour un sourire. Elle laissa tomber la soucoupe et le gâteau posé dessus. Sa bouche se tordit en une affreuse grimace. Mon père et moi avons bondi.

— Qu'est-ce qu'il y a ? demanda mon père.

— Oui, qu'est-ce qu'il y a ? renchéris-je en m'approchant d'eux.

— Shari, murmura ma mère en fermant les yeux et secouant la tête.

— Quoi ? demandai-je. Qu'est-ce que j'ai fait ?

Mon père arracha le combiné des mains de ma mère.

— Ici monsieur Cooper. Qui est à l'appareil ?

Il écouta son interlocuteur invisible, et son visage perdit peu à peu toute couleur.

— Et comment va-t-elle ?

Il s'interrompit, écouta, mordit sa lèvre inférieure, chose que je ne l'avais encore jamais vu faire.

— Vous ne savez pas ? finit-il par dire. Comment ça, vous ne savez pas ? Je vois, je vois. Oui, je sais où c'est. Oui, nous arrivons tout de suite.

Mon père ne remercia pas la personne qui avait appelé. Il se contenta de raccrocher et serra ma mère dans ses bras, ma mère qui semblait au bord de l'évanouissement. Et moi aussi, je commençais à m'affoler.

— Hé, dis-je, est-ce que quelqu'un pourrait avoir l'obligeance de me dire ce qui se passe ?

Ils m'ignorèrent. Non, disons plutôt : ils ne m'entendirent pas. Quoi qui ait pu arriver, ce devait être terrible. Seule une catastrophe pouvait les mettre dans un état tel qu'ils ne me voyaient même pas. Je tendis la main pour toucher le bras de mon père.

— S'il te plaît, papa. J'ai le droit de savoir, moi aussi.

J'aurais aussi bien pu être ailleurs que dans cette pièce. Mon père soutint ma mère jusqu'à la table, l'assit sur une chaise et prit ses mains dans les siennes.

— Rien n'est encore sûr, Christine.

Ma mère fermait les yeux et tremblait comme une feuille.

— N'insiste pas, murmura-t-elle. C'est trop... Mon Dieu, Shari !

— Il faut que je prévienne Jimmy, dit mon père en lâchant ses mains.

— Oui, va le chercher, dis-je en hochant la tête.

Mais soudain, ma mère ouvrit les yeux et s'agrippa au bras de mon père.

— Non, mieux vaut ne rien lui dire pour l'instant.

Mon père secoua la tête. Il se pencha et embrassa le front de ma mère, qui ferma à nouveau les yeux.

— Il faut le lui dire. Nous devons faire face tous les trois.

— Il n'y a pas si longtemps, nous étions quatre, remarquai-je.

De toute évidence, il était arrivé quelque chose d'horrible, mais ma question n'était pas innocente. Jimmy avait toujours eu leur préférence. Je ne l'avais jamais jalousé, mais pour moi, des parents ne devraient pas favoriser un de leurs enfants par rapport aux autres.

Mon père sortit de la pièce. Ma mère posa sa tête entre ses bras. Elle ne pleurait pas, mais sa respiration était laborieuse. J'oubliai ma colère et m'assis à côté d'elle, puis posai une main sur sa tête.

— Tout ira bien, maman.

Soudain, elle se redressa et me regarda fixement, la bouche entrouverte, et j'étais vaguement soulagée de voir qu'elle ne m'avait pas totalement oubliée. Mais elle continua de me dévisager, sans rien dire, et mon soulagement ne dura pas. Soudain, au fond de moi naquit une pointe de peur, très faible, mais qui me glaça jusqu'à la moelle.

Je me dis qu'il y avait un os. Tout un squelette. Je ne pouvais pas dire ce qui avait dérapé, mais je priai pour que Jimmy arrive et remette les choses à leur place.

Mon frère fit son apparition une minute plus tard. Mais il paraissait souffrir du même mal que mes parents. Il était si secoué qu'il m'excluait de son univers. Il n'était pas aussi pâle que mon père et ne tremblait pas comme ma mère. Ses symptômes étaient moins voyants et, d'une certaine façon, plus alarmants. Ses yeux, si bleus, si chaleureux, étaient désormais vides. Et ils le restèrent alors qu'il traversait la cuisine pour prendre ma mère dans ses bras.

— Jimmy ! criai-je.

Il ne m'entendit pas. Il ne me voyait même pas.

Ils partaient tous pour une sorte d'hôpital. C'est ce que j'avais pu déduire des remarques de mon père. Mais ils n'étaient guère habillés pour sortir. Mon père portait un smoking froissé et ma mère une robe du soir usée. Jimmy avait passé un jeans et un pull blanc, mais était nu-pieds. En les suivant jusqu'à la voiture, je remarquai qu'il faisait plutôt froid. Je parlai dans le vide.

Jusque-là, la soirée avait été fertile en événements extraordinaires. Pourtant, rien ne m'avait préparée à ce qui arriva lorsque j'atteignis la porte. Évidemment, Jimmy oublia que j'étais derrière lui. Il l'ouvrit et la referma sans me laisser sortir. Bien sûr, j'essayai de l'ouvrir moi-même.

Pas moyen de tourner la poignée.

Je la tordis aussi fort que je le pus, dans un sens, puis dans l'autre, sans résultat. Elle semblait non seulement collée à la porte, mais aussi *différente*. Alors que je modifiais ma prise pour faire une nouvelle tentative, la vérité me frappa avec l'impact d'un seau d'eau glacée.

La poignée et ma main ne se rencontraient pas. Je savais que je la touchais, mais on aurait dit qu'une barrière ténue m'empêchait d'exercer la moindre pression sur elle. Et cela me mit dans un état pas possible.

Je fis un pas en arrière et attendis que mon père vienne m'ouvrir. Il n'y avait rien d'autre à faire. Il entra quelques secondes plus tard, la main posée sur l'épaule de ma mère, et je parvins à me glisser par l'entrebâillement de la porte.

Jimmy était déjà assis dans la voiture, courbé sur le volant, le moteur ronronnant au ralenti. Il fixait l'espace droit devant lui. Mon père aida ma mère à monter sur le siège avant de la Ford et accrocha sa ceinture pour elle. Maintenant, elle avait sorti un mouchoir et pleurait en silence. Lorsque mon père ouvrit la portière de derrière, je sautai sur la banquette. Pas question de me bagarrer avec l'autre portière. En m'installant derrière Jimmy, je m'étonnai de ne pas avoir heurté mon père en passant à côté de lui.

Mais je n'avais pas la tête à ça. J'étais sous l'emprise de la plus terrible des angoisses, celle de l'inconnu. Tout le monde restait silencieux, et je préférai en faire autant. Je m'approchai de la vitre et regardai au-dehors, le ciel, les étoiles. Je ne les avais jamais vues si nombreuses, si brillantes, si colorées. Mais ce sont les astres rouges qui attirèrent mon attention. Ils me faisaient peur. Je m'attendais à ce que, soudain, ils s'enflent pour occulter les autres étoiles. Leur rouge était sombre et profond, comme la lueur d'une bougie vue à travers une vitre tachée de sang.

Je reconnus l'hôpital : le Newport Memorial. C'était un bâtiment cubique de quinze étages, situé sur une petite colline à quelques rues de la plage. Cet été, j'y avais amené Jo : nous étions passées au service des urgences lorsqu'elle avait glissé sur les galets et s'était ouvert le genou. Les infirmières et le docteur avaient été très gentils. Alors que Jimmy se garait près de l'entrée, je me demandai qui nous allions voir. Mon grand-père maternel avait le cœur faible. Le frère de mon père souffrait d'un ulcère à l'estomac. Tout en quittant la voiture pour suivre les autres, je priai pour que cela ne soit pas un membre de la famille.

Nous sommes entrés dans la salle, et je m'étonnai de ne pas sentir les relents de l'hôpital. Pire, je continuai de voir des choses que je n'aurais pas dû voir. La brume restait toujours en suspension dans l'air, et maintenant, alors que je suivais ma famille jusqu'au bureau d'accueil, je remarquai des ombres filiformes qui la parcouraient, croissant et se fanant devant mes yeux, comme si elles étaient vivantes et me poursuivaient. Je ne voulais pas qu'elles me touchent, de peur qu'elles me fassent mal.

Mon père et ma mère s'entretinrent avec l'infirmière de service pendant que Jimmy s'arrêtait à la fontaine d'eau potable située dans le couloir menant aux salles de consultation. Je le suivis. Il n'avait pas l'air particulièrement assoiffé. Il se contenta de faire couler l'eau quelques secondes, sans se pencher pour boire, puis fourra ses mains dans ses poches et fixa le sol.

— Jimmy, lui dis-je, pourquoi est-ce que tu refuses de me parler ? Pourquoi est-ce que tu ne me regardes même pas ?

Il ne réagit pas ; de désespoir, j'essayai d'attraper son bras et de lui crier aux oreilles, si fort que l'on m'aurait entendue jusqu'à l'autre bout du bâtiment. Mais les mots se coincèrent dans ma gorge.

Un bref instant, mes doigts semblèrent traverser le tissu de son pull pour plonger droit *dans* son bras. Je me reculai, horrifiée.

Jimmy rejoignit nos parents. La réceptionniste prit un interphone et fit appeler un docteur je-ne-sais-qui. Le jeune homme en blouse blanche se matérialisa à nos côtés quelques secondes plus tard, comme s'il nous attendait. Je lui aurais dit bonjour si je n'avais pas été encore sous le choc. Il échangea quelques mots avec mon père, puis ils s'éloignèrent.

Je m'attendais à ce que le docteur nous mène à l'une des salles de consultation, ou peut-être dans l'unité de soins intensifs. Mais ils nous fit tout de suite monter dans un ascenseur et poussa le dernier bouton tout en bas du tableau. Mon père se tourna vers lui.

— Pourquoi allons-nous au sous-sol ? demanda-t-il.

— Je vous l'ai dit, je ne suis qu'un interne, répondit le jeune homme. C'est le docteur Leeds qui s'occupe de tout. J'aimerais mieux que vous lui posiez directement la question, ajouta-t-il, mal à l'aise.

— Mais qu'y a-t-il là en bas ? insista mon père avant d'ajouter à contrecœur : Elle va bien ?

L'interne s'adressa au mur de l'ascenseur.

— Demandez plutôt au docteur Leeds.

Une fois arrivés, nous avons emprunté un petit couloir étroit se terminant par une double porte de métal vert. Quelqu'un venant de l'intérieur poussa les deux battants au moment où nous arrivions. Apparut un homme aux cheveux blancs qui serra la main de mon père. Il ressemblait au bon vieux docteur de campagne qu'on voit dans les feuilletons, mais pour le moment, il n'avait rien de souriant.

L'interne hocha la tête et s'en alla.

Sur la porte, était écrit en grandes lettres noires et blanches : MORGUE.

— Monsieur et madame Cooper, dit le vieux gentleman, je suis le docteur Leeds. Je crains de devoir vous annoncer de mauvaises nouvelles.

— Comment va-t-elle ? demanda mon père. Est-ce qu'elle va se remettre vite ?

— J'ai bien peur que non.

Le docteur Leeds enserra la main de mon père et, le regardant droit dans les yeux, dit :

— Elle est morte.

— Qui ça ? demandai-je.

C'était le prototype de la question idiote. Toute la famille connaissait le nom de la personne en question, sauf moi. Mon père blêmit à nouveau, plus encore que lorsqu'il avait décroché le téléphone. Ma mère se cassa littéralement en deux, comme si on lui avait décoché un uppercut en plein estomac. Jimmy dut lui saisir les épaules pour l'empêcher de s'effondrer. C'était plus que je ne pouvais en supporter ; je me détournai. Lorsque je regardai à nouveau, quelques secondes plus tard, ma mère avait réussi à se ressaisir, bien qu'elle ne fasse plus rien pour retenir ses larmes.

— Je veux la voir, dit-elle.

Le docteur Leeds avait l'air sincèrement désolé.

— Il vaut mieux attendre un peu.

— Non, fit ma mère en s'essuyant les joues. Maintenant.

— Chérie, je t'en prie, insista mon père.

Il voulut la réconforter, mais elle n'en avait cure.

— Je veux la voir, et maintenant ! cria-t-elle en s'écartant de Jimmy et de mon père. Il *faut* que je la voie !

Puis soudain, elle s'immobilisa et ferma les yeux en serrant les paupières, tremblant de tous ses membres.

— Mon bébé.

*Son bébé ?* pensai-je. Ma mère n'avait pas de bébé. Elle ne les aimait même pas.

— Est-il possible de la voir ? demanda mon père.

— Elle a fait une chute de quatre étages, la tête la première, pour finir sur un trottoir de ciment, expliqua le docteur Leeds à contrecœur.

Ma mère baissa la tête.

— Vous ne pouvez pas me l'enlever comme ça, fit-elle d'un ton plaintif, pitoyable. Jim, ne les laisse pas emporter ta sœur !

*Ta sœur ?*

— Mais c'est moi, sa sœur ! murmurai-je.

Mon père et le docteur Leeds échangèrent des regards gênés. Jimmy fit un pas en arrière. Ses yeux restaient vitreux, mais autour de sa bouche, on pouvait apercevoir de vagues signes de vie, une suggestion de force.

— Nous savons que ce sera pénible, dit-il avec calme. Vu ce qui lui est arrivé... mais je crois que nous souffririons plus encore si nous devions laisser notre imagination gamberger, si nous n'avions pas l'opportunité de la voir. Vous me comprenez ?

Le docteur Leeds réfléchit un instant.

— D'accord, finit-il par dire en se tournant vers les portes de métal vert. Laissez-moi juste quelques minutes.

Alors que nous attendions dans le couloir, un sentiment étrange naquit en moi. J'étais déjà effrayée, désorientée, mais cette nouvelle impression était pire que tout. Durant cette dernière demi-heure, la peur glacée qui me déchirait l'estomac n'en finit pas de croître. Maintenant, elle semblait une lame de sabre prête à trancher dans ma raison pour me laisser errer à jamais dans les ténèbres. L'éternité, oui. Ce mot me frappa de plein fouet. Il était arrivé quelque chose de terrible, compris-je, et quoi que ce pût être, il n'y avait pas moyen de revenir en arrière.

Puissamment raisonné.

— Une morgue, murmurai-je pour moi-même, pour personne.

Le docteur réapparut cinq minutes plus tard environ et guida ma famille au-delà des doubles portes. Apparemment, tout le monde était rentré chez soi ; nous étions seuls dans la morgue, tous les cinq. Et peut-être moins que ça, me dis-je.

Je commençais à entrevoir la vérité.

À notre droite, une pièce carrée était flanquée de casiers alignés. Sauf que ce n'était pas des casiers. J'avais vu assez de polars pour deviner. C'étaient les cercueils provisoires où on rangeait les cadavres.

Sur notre gauche se trouvait un mur de carreaux blancs. Devant, trois tables. Celle du milieu était occupée. Il y avait quelqu'un, un corps allongé sous un léger drap blanc. Le docteur Leeds se plaça devant la table. Nous l'avons suivi. Nous avions demandé à voir, et maintenant, il fallait aller jusqu'au bout.

Le docteur Leeds retira lentement le drap. À partir de la tête, me sembla-t-il. Mais la première chose que nous avons vu n'était pas une tête, juste une serviette verte tachée de sombre. De toute évidence, le docteur s'était contenté de l'enrouler autour des cheveux de la morte. C'était une fille, en effet. Leur conversation, de l'autre côté de la porte, avait été claire sur ce point. Une boucle de cheveux châtains apparaissait entre les plis de la serviette. Ces cheveux-là n'étaient pas tachés de sang, mais il suffisait d'un peu d'imagination pour savoir que le reste ne devait pas être très beau à voir.

Bien sûr, je n'allais tout de même pas me demander quel genre de shampooing pourrait laver ces cheveux alors qu'il était évident que le crâne de cette fille avait été réduit en miettes.

Avant même que le docteur Leeds n'écarte davantage le drap pour dévoiler le visage de la fille — qu'on avait lavé du sang qui devait le maculer — je sus ce que je verrais. Je connaissais ces cheveux. Ils m'avaient empoisonnée toute ma vie durant, et maintenant ils reposeraient en paix pour l'éternité, tout comme ce visage.

Un instant plus tard, le docteur Leeds finit de replier le drap, le coinçant sous son menton comme s'il s'agissait d'une couverture bien chaude. Il fit un pas en arrière. Les yeux de la morte étaient fermés, heureusement, et bien qu'une vilaine coloration violacée ait envahi son front et envoyé des nervures sombres le long de ses joues et jusqu'au bord de la bouche, la mort ne lui avait pas ôté sa beauté. Voilà ce que je ressentais, en présence de quelqu'un dont la grâce aurait pu illuminer bien des existences, si seulement on lui en avait laissé l'occasion.

Mon père resta immobile. Ma mère était paralysée. Mais Jimmy, lui, tendit une main et, du bout des doigts, toucha les lèvres de la fille. Heureusement, ils ne s'aventurèrent pas plus haut. Maintenant, je me rappelais de cette chute interminable jusqu'au trottoir, des étoiles rouges, de la vague de cire bouillante qui occulta le ciel, du sang qui recouvrit mes yeux grands ouverts. Peut-être le docteur Leeds les avait-il fermés. Il avait bien fait. Mieux valait rester une belle au bois dormant, me dis-je. Je savais que si Jimmy tirait sur les paupières inertes et rouvrait ces yeux, ils ne seraient plus du vert brillant que la jeune morte leur avait attribué, ni même du brun chaleureux que lui-même voyait. Ils ne seraient plus beaux. Ils seraient vides et incolores.

C'était moi qui gisais là, sur la table. Moi et personne d'autre.

## CHAPITRE VI

J'ai lu des articles qui disaient à quel point il est difficile de surmonter la perte d'un être aimé ; que tout au début, l'on refuse de croire que cette personne est bien morte. Cela ne doit pas être facile, en effet. Mais il est encore moins évident d'accepter sa propre mort.

Tant que je suis restée à la morgue, face à mon propre corps, je pouvais en conclure que ma chute depuis le balcon de chez Beth m'avait tuée. Mais lorsque ma famille quitta la pièce quelques minutes plus tard et que je les suivis au-delà des portes vertes et le long du couloir, je recommençai à avoir des doutes. Soudain, une colère noire monta et bouillonna en moi. Ce n'était pas juste, me dis-je. J'étais trop jeune pour mourir. J'avais trop de choses à faire. Je n'avais rien fait de mal. Et puis comment pouvais-je être là, à parler toute seule, alors qu'il n'y avait personne pour m'entendre ? Ma mort ne tenait pas debout. Elle n'était pas logique.

J'en déduisis que j'étais en train de rêver.

Je ne mis pas longtemps à prendre cette décision. Bien que l'état d'une personne décédée depuis peu varie sensiblement d'un individu à l'autre, il n'y a pas de doute possible : on se sent bien éveillé. Pour ma part, je n'essayai pas de me pincer ou toute autre idiotie de ce genre. Je restai là, à examiner ce que je ressentais et la façon dont je raisonnais, et en conclus que, non, je ne pouvais pas être en train de dormir.

D'un autre côté, cela ne m'empêchait pas de croire que, d'une façon ou d'une autre, quelqu'un avait commis une grave, une terrible erreur. C'est ce que j'essayai d'expliquer à ma famille après que le docteur les eut salués, non sans compassion, avant de les conduire à l'ascenseur.

— Dites, commençai-je alors que les portes se refermaient, je sais que pour une raison X, vous ne pouvez pas bien m'entendre, mais il faut que vous m'écoutiez. Cette fille, là, ce n'était pas moi. C'est impossible. Je suis moi, et je suis là, avec vous. Regarde-moi, maman. Je suis bien vivante. Papa, je sais que ce docteur est un brave homme et tout ça, mais il a dû me prendre pour quelqu'un d'autre. Jimmy, tu sais bien que je ne peux pas être morte. Je ne te laisserais pas tout seul.

J'allai serrer mon frère dans mes bras. Cette fois-ci, mes mains ne traversèrent pas son corps, mais ne le touchèrent pas non plus. J'aurais aussi bien pu vouloir saisir un reflet dans un miroir.

— Jimmy ? suppliai-je.

Ça ne servit à rien. Ils sortirent de l'ascenseur sans même jeter un coup d'œil en arrière pour vérifier que je les suivais. Mais je restai sur leurs talons. Que pouvais-je faire d'autre ?

Un policier blond et plutôt beau garçon attendait devant le guichet des urgences. Il leur dit qu'il voulait leur parler. Je préférai ne pas écouter. J'allai m'asseoir sur une des chaises de la salle d'attente. J'y croisai un jeune couple accompagné de leur fils de trois ans, qui s'était ouvert la lèvre supérieure. Rien de grave. L'enfant crayonnait dans un livre à colorier et ses parents discutaient de leurs prochaines vacances à Hawaii et de tout ce qu'ils allaient faire une fois là-bas.

Quelques minutes plus tard, le policier et ma famille passèrent ensemble les portes de sortie. Je dus m'arracher à ma chaise pour les suivre. Je n'avais pas mal à la tête ou au ventre ou quoi que ce soit, mais je ne me sentais pas bien, c'est tout.

Une fois dehors, je compris qu'il y avait de la dissension dans l'air. Apparemment, Jimmy voulait se séparer des autres, et surtout du policier, qui insistait pour qu'ils se rendent ailleurs. Je mis quelques secondes à comprendre que Jimmy voulait aller directement chez Beth.

Cette idée me plaisait bien. Si nous allions ensemble à l'appartement de Beth, me dis-je, je pourrais toujours essayer de comprendre ce qui s'était passé. Alors je pourrais prouver que j'étais bel et bien en vie, et je ne serais plus invisible !

Finalement, Jimmy eut gain de cause. Le policier accepta de conduire mes parents chez nous. Mon frère les embrassa. J'avais du mal à regarder ma mère, bien que je puisse la voir plus nettement que je ne l'aurais dû dans ce parking obscur. Elle n'en finissait pas de trembler ; je me dis que, si elle ne se calmait pas bientôt, son cœur finirait par manquer un battement et qu'elle ferait une crise cardiaque. En suivant Jimmy, qui courait vers sa voiture, je me sentais quelque peu coupable de l'abandonner. Mais lorsqu'il ouvrit sa porte, je n'eus aucun mal à me glisser devant le volant et, de là, sur le siège du passager. Je commençais à m'y faire.

Nous étions presque arrivés chez Beth et foncions à toute allure sur la route qui longeait la côte, avec l'océan sur notre gauche, lorsque le pire arriva. Pire encore que de voir une jolie jeune fille sur une table de morgue et de comprendre que je contemplais mon propre cadavre.

Soudain, Jimmy s'arrêta au bord de la route, posa sa tête sur le volant et se mit à pleurer.

J'avais déjà vu mon frère triste, mais ne l'avais jamais vu pleurer. Je ne l'en aurais pas cru capable. Oh, il n'avait pas un cœur de pierre, et je savais qu'il pouvait craquer. Mais je ne pouvais pas l'imaginer en train de pleurer sous mes yeux. C'était ça le plus horrible : j'étais là, lui aussi, et il n'y avait presque rien pour nous séparer. Rien du tout.

Rien que l'immensité d'un univers froid et hostile.

— Oh, non, Shari, murmura-t-il en fermant les yeux.

Il sanglotait dans ses poings serrés. J'essayai de le réconforter, mais c'était impossible. Sa sœur était morte, et j'étais cette sœur, et il était normal que nous soyons accablés de douleur. C'est là que je compris pour de bon que ma vie était terminée. Irrévocablement.

— Mais si, Jimmy, dis-je, et je pleurai avec lui.

En arrivant chez Beth, je commis l'erreur de laisser Jimmy sortir de la voiture avant moi, et bien sûr, après qu'il eut refermé la porte, pas moyen de la rouvrir. Heureusement, il avait baissé la vitre, et je pus me glisser dans l'espace entre la portière et le cadre. Je me tortillai tout de même pendant deux ou trois minutes avant de prendre pied sur le macadam. Entre-temps, Jimmy était déjà entré dans l'immeuble, refermant la grande porte derrière lui. Pas moyen d'ouvrir la porte ou d'appuyer sur la sonnette. Je commençais à comprendre ce que c'était que d'être un fantôme.

Bien sûr, je pouvais toujours essayer de passer à travers le battant, mais j'eus si peur de rester coincée que je n'osai pas tenter le coup.

Plusieurs voitures de police étaient garées dans le parking des visiteurs. Alors que je faisais les cent pas devant la porte, attendant que quelqu'un me laisse entrer, une camionnette bleue s'arrêta à côté. Je ne vis pas sortir le conducteur, ce qui me rendit plus nerveuse encore. Allait-il m'aider à entrer, oui ou non ? J'avançai en direction du véhicule dans l'espoir de lui secouer les puces.

C'était un homme d'une quarantaine d'années, plutôt mal en point. Il portait un blouson vert particulièrement moche sur une chemise blanche froissée avec une cravate violette mal nouée. Il avait besoin d'un bon repas. Ses sourcils épais grisonnaient et son visage rougeaud avait trop pris de soleil ou reçu de coups. Il avait l'air au bout du rouleau. Il levait une flasque de whisky pour la porter à ses lèvres lorsque je frappai à son carreau.

— Pardon, monsieur, dis-je. On parle de moi là-dedans, et je voudrais bien savoir ce qui se dit. Alors on se bouge un peu.

En guise de réponse, il but une longue gorgée qui se termina en quinte de toux. Je n'aurais certainement pas insisté si je n'avais pas remarqué une CB allumée sur son tableau de bord. Celle-ci émit quelques crachotements avant qu'il ne l'éteigne. Il tira de sa poche une poignée de pastilles à la menthe et se mit à les croquer l'une après l'autre. Puis il ramassa sa demi-bouteille et but une nouvelle gorgée colossale. Je me demandai comment un type pareil avait bien pu s'offrir un engin comme sa camionnette.

Finalement, il reboucha sa bouteille et la glissa sous son siège ; puis il sortit de la cabine en avalant une autre poignée de pastilles à la menthe. Je le suivis jusqu'à la porte. Je ne pouvais pas sentir son haleine — je ne pouvais rien sentir du tout — mais il n'avait pas l'air ivre ; son pas était rapide et assuré. Il appuya sur le bouton portant le numéro 413, celui de chez Beth.

— Ici Garrett, fit-il en se râclant la gorge.

— Vous connaissez les parents de Beth ? demandai-je, bien que ça ne serve pas à grand-chose.

La porte s'ouvrit dans un bourdonnement, et je suivis Garrett à l'intérieur. Je restai sur ses talons jusqu'au quatrième étage ; là, il entra dans l'appartement de Beth sans même prendre la peine de frapper à la porte.

Tous ceux qui étaient présents ce soir-là, c'est-à-dire Daniel, Beth, Jeff, Jo et Amanda, étaient assis dans le salon. Ils avaient l'air sous le choc, mais aucun d'entre eux ne pleurait. Daniel était sur le fauteuil avec Beth. Jo et Jeff avaient pris chacun une chaise. Amanda était seule sur le canapé. Jimmy et plusieurs policiers étaient debout. L'un d'entre eux alla accueillir Garrett et lui tendit la main.

— Bonjour, Lieutenant, je suis l'inspecteur Fort, dit-il. Voici mon collègue, l'inspecteur Dreiden. Je vous présente le frère aîné de la défunte, James Cooper. On vous a confié l'affaire ?

— Oui, fit Garrett en secouant brièvement la main tendue.

C'était ce type qui devait enquêter sur ma mort ? me demandai-je, horrifiée. Je ne savais même pas sur quoi il fallait enquêter, mais je ne voulais pas que ce soit un vulgaire poivrot qui s'en occupe.

— Vous seul, ajouta l'inspecteur Fort.

— Ouais.

Garrett se tourna vers Jimmy.

— Assieds-toi donc, fiston.

Jimmy obéit et s'installa sur le canapé, à côté d'Amanda, qui lui prit la main et la garda sur ses genoux. Garrett se tourna à nouveau vers l'inspecteur Fort.

— Qu'est-ce qu'on cherche, alors ?

Fort était bâti sur le même modèle que le flic de l'hôpital : jeune, blond et plutôt mignon. Par contre, sa voix aiguë vous tapait vite sur les nerfs.

— Ça m'a l'air assez simple, dit-il. Les gosses se sont lancés dans une séance de spiritisme lorsque la défunte, Shari Cooper, a pris la mouche. Quelques petites remarques l'ont irritée, alors elle est allée au balcon et a sauté.

— *Quoi ?* hurlai-je au beau milieu du salon. J'ai sauté du balcon ? Ce n'est pas ça du tout. Je suis *tombée*, et...

Je me tus. Oui, mais comment pouvais-je bien être tombée ? Cette fichue rambarde était presque aussi haute que moi. Je jetai un coup d'œil au balcon. Pas de doute, la rambarde était toujours en place, droite et solide. C'est drôle, mais ce n'est qu'à ce moment-là que je commençai à m'interroger sur les circonstances de ma mort.

— Shari n'aurait jamais fait ça, rétorqua Jimmy avec amertume.

— T'étais là lorsque c'est arrivé ? demanda Garrett.

— Non. J'étais chez moi. Je dormais.

Garrett se tourna vers l'inspecteur Fort.

— Et tous ces jeunes étaient présents, eux ?

— Oui. Ils sont tous là.

— Tout le monde est d'accord pour dire que Shari s'est jetée du balcon ?

— C'est probable, répondit Beth.

— Ouais, acquiesça Daniel.

— Non ! rugis-je.

Garrett se tourna vers Jeff.

— Alors ?

Jeff haussa les épaules tout en essayant d'allumer une cigarette. Il avait l'air aussi calme que d'habitude, sauf qu'il n'arrivait pas à gratter son allumette.

— Je ne sais pas ce qui s'est passé.

— Tu ne l'as pas vu tomber ?

— Non.

— Moi non plus, renchérit Jo.

Elle n'avait pas l'air particulièrement affectée, ce qui, moi, m'affecta beaucoup. Mais Jo ne laissait jamais rien transparaître de ses émotions.

— Personne ne l'a vue faire le grand plongeon, alors ? demanda Garrett.

Il n'y eut pas de réponse, mais Amanda se serra contre Jimmy. Garrett poussa un soupir discret et se tourna vers l'inspecteur Fort.

— Je voudrais avoir un entretien avec ces gosses.

— Maintenant ?

— Ouais. Un entretien en privé.

Ce qui n'eut pas l'air de plaire à l'inspecteur.

— Les gens qui vivent ici ont été prévenus. Ils devraient arriver d'une minute à l'autre.

— Ouais, et alors ? Vous et votre coéquipier n'avez qu'à aller les attendre dans le hall. Dites-leur que, pour cette nuit, l'appartement est bouclé.

— Pour la nuit entière ?

— Gagné.

Fort échangea un regard avec son collègue.

— Dreiden et moi avons déjà interrogé ces gens en long, en large et en travers. Vous ne voulez pas connaître nos conclusions ?

— Puisque vous avez déjà tiré vos conclusions, dit sèchement Garrett, je ne crois pas que vous puissiez y ajouter quoi que ce soit.

— Vous êtes sûr de ne pas avoir besoin de nous ?

Je ne le jurerais pas, mais à la façon dont Fort soutenait le regard de Garrett, j'eus l'impression qu'il savait bien que Garrett était alcoolique et le croyait incapable de se débrouiller seul. Mais comme Fort m'avait déjà classée au rayon des suicides, je ne risquais pas de lui donner l'avantage sur Garrett.

— Oui, dit Garrett.

Apparemment, ces questions répétées commençaient à l'énerver. Il désigna la porte d'un geste. Les deux policiers s'en allèrent à contrecœur.

— Je peux rester ? demanda Jimmy.

— Ça ira, fit Garrett.

Il s'adressa alors au petit groupe.

— Je sais que la soirée a été pénible. Essayez de vous détendre un peu pendant que je jette un œil à l'appartement.

Garrett passa dans le hall. Pendant un long moment, personne ne pipa mot. Finalement, Daniel prit la parole.

— Qu'est-ce qu'il peut bien chercher ?

— Des indices, répondit Jo. Des présomptions indiquant que Shari n'a pas sauté du balcon.

— Elle n'a pas sauté, dit doucement Jimmy.

Ce qui sonna le glas de la conversation. Amanda caressa la main de Jimmy. Je dus détourner les yeux. En venant ici, dans la voiture, j'avais eu envie de faire la même chose.

Lorsque Garrett refit surface, il prit une chaise dans la salle à manger, s'assit dessus et tira un stylo et un bloc-notes de sa poche de blouson. Heureusement, il ne sortit pas une bouteille. Mais je commençais à nuancer ma première impression. Ses yeux bleus étaient certes injectés de sang, mais aussi très attentifs dans sa manière d'examiner le petit groupe. Sauf qu'il ne pouvait pas me voir, bien sûr, ce qui était bien dommage. J'aurais pu lui fournir une ou deux précieuses indications.

— Le plan de l'appartement n'a rien de très compliqué, attaqua-t-il. Nous avons ce salon avec une salle à manger adjacente, une cuisine et un balcon. Nous avons deux chambres à coucher. Celle qui se trouve au bout du couloir a son propre balcon, qui donne sur le sud. L'autre chambre s'ouvre directement sur le balcon ouest et l'océan. Dites-moi, lorsque Shari est sortie d'ici, est-ce qu'elle a traversé la cuisine ou la première chambre ?

— La cuisine, dit Jo.

Apparemment, Garrett voulait commencer par élucider ce détail avant de passer à la suite des opérations. Il s'adossa à sa chaise, croisa les jambes et posa quelques millimètres de sa botte poussiéreuse sur le bord de la belle table en verre de Beth, au-dessus de la tache de cire rouge qui s'étalait sur le sol. On avait emporté la bougie.

— Racontez-moi la façon dont c'est arrivé, dit-il à Jo.

— Moi ?

— Oui, vous. S'il vous plaît.

Jo n'eut pas une hésitation.

— Nous essayions d'invoquer les esprits, et Shari nous servait de médium. Elle se tenait là, près de la table, allongée sur le sol. Nous voulions la mettre en transe en parlant d'elle comme si elle était déjà de l'autre côté.

— Pardon ? fit Garrett.

— On faisait comme si elle était morte, reprit Jo. C'est une méthode couramment employée pour mettre le sujet dans un état réceptif. Je crois qu'elle était plongée dans une transe vraiment profonde. C'est alors qu'elle s'est levée d'un bond et s'est précipitée vers le balcon.

Garrett semblait se demander s'il était bien normal que des adolescents s'adonnent à de tels passe-temps.

— Vous employez le terme « nous », demanda-t-il, mais l'un d'entre vous devait bien servir de maître du jeu ?

— En effet. C'était moi.

— Pendant que vous la mettiez en *transe*, quelle genre de suggestions avez-vous émis ?

— Comme je vous l'ai dit, répondit Jo. Nous faisions comme si elle venait de mourir, nous disions à quel point elle nous manquerait et tout ça.

— Vous n'avez pas par hasard émis de suggestions quant à la *façon* dont elle était morte ?

La question parut surprendre Jo.

— Non.

— A-t-elle dit quelque chose durant sa transe ?

— Pas vraiment.

— Si, elle a dit quelque chose, intervint Daniel.

— Quoi ?

Daniel regarda Beth.

— Je ne m'en rappelle pas, avoua-t-il.

— Elle a prétendu qu'elle était un fantôme, offrit Jeff.

— C'est vrai, acquiesça Jo.

— Et rien d'autre ? renchérit Garrett.

— Non, fit Jo en faisant des yeux le tour de la pièce. C'est tout.

— Pourquoi s'est-elle relevée d'un bond, sans crier gare ?

— Je ne sais pas. Je crois qu'elle a dû paniquer.

— À ce moment-là, est-ce qu'elle a dit quelque chose ? Ou lui a-t-on dit quoi que ce soit ?

— Oui, affirma Jo. Jeff lui a demandé — Jeff ici présent — lui a demandé pourquoi elle s'était levée, et a prétendu qu'elle avait tout gâché. Comme je vous l'ai dit, elle semblait terrifiée. Amanda lui a demandé ce qui n'allait pas. Shari a répondu que ce n'était rien. C'est alors qu'elle s'est précipitée vers le balcon.

— Et là, elle a sauté ? Comme ça, tout aussi brusquement ?

— Oh, non, répondit Jo.

— Combien de temps est-elle restée sur le balcon avant de sauter ?

— Quelques minutes.

Garrett fronça les sourcils.

— Et quelqu'un est-il sorti de la pièce entre-temps ?

Jo eut une hésitation.

— Je crois qu'on est tous partis à un moment ou à un autre.

Garrett s'assit et appuya sur le bouton de son stylo pour faire sortir la pointe.

— Qui a quitté les lieux en premier, c'est-à-dire juste après Shari ?

— C'est moi, fit Amanda, d'un calme olympien.

C'était la première fois qu'elle prenait la parole. Garrett la regarda et interrompit son geste. Je n'aurais pas su dire pourquoi. Peut-être est-ce à ce moment qu'il remarqua à quel point elle était belle. Peut-être était-ce l'effet de ses yeux gris et tristes. Mais Garrett ne pouvait pas savoir que cet air grave était l'expression habituelle du visage d'Amanda.

— Comment vous appelez-vous ? demanda-t-il.

— Amanda Parish.

— Shari était sur le balcon depuis combien de temps lorsque vous êtes sortie ?

— Deux ou trois minutes.

Garrett griffonna quelque chose sur son bloc.

— Où êtes-vous allée ?

— Dans la chambre de Beth.

— Celle qui est de ce côté-ci du couloir ? Celle qui donne à l'ouest ?

— Oui. Il fallait que j'aille aux toilettes.

— Avant d'entrer dans la chambre, avez-vous vu Shari sur le balcon ?

— Non.

— Avez-vous vu si la porte coulissante qui donne sur le balcon était ouverte ?

— Non.

— Combien de temps êtes-vous restée aux toilettes ?

— Quelques minutes.

— Et qu'avez-vous fait ensuite ?

— Je suis retournée au salon.

— Qui se trouvait là ?

— Personne. Tout d'abord. Puis Jeff est entré par la porte du vestibule.

Garrett s'interrompit et, à nouveau, parcourut la pièce des yeux. Je lui fis un signe de la main, mais il n'y répondit pas.

— Qui est sorti du salon après le départ d'Amanda ? demanda-t-il.

— Moi, répondit Jeff, cigarette en main.

— Quel est votre nom de famille, Jeff ?

— Nichols.

— Combien de temps s'est-il écoulé entre le moment où Amanda a quitté la pièce et celui où vous êtes vous-même sorti ?

— Une minute environ.

Garrett griffonna sur son bloc.

— Dites-moi tout.

— Il fallait que j'aille aux toilettes, dit Jeff. Je suis allé dans la chambre de Beth, mais il y avait déjà quelqu'un. Donc, je me suis rabattu sur celles de l'autre chambre.

— En passant dans la chambre de Beth, avez-vous vu Shari sur le balcon ?

— Oui.

— Vous êtes sûr que c'était elle et pas Amanda ?

— Ouais, c'était Shari, pas de doute.

— Que faisait-elle ?

— Elle se penchait contre la rambarde et regardait l'océan.

— Autre chose ?

— Non.

— La porte vitrée était-elle ouverte ou fermée ?

— Fermée.

— Verrouillée ?

— Je n'en sais rien. Je n'y ai pas touché.

— Est-il possible qu'il y ait eu quelqu'un d'autre sur le balcon, à côté de Shari ?

— J'en doute.

— Vous êtes passé très près de la porte ?

Jeff tira sur sa cigarette.

— Trois mètres, dans ces eaux-là.

— Pouviez-vous voir le balcon dans son intégralité ?

Jeff hésita avant de répondre :

— Non.

— Quelle partie du balcon était dans votre angle de vision ?

Jeff réfléchit.

— Celle qui se trouve derrière le mur qui sépare la cuisine de la chambre.

— Comment saviez-vous qu'il y avait quelqu'un dans les toilettes ?

Jeff haussa les épaules.
— La porte était fermée et la lumière allumée.
— Et vous étiez à l'intérieur, n'est-ce pas ? demanda Garrett à Amanda.
— Oui, fit-elle, la main posée sur le genou de Jimmy.
Garrett se tourna à nouveau vers Jeff.
— Combien de temps êtes-vous resté dans les toilettes de l'autre chambre ?
— Deux, trois minutes. Puis je suis retourné dans le salon.
— Qui y avez-vous vu ?
— Amanda.
— Que faisait-elle ?
— Elle était assise sur le canapé et feuilletait une revue.
— Qui est sorti du salon après Jeff ?
— Beth, répondit Daniel.
Il jeta un coup d'œil à sa nouvelle flamme, qui me parut bien éteinte. Il dut la secouer pour obtenir une réaction.
— Beth ?
— Oui, dit-elle soudain, nous étions de bonnes amies.
Elle cligna des yeux. Garrett décroisa les jambes et se pencha vers elle.
— Vous étiez une amie de Shari ?
— Oui.
En y regardant de plus près, je constatai qu'elle avait pleuré avant l'arrivée de Garrett et la mienne. Bonne fille, pensai-je. Mais une garce tout de même.
— Quel est votre nom complet, Beth ?
— Elisabeth Palmone.
— Vous êtes sortie juste après Jeff ?
— Oui. Peu de temps après.
— Plus précisément ?

— Moins d'une minute.
— Où êtes-vous allée ?
— Dans ma chambre.
— Y avez-vous vu Jeff ou Amanda ?
— Non.
— Avez-vous vu Jeff quitter votre chambre ?
— Non.
— Avez-vous remarqué Amanda, qui se trouvait dans les toilettes ?
— Non. Enfin, j'ai vu qu'il y avait quelqu'un, mais je ne savais pas qui.
— Qu'avez-vous fait une fois dans votre chambre ?
— Rien.
— Avez-vous vu Shari sur le balcon ?
— Non.
— Vous en êtes sûre ?
— Oui.

Ses yeux se posèrent sur Daniel.

— Je suis sortie sur le balcon. Je ne l'ai pas vue. Elle n'était pas là. Pas vrai, Jo ?
— C'est vrai, répondit celle-ci.
— Un instant, Beth, dit Garrett. Lorsque vous êtes sortie, Jo se trouvait sur le balcon ?
— Oui. Je crois.
— Oui ou non ?
— Il faisait noir, admit Beth. Je crois que c'était elle.
— Combien de temps êtes-vous restée dans votre chambre avant de sortir ?
— Un petit moment.

Garrett se pencha plus encore. Je sentis que sa question suivante serait essentielle.

— La porte du balcon était-elle ouverte ou fermée lorsque vous êtes sortie ?
— Fermée.

— Verrouillée ?

— Oui. Elle se boucle automatiquement lorsqu'on la ferme.

— Et lorsqu'elle est verrouillée, on ne peut la rouvrir de l'extérieur, c'est ça ?

— Non. À moins de passer par la cuisine.

— Et cette porte, côté cuisine, se verrouille-t-elle aussi lorsqu'on la ferme ?

— Oui.

Garrett opina et fit une note sur son bloc.

— Après Beth, qui a quitté le salon ?

— Moi, dit Jo.

— Quel est votre nom ?

— Joanne Foulton. J'étais la meilleure amie de Shari, ajouta-t-elle.

— Vous êtes sortie juste après Beth ?

— En effet, quelques secondes plus tard. Je suis passée sur le balcon en empruntant la porte de la cuisine. Je voulais aller rejoindre Shari, savoir si tout allait bien.

— Pourquoi avez-vous attendu si longtemps ?

— Je voulais lui laisser le temps de reprendre ses esprits.

— Avez-vous conseillé aux autres de la laisser seule pendant quelques minutes ?

— Oui, fit Jo.

— Qu'avez-vous fait après le départ précipité de Shari et avant de quitter le salon ?

— Rien de bien sensationnel. Amanda a ramassé la bougie et est allée aux toilettes. Jeff l'a suivie. Dan m'a aidée à rallumer la lumière et remettre les meubles en place. J'ai branché la stéréo.

— Vous avez mis de la musique ? Fort ?

— Le bouton du volume était à mi-course.

— Quand vous vous êtes dirigée vers le balcon, vous avez laissé Dan dans le salon ?

— Nous sommes sortis au même moment.
— Avez-vous vu Shari sur le balcon ?
— Non, rien que Beth.
— Elle était là avant vous ?
— Oui.
— Vous en êtes sûre ?
— Certaine.
— Et Dan ?
— Non. Mais il est sorti à son tour quelques secondes après moi. Il a quitté la chambre et a passé son bras sur l'épaule de Beth.
— A-t-il dû faire coulisser la porte pour pouvoir vous rejoindre ? Était-elle fermée ?
— Je crois, mais je ne le jurerais pas.
— Qui fut le premier à voir le corps de Shari ?
— C'est moi, fit Dan.
— Pouvez-vous me donner votre nom, Dan ?
— Daniel Heard. Je ne l'ai pas tuée.
Garrett sourit. C'était plutôt un rictus, et pas particulièrement engageant. Comme s'il en avait perdu l'habitude.
— Pourquoi dites-vous ça ?
— Parce que c'est vrai.
— Quelles étaient vos relations avec Shari ?
— C'était une amie à moi.
— Ben voyons, murmurai-je, écœurée.
— Ta copine, plutôt, rétorqua Jo.
Je m'attendais à ce que ce soit Jimmy qui réagisse le premier. Mais je compris soudain qu'il était encore sous le choc. Il n'avait rien dit depuis un moment. D'une certaine façon, j'étais contente qu'Amanda soit là pour le réconforter.
Garrett regarda Daniel droit dans les yeux.
— Je ne savais pas qu'il s'agissait d'un meurtre, dit-il lentement. Si c'était le cas, et si je voulais vous arrêter, j'aurais commencé par vous dire vos droits.

(Il se radossa à sa chaise.) Ai-je commis une erreur quelconque, Dan ?

— Je ne sais pas. Non. Je crois que Shari a sauté.

— D'après vous, avait-elle des tendances suicidaires ?

— Heu, non, je ne dirais pas ça.

— Mais vous prétendez qu'elle s'est tuée ?

Daniel se tortilla sur sa chaise.

— Il n'y a pas que moi.

— Vous étiez son... petit ami ?

— Ouais, si on veut. Mais on était sur le point de rompre.

— Pourquoi ?

— Rien en particulier. Je voulais sortir avec d'autres filles.

— Et le savait-elle ?

— Non, intervint Jo.

— Si, rétorqua Daniel. Je lui avais dit.

Il regarda les paumes de ses mains, moites de sueur.

— Mais je l'aimais bien quand même, ajouta-t-il. C'était quelqu'un de bien.

— Trop bien pour toi, sale menteur, grognai-je.

— Qu'avez-vous fait en sortant du salon ? reprit Garrett.

— Je suis allé dans la chambre de Beth.

— Amanda était toujours aux toilettes ?

— Oui.

— Vous pouviez l'entendre ?

— Elle faisait couler de l'eau.

— La porte menant au balcon était-elle ouverte ou fermée ?

— Fermée.

— Beth était-elle sur le balcon ?

— Oui.

— Que faisait-elle ?
— Rien.
— Rien ?
— Elle restait là, à fixer je ne sais pas quoi.
— Elle ne regardait pas vers le bas ?
— Je ne crois pas.
— Quand avez-vous remarqué que Jo était aussi sur le balcon ?
— Dès que je suis sorti.
— Et Jo regardait-elle vers le bas ?
— Non.
— Et pourquoi l'avez vous fait, vous ?
— Je ne sais pas.
— Vous étiez dehors depuis combien de temps lorsque vous avez baissé les yeux ?
— Peu de temps.
— Qu'avez-vous vu ?
Daniel mordit sa lèvre inférieure.
— Shari.
— Vous avez tout de suite su que c'était elle ?
— Oui.
— Et qu'est-ce que vous avez fait ?
— J'ai prévenu Beth, et Jo qui est sortie chercher Jeff et Amanda. Puis nous avons appelé les urgences.
— Avant d'avoir passé ce coup de fil, avant d'avoir découvert Shari, avez-vous vu Amanda à sa sortie des toilettes ?
— Oui.
— Vous en êtes sûr ?
— Certain. Elle était là, dans la chambre, juste derrière moi.
— Jo, dit Garrett, lorsque vous êtes entrée dans le salon, Amanda et Jeff s'y trouvaient-ils tous les deux ?
— Oui, assis sur le canapé.

— Ils écoutaient la musique ?

— Non, la stéréo était éteinte.

— Qui l'a éteinte ?

— Moi, répondit Amanda. Le bruit me faisait mal au crâne.

Garrett interrompit son flot de questions une bonne minute, et étudia ses notes. Tout le monde attendit et le regarda sans piper mot.

— Résumons-nous, finit-il par dire en se redressant. Et corrigez-moi si je me trompe. Shari était allongée sur le sol ; elle s'est levée d'un bond pour passer sur le balcon. Quelques minutes plus tard, Amanda entre dans la chambre de Beth. Elle n'a pas vu Shari sur le balcon. Elle ne savait pas si la porte menant au balcon était ouverte ou fermée. Elle est allée aux toilettes. Une minute plus tard, Jeff entre dans la chambre. Il voit Shari sur le balcon. Il remarque aussi qu'il y a de la lumière dans les toilettes et que la porte est fermée. Il est sûr et certain que la porte du balcon était close, bien qu'il ne sache pas si elle était verrouillée de l'intérieur. Il a quitté la chambre de Beth pour aller dans celle de ses parents et est resté deux ou trois minutes dans les toilettes. Moins d'une minute après que Jeff eut quitté le salon, Beth est entrée dans sa chambre. Elle y est restée quelques instant sans rien faire de particulier.

« Elle a remarqué qu'il y avait quelqu'un dans les toilettes et que la porte du balcon était verrouillée. Par contre, elle n'y a pas vu Shari, même lorsqu'elle a ouvert la porte et est sortie sur le balcon. Mais elle y a vu Jo, bien qu'elle ne sache pas si elle s'y trouvait avant qu'elle soit sortie ou pas. Et il est possible que Jo soit sortie sur le balcon avant Beth. C'est même fort probable, étant donné que Jo a quitté le salon quelques secondes seulement après le départ de Beth. Mais Beth s'est attardée dans sa chambre avant de sortir sur le balcon tandis que Jo est allée tout droit du salon au balcon.

— Beth s'y trouvait avant moi, interrompit Jo.

Garret acquiesça.

— Là, il y a un os. Si Jo et Dan ont quitté le salon quelques secondes après Beth et que celle-ci est restée dans sa chambre quelques instants avant de passer sur le balcon, alors Dan aurait dû croiser Beth qui se trouvait encore dans sa chambre. N'est-ce pas ? conclut-il en se tournant vers Daniel et Beth.

— Jo et moi ne sommes pas sortis tout de suite après Beth, admit Daniel. Nous avons attendu environ une minute.

— Mettons une demi-minute, ajouta Jo.

— Est-ce que je t'ai vu dans la chambre ? demanda Beth à Daniel.

Celui-ci fit non de la tête.

— Ce n'était pas moi.

Garrett interrogea à nouveau Daniel :

— Pourquoi avez-vous passé votre bras autour de l'épaule de Beth quand vous l'avez rejointe sur le balcon ?

— Hé, cela se fait entre amis, répondit Daniel avec précipitation.

— Vous êtes bons amis ?

— Plutôt bons, oui.

— Raconte-lui l'épisode du jacuzzi, Amanda, criai-je.

Mais Amanda resta coite.

— Vous sortez ensemble ? insista Garrett.

— Non, dirent en chœur Beth et Daniel.

Garrett parut s'amuser de leur enthousiasme. Un peu. Mais il fronça les sourcils et brandit à nouveau son bloc-notes.

— Il semblerait donc que Shari ait sauté après que Jeff est entré dans la pièce et avant que Beth n'en fasse autant. Nous sommes d'accord sur ce point ?

Tout le monde acquiesça, sauf Jimmy et Amanda. Jimmy n'avait pas l'air en état de faire grand-chose, sinon tenter de respirer normalement et de s'efforcer de ne pas penser. Mais c'est Amanda qui prit la parole.

— Vous pensez que l'un d'entre nous a poussé Shari, c'est ça ?

— Pourquoi me posez-vous cette question ?

Garrett avait l'air de vouloir jouer au chat et à la souris avec elle. Il ne pouvait pas savoir qu'il avait pris la mauvaise cible.

— Parce que vous-même n'en finissez pas d'en poser.

Garrett haussa les épaules.

— C'est le métier qui veut ça.

— Je vois, répondit Amanda sur le même ton.

Garrett soutint un instant son regard. Peut-être admirait-il sa beauté placide ; je ne sais pas. Il ne pouvait certainement pas la soupçonner de quoi que ce soit. À moins qu'il la croie capable d'être à deux endroits en même temps. Cette fois-ci, il s'adressa au groupe dans son intégralité.

— Je n'ai plus qu'une seule question à vous poser avant de vous laisser tranquilles. (Il laissa passer un instant puis reprit :) L'un d'entre vous a-t-il entendu Shari crier ?

Personne ne répondit, et moi-même je ne me rappelais pas avoir émis un son quelconque. Comme je l'ai dit, hurler n'était pas très bien vu. Probable que je n'avais pas desserré les dents. Tomber de quatre étages ne prend pas si longtemps, et celui qui m'avait poussée m'avait prise par surprise.

*Celui qui m'avait poussée ?*

Mon crâne fendu devait ralentir mon cerveau. Ce n'est qu'à ce moment-là que je compris qu'on m'avait assassinée. Ce qui me mit en colère. Et plus encore, le fait de ne pas savoir qui m'avait fait ça. Oh, j'étais si furax que je commençais à voir des choses.

Au sens le plus littéral du terme. Il y avait toujours cette brume en suspension dans l'air, bien sûr, et parcourue de traits de couleurs qui pulsaient et clignotaient selon des schémas complexes, noyés dans les profondeurs de la masse cotonneuse. Pourtant, ils étaient si faibles que je n'étais pas sûre qu'ils soient vraiment là. Peut-être n'était-ce que mon imagination ? Cette idée fit apparaître un pâle sourire sur mes lèvres. Un fantôme qui a peur d'avoir trop d'imagination. Ça ne manquait pas d'ironie.

Tout le monde s'est levé pour partir. Garrett appela le hall et apprit que les parents de Beth étaient arrivés. Il leur dit que l'appartement était réquisitionné pour la nuit, le temps d'estimer la situation. L'inspecteur Fort prit la parole et dit que, d'après lui, Garrett rendait les choses plus pénibles encore pour les parents de Beth. De toute évidence, Garrett s'en fichait pas mal. Par certains côtés, il semblait plutôt dur.

Pourtant, il n'était pas entièrement dépourvu de compassion. Jimmy et Amanda étaient les derniers à quitter la pièce, et lorsque mon frère s'arrêta devant le lieutenant, il ne l'envoya pas paître.

— Ma sœur ne s'est pas tuée, affirma Jimmy.

— Vous étiez très proches ?

— Oui. Elle n'aurait jamais fait ça. Ce n'est pas possible.

Garrett l'écoutait avec attention.

— Parmi les personnes présentes ce soir-là, lui connaissiez-vous des ennemis ?

Jimmy jeta un regard douloureux à Amanda.

— Je ne crois pas.

— Je ne vois personne qui aurait pu avoir une raison quelconque de vouloir tuer Shari, renchérit Amanda.

— Avait-elle des raisons de vouloir attenter à ses jours ?

— Bonne question, remarquai-je.

Amanda prit le bras de Jimmy.

— Non.

Garrett acquiesça et posa sa main sur l'épaule de Jimmy.

— Essayez de vous reposer, mon gars. La vérité finit toujours par éclater. De mon côté, je vais voir ce que je peux faire.

Amanda et Jimmy quittèrent la pièce. J'espérai qu'elle le conduirait à la maison. Je ne pensai même pas à les suivre. Je voulais voir ce que mijotait Garrett.

Une fois seul, la première chose qu'il fit fut de sortir une bouteille de scotch du bar.

— Oh, non, Garrett ! Vous êtes en service, après tout ! lui criai-je alors qu'il s'affalait sur une chaise du salon et se versait une bonne grosse rasade dans un des verres sales qui traînaient sur la table à café.

Garrett ne m'écouta pas, bien sûr. En trois gorgées, il vida son verre et s'en versa un second. Celui-là, il ne le sécha pas en deux temps trois mouvements. Je ne crois pas qu'il aurait apprécié de me voir faire les cent pas dans le salon. En fait, même s'il avait pu me *voir*, il ne m'aurait certainement pas *aperçue* : ses yeux restaient braqués sur la tache de cire rouge sur la moquette. Enfin, c'est ce qu'il avait l'air de regarder. Soudain, il reposa son verre et sa bouteille et se mit à quatre pattes à côté du canapé. J'en fis autant.

— Qu'y a-t-il ?

Sur la moquette, on distinguait quelques grains de poussière. De la craie orange. Garrett la toucha, puis plaça ses doigts à hauteur de ses yeux tout en frottant la substance du bout du pouce pour mieux sentir sa consistance. Je crus que, peut-être, il avait déniché un indice et me sentis soudain toute électrisée, mais il essuya la craie sur sa jambe de pantalon et attrapa à nouveau son verre.

Il lui fallut encore une demi-heure pour embrayer. La bouteille était alors à moitié vide et ses gestes s'étaient nettement ralentis. Il se mit à arpenter l'appartement d'un pas nonchalant, passant d'une chambre à l'autre. Il échoua sur le balcon et se pencha par-dessus la rambarde. À ce stade, il était certainement rond comme une bille, et j'eus peur qu'il ne tombe et n'aille lui aussi s'écraser sur le trottoir. Quoique, s'il l'avait fait, j'aurais pu le regarder droit dans les yeux et lui dire ce que je pensais de ses talents d'enquêteur.

Pendant qu'il était là-dehors, il se promena un peu, puis retourna à nouveau à l'intérieur et se laissa tomber par terre, à côté de sa bouteille. Je pensai qu'il voulait la terminer, mais il n'y toucha pas. Il tira son bloc-notes et commença à dessiner un plan de l'appartement. Je restai derrière lui, à regarder par-dessus son épaule. Il aurait pu se faire architecte : il avait un certain sens des proportions. Pourtant, lorsqu'il eut terminé, je ne voyais toujours pas où il voulait en venir. Il n'avait pas noté la position de chacune des personnes présentes au moment où j'avais fait le grand plongeon. Il n'avait marqué que mon nom et l'emplacement où je devais me trouver.

Et je ne comprenais pas pourquoi il avait zébré mon coin de balcon à grands traits de stylo.

Garrett décida d'en rester là. Il était quatre heures et demie à la pendule du salon. Je le suivis dans l'ascenseur, jusqu'au rez-de-chaussée. Il avait l'air complètement ivre, et je me demandai s'il pourrait rentrer chez lui dans cet état. Pensée pas si altruiste qu'il y paraissait. S'il était vraiment mon seul espoir de savoir ce qui s'était passé, mieux valait qu'il reste en vie.

Pourtant, une fois dehors, il ne se dirigea pas droit vers sa camionnette, mais vers le trottoir qui se trouvait sous le balcon de Beth. Je le suivis à contrecœur. La police avait bouclé l'endroit précis de l'impact à l'aide de cordes et avait essuyé une bonne partie du sang. Néanmoins, je pouvais encore distinguer la grande marque sombre incrustée dans le béton. Mon estomac spectral se retourna.

— Hé, laissez tomber, Garrett, dis-je. Il n'y a rien à voir. Ce n'est qu'un morceau de béton.

Il ne partageait pas mon opinion. Il resta longtemps immobile, à fixer le balcon, et j'eus l'impression qu'il essayait de visualiser ma chute. Puis il fit quelque chose de vraiment bizarre : il s'assit par terre à côté de la tache et tira son portefeuille. À l'intérieur, il avait collé une photo représentant une fille de mon âge, aux cheveux noirs. Garrett resta là, assis par terre, avec un fantôme pour seule compagnie, la photo en main, et le visage défait.

Je décidai que, qui que soit la fille de la photo, elle était certainement morte, elle aussi.

Je ne savais quoi faire. J'étais trop secouée pour essayer de le consoler, et je devinais que cela ne servirait à rien. Je m'assis en face de lui, de l'autre côté de la tache.

— Pour nous, murmurai-je, ce ne serait pas si terrible si vous saviez que nous sommes toujours là.

J'ignorais que les choses pouvaient encore empirer. Encore et encore.

Garrett finit par remettre sa photo dans sa poche, se lever et s'en aller. Sans doute rentrait-il se coucher. Et, bien que j'aie approché l'endroit de ma mort avec précaution, il me paraissait soudain bien attrayant. Par deux fois, j'essayai de me lever, mais n'y arrivai pas. Ma main se tendit et toucha ce qui restait de mon propre sang. Mais, contrairement aux poignées de porte ou au bras de Jimmy, je pus le toucher. Lorsque je retirai mes doigts, ils étaient tachés de noir. Je pouvais voir ma propre vie s'écouler entre mes doigts.

Brusquement, tout se mit à tourner autour de moi, et je dus m'allonger un instant, la tête au milieu de la tache, ce qui me sembla de circonstance. J'étais, pensai-je tristement, à ma place. Là où tout avait pris fin. À ma gauche, je pouvais voir la clarté irritante de la lampe, et tout en haut, je pouvais apercevoir le balcon. Mais, contrairement à Garrett, je n'avais pas besoin de visualiser ma propre chute. Je m'en rappelais désormais dans ses moindres détails, en particulier de la vague brûlante qui m'avait submergée au tout dernier moment.

Soudain, et contrairement aux quelques secondes qui précédèrent ma mort, je commençai à avoir mal au crâne ; une douleur terrible, à vous faire exploser le cerveau. Instinctivement, ma main partit vers le haut de mon crâne, mais ne put y parvenir. Quelque chose l'en empêchait.

Non. *Quelqu'un*.

En fait, je venais de changer d'endroit. J'étais de retour à l'hôpital, à la morgue. Le docteur Leeds se tenait devant moi, sa silhouette se découpant sur la lumière éblouissante des néons. Il essayait de me fourrer dans un sac vert. Mais mon bras droit refusait d'y rentrer. Il avait retiré la serviette qui recouvrait ma tête. C'était certes horrible, écœurant, mais j'aurais préféré qu'il la laisse en place, parce que j'avais l'impression que mon cerveau s'écoulait littéralement hors de mon crâne.

Le docteur Leeds fourra mon bras dans le sac et tira la fermeture-éclair vers mon visage.

— Non ! hurlai-je, horrifiée.

Je voulus me débattre pour écarter le sac de mes jambes, lever les bras, mais en vain : j'étais paralysée. La fermeture-éclair monta, monta, dépassant les lèvres cousues, mes paupières collées. Le docteur me regarda et hocha tristement la tête une dernière fois. Puis il n'y eut plus que les ténèbres. Je sentis qu'il me portait et me déposait dans un tiroir. La porte se referma. Le froid s'insinua jusqu'au plus profond de mon cœur. Tout était si noir ! Je me trouvais face à l'abîme que j'avais entrevu durant la soirée, alors que j'étais allongée par terre.

Voir les ténèbres à l'extérieur de soi ou les recevoir en son sein — il n'y a pas tant de différence, du moins pas autant que le croient les vivants. Et, en un instant, je me retrouvai allongée sur le trottoir souillé. Sauf que maintenant, quelqu'un se tenait sur le balcon, juste au-dessus de moi.

Ce fut ma première rencontre avec l'Ombre.

Elle ne ressemblait pas du tout à un être humain, et pourtant, à première vue, elle me fit penser à une personne. Sa forme, sa couleur étaient difficiles à définir. Elle ressemblait à un nuage noir en un état de perpétuelle mutation, entre le solide et le gazeux. Elle semblait aussi se fondre dans ce qui l'entourait, comme une digue élevée sur la rivière de plasma qui constituait mon nouvel univers. C'en devenait douloureux rien que de la contempler.

Et elle me regardait.

Je me levai très lentement et battis en retraite. La chose parut glisser en même temps que moi. Elle me suivait. Je ne pouvais voir ses yeux, mais sentais qu'ils étaient posés sur moi, cruels et pénétrants. La chose ne m'aimait guère. Et c'était réciproque. Lorsque j'arrivai à la fin du trottoir et posai le pied sur l'asphalte du parking, je me mis à courir.

La chose se lança à ma poursuite.

Quelqu'un avait laissé la grille ouverte. Je fonçai hors du parking, empruntant une petite route qui menait à l'autoroute de la côte, déserte à cette heure de la nuit. Je ne voyais rien, ni voiture, ni lumière, ni signe de vie quelconque. J'avais un monstre sur mes talons et personne pour m'aider.

Souvent, lorsque j'étais petite, je faisais des cauchemars dans lesquels j'essayais d'échapper à une créature affamée pourvue d'écailles, de griffes et de dents dégoulinantes de bave. Je me réveillais en sueur, appelant ma mère. Parfois, celle-ci venait me rassurer. Mais d'autres fois, elle ne m'entendait pas et, privée de réconfort, je ne m'endormais pas avant l'aube.

C'était sans espoir, je le savais, mais alors que je traversais l'autoroute pour échouer sur la plage, fonçant vers l'océan, je l'appelai une fois de plus.

— Maman !

La chose était à une centaine de mètres derrière moi, et elle me rattrapa en un instant. Je n'avais nulle part où aller. En fonçant vers la mer, je m'étais piégée moi-même. Je me retournai pour implorer sa pitié, mais ne pus la regarder en face. Je n'avais pas besoin de la voir pour savoir qu'elle me réservait le sort le plus horrible qui puisse se concevoir.

Elle s'arrêta à un ou deux mètres de moi. Pendant quelques secondes, elle sembla m'étudier, irradiant des vagues infinies de haine tels des remous dans une mer empoisonnée. Et le plus terrible, c'est que la chose me connaissait. Elle avait de bonnes raisons de me haïr. Elle tendit une main déformée pour me toucher.

— Non ! hurlai-je.

Je repris ma fuite vers la mer.

Seulement je n'étais pas une sainte. J'étais incapable de marcher sur l'eau. Je m'enfonçai peu à peu, la chose toujours sur mes talons.

— Maman ! criai-je. Au secours !

— Shari ?

J'entendis prononcer mon nom. J'ouvris les yeux. Il faisait noir. J'étais chez moi, couchée à côté de ma mère. Elle gisait sur son lit, me tournant le dos, et j'essayais de me cramponner à elle. Je ne pouvais pas voir son visage, mais je l'entendais pleurer. Je pouvais sentir son cœur se briser. J'essayai de la serrer dans mes bras.

— Je suis là, maman. Je suis là. Ne pleure pas, je t'en prie.

Il y eut une pause, puis elle dit à nouveau mon nom, comme si elle m'avait entendue.

— Shari ?

— Oui ! criai-je. C'est moi ! Je suis là ! Je ne vous ai jamais quittés !

Elle ne répondit pas, pas directement. Mais elle cessa de pleurer, et ne tarda pas à s'endormir. Et j'en fis autant à ses côtés, blottie contre elle du mieux que je le pouvais, me jurant de ne plus jamais la lâcher.

## CHAPITRE VII

Lorsque je me suis réveillée, le soleil brillait. Ma mère était partie, et sa chambre avait disparu. Je m'étais encore déplacée. Je me trouvais maintenant chez Amanda. Je sautai au bas du lit sur lequel j'étais allongée. Je portais toujours le pantalon vert et le chemisier jaune que j'avais mis pour la soirée chez Beth. Ils étaient froissés, comme si j'avais dormi dedans, et je me sentis soulagée. Je n'avais pas oublié ce qui s'était passé la nuit précédente, mais une fois de plus, j'eus l'impression que tout ceci ne pouvait pas être vraiment arrivé. Les gens mouraient tous les jours, réalisai-je, mais je refusais l'idée d'avoir rejoint leur multitude. Cela me paraissait impossible.

Mon sursaut d'optimisme ne dura pas longtemps ; il me suffit d'entrer dans le salon. Mme Parish était assise sur le canapé, tout de noir vêtue, et égrenait un rosaire.

— Bonjour, madame Parish, dis-je avec un geste enjoué de la main.

Rien. Pas même un regard dans ma direction. Je me jetai sur la chaise, à côté d'elle.

— Oh, flûte ! grognai-je.

Apparemment, la mort faisait partie de ces choses que même une bonne nuit de sommeil réparateur ne peut pas réparer.

— Tu ferais mieux de finir ton déjeuner, lança Mme Parish à Amanda. Ils vont arriver d'une minute à l'autre.

Amanda, vêtue d'une longue robe grise assortie à ses yeux, était assise à la table de la salle à manger, un bol de céréales devant elle. La table et tout le reste de la pièce n'avaient rien de bien particulier. Tous les meubles semblaient provenir de l'Armée du salut.

— Je n'ai pas très faim, répondit Amanda.

— Mange. Tu auras besoin de toutes tes forces.

À voir trembler les mains de Mme Parish, c'était surtout elle qui avait besoin de reprendre des forces.

— Bon, d'accord, répondit Amanda en avalant une cuillerée spongieuse. Où se tient la cérémonie ?

— À la chapelle du cimetière.

— Hé, attendez une minute, intervins-je. Je viens de mourir, on ne va pas déjà m'enterrer. Je ne suis pas prête pour...

C'était inutile. Qui pouvait bien se déclarer prêt à être mis en terre ?

Mais là, il y avait quelque chose qui clochait dans mon emploi du temps. On n'enterrait pas les gens le lendemain du jour de leur mort. La seule explication logique était que j'avais dormi plusieurs jours d'affilée. Bon sang, me dis-je, comme le temps passe vite lorsqu'on s'est fracassé le crâne.

— Ce sera une cérémonie catholique ?

— Je ne sais pas. Je ne crois pas.

— Alors tu devrais laisser ton rosaire à la maison. Il n'est valable que pour les catholiques.

Mme Parish baissa les yeux sur son collier de perles noires.

— Je peux prier en silence, murmura-t-elle, et elle ferma les yeux.

— Pardon ?

M^me^ Parish leva les yeux.

— Rien, chérie. Tu as fini ? Ils ne vont plus tarder.

Effectivement Jo et sa mère arrivèrent peu de temps après. M^me^ Foulton portait une robe noire — qui, bizarrement, ressemblait tout de même à une blouse d'infirmière — mais Jo avait mis un pantalon et un chemisier orange. Incroyable. Qui pouvait bien aller à l'enterrement de sa meilleure amie habillée en orange ?

— Bon sang, tu crois qu'on est mardi gras ? fis-je d'un ton offensé.

Amanda repoussa son bol de céréales à moitié plein et alla le vider dans l'évier avant d'aller chercher son sac. Jo la suivit jusqu'à sa chambre. M^me^ Foulton s'assit sur le canapé, à côté de M^me^ Parish. Apparemment, ni l'une ni l'autre n'avaient beaucoup dormi ces derniers temps. Mais M^me^ Foulton n'avait pas l'intention de se laisser abattre. Elle tira une cigarette et un briquet.

— Il faut que tu tiennes le coup, dit-elle à sa sœur. Ce sera déjà assez dur pour les filles.

— Je sais, répondit M^me^ Parish en étreignant son rosaire.

— Comment s'en tire Amanda ?

Cette nuit, je crois l'avoir entendue pleurer.

M^me^ Parish inspira profondément avant d'ajouter :

— Et Jo ?

— Elle ne dit pas un mot.

— Tu as essayé de lui parler ?

M$^{me}$ Foulton alluma sa cigarette et exhala un nuage de fumée.

— Il n'y a rien à dire. Elle est morte. C'est tout.

M$^{me}$ Parish la regarda.

— Comment peux-tu dire des choses pareilles ?

— C'est la stricte vérité.

M$^{me}$ Parish soutint son regard.

— Tu ne vas pas l'oublier comme ça ?

M$^{me}$ Foulton allait rétorquer quelque chose de peu aimable, puis se ravisa. Elle écrasa sa cigarette et baissa les yeux.

— Non, je crois que je ne l'oublierai jamais.

Les deux filles revinrent dans le salon. Nous sommes sorties et avons grimpé dans la Nissan de M$^{me}$ Foulton. Je m'assis à l'arrière, entre Amanda et Jo. Le ciel était d'un bleu éblouissant, et le soleil enrobé d'une aura pourpre. Encore un détail étonnant : je pouvais regarder le soleil en face sans ciller. M$^{me}$ Foulton alluma une autre cigarette et démarra. Alors que nous roulions, une brise légère s'infiltrait par les vitres baissées, sans pour autant déranger l'ordonnance de mes cheveux.

Le cimetière n'était pas très éloigné de chez moi. Autrefois, mes parents habitaient un autre quartier. J'imagine qu'ils avaient dû acheter quelques emplacements à l'époque où tout était moins cher. C'est-à-dire que je me retrouvais coincée dans une tombe qu'ils avaient prévu d'occuper eux-mêmes un jour. Cela ne me dérangeait pas. Je n'avais pas l'intention de rester sous terre très longtemps.

Mais, en traversant les allées fleuries du cimetière pour aborder la colline et la route noire et sinueuse menant à la chapelle, je me sentis prise d'une curiosité morbide. Je me penchai par-dessus les genoux d'Amanda pour regarder par la fenêtre.

Je cherchai d'autres fantômes comme moi, mais n'en trouvai aucun, pas même un petit Casper[1] tout blanc pour marcher à mes côtés. Je me sentais très, très seule.

Si je n'allais pas beaucoup à l'église de mon vivant, c'était en partie à cause de notre évangéliste local, le Révérend Théodore Smith. Ce n'était pas un prêcheur à l'ancienne, toujours à vous promettre les flammes de l'enfer ; à part cela il correspondait exactement au cliché. Il avait trente-cinq ans et son physique n'avait rien de déplaisant, mais il ne portait que les costumes que son père lui avait légués. Il n'arrêtait pas de parler de Jésus, comme s'il s'agissait d'un vieil ami. Il aurait pu faire bâiller un bénitier. Le fait qu'il soit là pour conduire mon enterrement n'avait rien pour m'étonner. Et pour une fois, je n'avais pas envie de m'enfuir avant la fin.

En entrant dans la chapelle avec Jo, Amanda et leurs mères, j'allai au-devant d'une grande déception. Il n'y avait presque personne. D'abord, je crus que nous étions arrivés trop tôt, mais la cérémonie commença tout de suite, et personne n'arriva en retard. Je n'y comprenais rien. J'avais passé quatre ans au lycée de Hazzard, et quasiment aucun de mes copains ne s'était déplacé. Je ne faisais pas partie des majorettes de l'école, mais bon, j'étais tout de même honorablement connue et invitée à toutes les fêtes. Et malgré ça, il n'y avait guère plus d'une douzaine de lycéens présents à mon enterrement.

Je compris que tout le monde pensait que je m'étais suicidée. L'idée que cela puisse faire une différence me mit en colère puis, à seconde vue, je

1. Casper le petit fantôme, personnage de dessin animé très célèbre aux U.S.A. (*N.d.T.*)

trouvai cela plutôt rassurant. S'ils avaient su que j'avais été assassinée, me dis-je, il aurait fallu refuser du monde. On aurait sans doute mis mon portrait en première page des journaux.

Mon cercueil était posé sur l'autel, sur une table de bois. Noir, brillant, avec des poignées dorées. Il faudrait s'en contenter. Heureusement, il était fermé : on ne m'avait pas exposée comme dans une vitrine.

Ma famille était assise au premier rang. Je ne voulais pas m'installer à côté d'eux ; je ne l'aurais pas supporté. M^me^ Parish, elle, préféra rester à l'arrière afin de pouvoir égrener tranquillement son rosaire. Je m'assis derrière elle. J'aperçus Beth et Daniel, trois rangées plus loin.

Je me demandai si Dan m'avait tuée. Quant à Jeff Nichols il n'était pas là, et je me posais beaucoup de questions.

Le Révérend Smith fit un pas en avant.

— Au nom de M. et de M^me^ Cooper, et de leur fils James Cooper, dit-il de sa voix douce et compatissante, je voudrais remercier tous ceux qui sont venus assister à cette cérémonie. Nous sommes aujourd'hui rassemblés pour rendre un dernier hommage à une merveilleuse jeune fille — Shari Cooper. Mon cœur se réjouit de voir que beaucoup de ses amis se souviennent d'elle. En vérité, c'était une personnalité hors du commun. Je la connaissais fort bien...

— Tu ne savais même pas la couleur de mes yeux ! marmonnai-je sans plus faire attention à son discours.

Mon regard s'attarda sur le banc, de l'autre côté de la rangée. Il y avait là un gamin de mon âge qui me rappelait quelqu'un, mais je n'arrivais pas à l'identifier. Il portait un short blanc très ample et un T-shirt rouge. À un enterrement ? Enfin, au moins, il s'était déplacé. Sans doute quelqu'un du lycée, un de mes admirateurs secrets. Mais j'aurais bien voulu savoir de qui il s'agissait.

M^me^ Parish non plus ne faisait plus attention au discours filandreux du révérend. Elle priait : dix Je vous salue Marie précédés d'un Notre Père et suivis d'un Gloire à Dieu. Je les connaissais par cœur. Mais je doute de les avoir jamais dits comme le faisait M^me^ Parish : avec ferveur. Elle murmurait, mais en l'écoutant, je m'aperçus que je l'entendais très nettement, mieux que le révérend qui, pourtant, avait une voix plus sonore — et un micro.

Quelque chose dans son intonation me tint sous le charme. Je n'y comprenais rien. M^me^ Parish était accablée. Ses doigts tremblaient en faisant glisser ses perles. Pourtant, en l'écoutant, je me sentais mieux sans aller jusqu'à dire que j'étais inondée de joie. L'étrange plasma en suspension dans l'air se mit à luire d'une lumière argentée ; faible, certes, mais indéniablement présente. Je me demandai si M^me^ Parish en était responsable. Je voulais que la lumière s'approche. Elle me fascinait. Je fermai les yeux, mais la voyais toujours — plus clairement même. Mon esprit glissa sur les mots sans vraiment les entendre. Je compris que leur signification n'avait pas vraiment d'importance. Tout ce qui comptait, c'était l'amour qu'ils exprimaient. La lumière s'accrut et m'entoura ; et au fur et à mesure que sa brillance s'intensifiait, la paix se fit en moi. C'était la première fois depuis longtemps que je me sentais si bien.

Puis tout s'arrêta, et on aurait dit qu'une montagne écrasait mon âme. J'ouvris les yeux. Il n'y avait plus de lumière. La cérémonie était terminée. Je n'en croyais pas mes yeux. Nous venions juste d'arriver ! Il aurait fallu au moins une heure pour évoquer toutes mes nombreuses qualités. Et ma chanson préférée, « Stairway to Heaven » ? Jo aurait pu la jouer sur sa guitare. Et pourquoi mes amis ne s'étaient-ils pas levés pour dire quelques mots sur moi ? Je voulais qu'on se souvienne de moi !

Les gens sortaient de la chapelle en rang d'oignons. Il ne me restait plus qu'à suivre le mouvement. Un corbillard était garé devant la porte, prêt à emporter le cercueil. Je me tins sur les marches de la chapelle et me demandai pourquoi l'écoulement du temps me paraissait si chaotique. Chaque fois que je fermais les yeux, les aiguilles de l'horloge se précipitaient.

J'empruntai le corbillard pour aller au cimetière. Cela me parut approprié. Mais je montai à côté du chauffeur ; pas question de rester à l'arrière, à côté de la boîte noire. La boîte noire. C'est ainsi que je commençais à considérer mon cercueil ; une cellule qui emprisonnerait à jamais mon corps dans la terre pendant que mon esprit errerait à la surface, solitaire et oublié de tous. La tristesse m'envahit à nouveau, accompagnée d'un sentiment d'infinie solitude.

En chemin, nous perdîmes environ la moitié du cortège. Je ne pouvais leur en vouloir. Ils avaient des choses à faire. Et après tout, Shari était quelqu'un de bien, mais pas à ce point. Oh, c'était une pensée affreuse, mais vraie. De ma vie, je n'avais rien fait, rien qui mérite qu'on se le rappelle. Pourquoi se souviendrait-on de moi ? Je les regardai déballer le cercueil et le poser sur le sol, à côté d'un monticule de terre et d'un trou béant.

Il y eut une autre cérémonie, plus courte celleci. Le Révérend Smith lut quelques passages de la

Bible. Mais cela ne servait à rien ; il faisait son devoir et rien de plus. Daniel se tenait à côté de Beth et lui prit la main. M^me^ Parish et M^me^ Foulton étaient côte à côte derrière leurs filles. Seule M^me^ Parish pleurait.

Mon père et ma mère étaient là, bien sûr, ainsi que Jimmy ; ils paraissaient à bout de forces et de courage. Ils tenaient chacun une rose blanche. J'aimais les roses : orange pour la fête et rouges pour l'amour. Mais je me contenterais de blanches. À la demande du révérend, ils les placèrent sur le couvercle du cercueil. Puis il ferma sa Bible dans un claquement qui résonna comme un point final. Les gens commencèrent à s'éloigner.

Jimmy fut le dernier à partir. Il s'agenouilla un instant à côté du cercueil et posa ses paumes sur la surface brillante, comme pour me toucher une dernière fois. Mais je me tenais derrière lui, hors d'atteinte.

Il finit par s'en aller, et quelques minutes plus tard apparurent les fossoyeurs. Ils paraissaient pressés de me mettre en terre. Ils arrivèrent dans une camionnette pleine de cordes, de pelles et de blocs de béton. Ils scellèrent le couvercle de mon cercueil pour le mettre à l'abri des pilleurs de tombeaux et des pervers, mais pas, me dis-je, de toutes les créatures qui vivaient dans l'humus. Après m'avoir descendue dans ma tombe, ils se mirent à déverser des pelletées de terre noire sur mon cercueil.

— Non ! criai-je, prise d'une panique irrationnelle.

J'essayai de les arrêter, de retenir leurs bras.

— Vous ne pouvez pas me faire ça à moi ! J'avais à peine vécu ! J'allais faire plein de choses extraordinaires ! Ne m'enterrez pas ! Tout le monde va m'oublier !

Ils ne traînèrent pas. Dix-huit ans pour devenir celle que j'étais et trente minutes pour disparaître à jamais. Ils jetèrent leurs outils à l'arrière de la camionnette et s'en allèrent, me laissant seule, en larmes sur un monticule de terre qui ne restituerait mes os qu'au jour de la fin du monde.

— Mon Dieu, hoquetai-je, aidez-moi. Aidez-moi.

Je ne sais pas combien de temps je suis restée là avant de remarquer une paire de pieds chaussés de sandales, droit devant moi. Je levai les yeux. C'était le garçon en short et en T-shirt que j'avais vu dans la chapelle. J'avais d'abord été contente de le voir mais, maintenant, je lui en voulais de ne pas avoir apporté une fleur à poser sur ma tombe.

— Va au diable, lui dis-je en baissant à nouveau les yeux.

— Je crois qu'on y est déjà, pas vrai, Shari ?

La stupeur me paralysa. Comment avais-je pu ne pas le reconnaître ?

— Peter, murmurai-je.

## CHAPITRE VIII

Mon soulagement fut aussi intense que l'avait été ma tristesse. Je me sentis littéralement transportée de joie. Je ne me rappelle pas avoir bondi et tendu les bras, mais je me souviens à quel point c'était bon de le serrer contre moi, de pouvoir *sentir* son corps et savoir qu'il pouvait sentir le mien. Je crois que je suis restée longtemps comme ça avant de le lâcher. J'avais peur de le voir disparaître.

— Peter, dis-je à nouveau, et je secouai la tête, étonnée, avant de faire un pas en arrière.

Il avait l'air en pleine forme pour quelqu'un qui était mort depuis des années. Il était tel qu'il était autrefois, du moins tel que je me le rappelais : mince et nerveux, les cheveux blonds épais et bouclés, le sourire large et un peu fou. Voilà ce qui m'avait le plus manqué : le pli malicieux relevant sa bouche lorsqu'il énonçait une vérité qui, le plus souvent, était une pure invention. Ses yeux étaient aussi bleus que ceux de mon frère, mais plus clairs encore ; ils brillaient sous les rayons du soleil.

— Tu te souviens de moi, fit-il.

— Bien sûr ! Bon sang, c'est incroyable. Je croyais ne jamais te revoir. Comment vas-tu ?

— Pas mal, et toi ?

— Ça va.

Puis je fis la grimace et ris avant d'ajouter :

— Enfin, pour une morte, je ne m'en tire pas trop mal.

Il acquiesça et parla d'une voix douce.

— Je sais, dit-il avant de me lancer un autre sourire empreint de douceur. Content de te revoir, Shari.

— Vrai ? Merci. C'est super de te retrouver.

J'éclatai de rire en désignant le monticule de terre à nos pieds.

— Et il a fallu attendre mon enterrement pour qu'on se revoie ! Drôle d'endroit pour une rencontre, non ? Et ton enterrement à toi, tu y as assisté ?

— Oui. C'était pas mal.

— Parfait.

Je n'y étais pas allée. J'étais restée à la maison pour pleurer tout mon saoul. En fait, mon enterrement était le premier auquel j'assistais, et si Peter n'était pas arrivé, j'aurais regretté d'être venue.

Je parcourus le cimetière des yeux. Nous étions seuls, désormais, seuls au milieu des tombes. L'endroit semblait si paisible.

— Il y a donc bien une vie après la mort, dis-je. C'est dur à avaler.

— Pour certains.

— C'est vrai ?

Il haussa les épaules, un geste qui me rappela son frère.

— Ça peut arriver.

— Non. Je veux dire, est-ce que j'ai tout gâché en n'y croyant pas ou quelque chose comme ça ?

Il secoua la tête.

— Pas du tout.

— J'aime mieux ça. Alors qu'est-ce qui

m'attend, maintenant ? Dieu existe-t-il pour de bon ?

— Bien sûr.

— Oh, mais c'est super ! Où est-il ? Est-ce que je peux le voir ?

— « Il » ?

— Tu veux dire que c'est « Elle » ? Ça, c'est le comble ! De quoi a-t-Elle l'air ?

— Dieu n'est pas tel que nous nous l'imaginions lorsque nous étions en vie, Shari. Il n'est ni homme ni femme.

— Il est les deux en même temps ?

Peter éclata de rire.

— C'est trop difficile de répondre à ces questions. Ce que je peux te dire, c'est que tout est beaucoup plus simple que nous ne le croyions. Si simple qu'il n'est même pas nécessaire d'en parler. Dieu *est*, c'est tout. Il existe. Il est tout. Il est nous et nous sommes Lui.

Peter se retourna et fixa la pelouse. Je ne me rappelais pas dans quel cimetière il avait été enterré, mais ce n'était certainement pas celui-là.

— Et je n'en sais pas plus, ajouta-t-il.

Je réfléchis quelques instants.

— Et pourquoi es-tu là ?

Il répondit plus sérieusement cette fois-ci.

— Pour t'aider. Si toutefois tu le souhaites.

— Oh, bien sûr.

— C'est bien.

Mon regard se vit à nouveau attiré par la terre que nous foulions du pied. Je n'avais pas oublié ce qu'elle recouvrait.

— Je veux dire, pourquoi es-tu là *maintenant* ?

— Et pas avant ?

Je hochai la tête, à contrecœur.

— Oui.

Ses traits s'adoucirent, et il posa sa main sur mon épaule.

— Ça n'a pas été facile, n'est-ce pas ?

Les larmes vinrent sans crier gare, sans que je les sente monter ; et pourtant elles se mirent à couler, silencieuses et invisibles, jusque sur le sol. Je voulais tomber, moi aussi, pour atterrir dans ses bras. Pourtant, je ne le connaissais pas tant que ça. Nous n'étions jamais sortis ensemble. J'essuyai mes joues sans trop savoir si elles étaient mouillées ou pas.

— Ça n'a pas été facile.

Peter retira bien vite sa main, comme s'il avait honte.

— Shari, je suis désolé de ne pas avoir pu venir plus tôt.

— Je comprends. Enfin, non, je ne comprends pas. Pourquoi est-ce que tu n'as pas pu venir ?

— Tu n'as pas appelé au secours.

— Tu veux dire que depuis que je suis morte, il me suffisait de crier un peu pour qu'on vienne m'aider ? Mais je n'en savais rien ! Pourquoi est-ce que personne ne m'en a parlé ?

— Tu ne l'as pas demandé.

— Mais...

— Dans la Bible, il est écrit : « Si tu frappes à la porte, on te l'ouvrira toute grande. »

— Depuis quand est-ce que tu lis la Bible ?

— En fait, je ne l'ai jamais ouverte. Mais le révérend a lu ce passage durant le service.

Un instant plus tôt, j'étais en larmes, mais j'éclatai de rire.

— Je n'ai jamais rien entendu d'aussi absurde.

— C'est pourtant la stricte vérité.

— Quel système nul ! dis-je.

Je ne savais pas si je le croyais vraiment. Puis je me rappelai avoir appelé ma mère à la rescousse lorsque le monstre m'avait poursuivie. L'instant suivant, je m'étais retrouvée chez moi, en sécurité. Je regardais Peter avec curiosité.

— Pourquoi est-ce toi qu'on m'a envoyé ?

— Je te l'ai dit.

— Mais pourquoi toi parmi tant d'autres ?

Il eut une hésitation.

— J'étais disponible.

— *Qui* t'a envoyé ?

La question parut l'amuser. Il tira sur son T-shirt rouge.

— J'imagine que je n'ai pas vraiment la dégaine d'un envoyé de Dieu.

— C'est le moins qu'on puisse dire. Pourquoi es-tu habillé comme ça ?

— C'est ce que je portais au moment où je suis mort.

— Tu étais au guidon de ta moto.

— Il faisait chaud ce soir-là.

— On ne peut pas se changer ?

— Bientôt, tu pourras t'habiller à ta guise.

Il s'avança, passa devant moi, parcourut la colline où j'étais enterrée, puis regarda le ciel et son halo pourpre. Du moins je croyais qu'il fixait le soleil. Mais lorsque je le rejoignis, je constatai qu'il avait fermé les yeux et que la lumière qui inondait son visage n'avait rien à voir avec la clarté solaire. Sa peau avait acquis un lustre argenté, et ses traits se détendirent, comme s'il écoutait une voix intérieure.

— Peter ?

— Tu ne peux pas rester ici.

— Où doit-on aller ?

Il ouvrit les yeux et me regarda.

— Tu le sais bien.

— Où ? demandai-je.

— Là où tu te préparais à aller lorsque tu étais dans la chapelle.

Je n'y comprenais rien.

— Quand ça ?

— Pendant que Mme Parish priait.

— Mais je ne suis allée nulle part. (Je marquai un temps d'arrêt avant de reprendre :) Tu veux parler de la lumière ? Il faut que j'entre dans la lumière ?

— Exactement.

— Comment est-ce que tu le sais ? Dieu vient de te le confier ?

— Non, je l'ai lu dans le dernier *Playboy* !

— Peter ! fis-je en lui donnant un coup de coude.

Il prit ma main et essaya de garder son sérieux, mais il riait encore.

— C'est vrai, Shari. Tu ne dois pas rester ici.

— Mais qu'est-ce que tu veux que je fasse ? Je n'avais pas de rosaire à portée de la main lorsque je suis morte. Et j'ai oublié toutes mes prières.

— Ce qui importe, c'est ta volonté. Si tu te concentres sur la lumière, elle va venir.

— Comment est-ce qu'on fait ?

— Tu dois le vouloir, c'est tout. C'est très simple.

Il s'assit et me fit signe d'en faire autant. Je m'installai si près de lui que nos genoux se touchaient. Et, soudain, je me sentis mal à l'aise sans trop savoir pourquoi. Je me rappelais la lumière et la sérénité qui s'en dégageait. Si Peter voulait m'y conduire, j'aurais dû m'en réjouir.

Puis je pensai à Jo, à la soirée. À ma transe.

— Tu ne vas pas me donner des indications ? demandai-je.

— Non. C'est toi qui dois désirer la lumière.

— Suis-je obligée de fermer les yeux ?

— Si tu veux. Mais ce n'est pas nécessaire.

— Tu viens avec moi ?

— Ce qui va se passer se jouera entre toi et la lumière. Je suis là pour te montrer la direction à suivre, rien de plus.

Il sourit et me tapota le dos.

— Ne t'en fais pas, Shari. Bientôt, tu seras plus heureuse encore que dans tes rêves les plus fous.

— Est-ce que je saurai qui m'a tuée ?

— Cela importe tant que ça ? fit-il, hésitant.

— Oui. Je veux savoir.

— Pourquoi ?

— Comment ça, pourquoi ? Si quelqu'un t'a assassiné, la moindre des choses, c'est de savoir qui a fait le coup.

— Pas vraiment.

— C'est parce que tu es mort depuis quelque temps déjà. Crois-moi, si tu venais d'être transformé en viande froide, tu voudrais connaître l'identité du meurtrier. Maintenant, dis-moi la vérité. Est-ce que je le saurai un jour ?

— Je ne sais pas.

— Comment ça, tu ne sais pas ?

— Je n'en sais rien. C'est clair, non ?

— Quelqu'un le sait-il ?

Peter paraissait mal à l'aise.

— Shari, tu es morte. Tu as bien occupé ton temps sur terre, mais il est temps de passer à autre chose.

— Et où est-ce que je vais aller ? Au paradis ?

— Le paradis est un mot qu'emploient les vivants pour décrire un endroit. Mais là-bas, il n'y a pas d'endroits, pas tels qu'ils existaient autrefois. As-tu remarqué que, depuis que tu es morte, tu es tantôt ici et tantôt là, sans crier gare ?

— Oui.

Il hocha la tête.

— Encore une fois, tout dépend d'où se porte ton attention. Si tu te concentres sur ta maison, tu t'y retrouveras. Pense à la lumière, et la lumière sera là.

— Et ma famille ? Ils me croient morte.

— Tu *es* morte.

— Oui, je sais, mais eux ne savent pas ce que cela veut dire.

— Comme tout le monde.

— Oui, mais ce n'est pas donné à « tout le monde » de passer pour une suicidée auprès de sa famille. Ils doivent penser que j'étais folle.

— Mais non.

— Mais si. Tu as compté le nombre de jeunes qui sont venus à mon enterrement ? (Je soupirai.) Il devait y en avoir dix fois plus pour le tien.

— Shari, ce n'est pas un test de popularité.

— Si j'entre dans la lumière, est-ce que je pourrai en ressortir et fouiner dans le coin ?

— Je ne crois pas que tu en aies envie.

— Mais est-ce possible ? insistai-je.

— La police n'a pas envoyé quelqu'un pour enquêter sur ta mort ?

— Si, mais c'est un poivrot.

— Il n'est pas si nul que ça.

Je me figeai.

— Tu connais Garrett ?

Peter marqua une hésitation.

— Je l'ai vu dans le coin.

— Tu étais là lorsqu'il a interrogé tout le monde ?

Il baissa les yeux.

— Oui.

— Qu'est-ce que tu foutais là ?

— Rien. Je traînais dans le coin.

— Tu étais présent à la soirée d'anniversaire de Beth ?

De toute évidence, Peter avait fait une gaffe en parlant du lieutenant.

— Par moments, fit-il précautionneusement.

— Pourquoi étais-tu là ?

— J'aime bien faire la fête.

Soudain, la coïncidence me parut un peu grosse.

— Tu étais là parce que tu savais que j'allais mourir ?

Il leva les yeux, non pas sur moi, mais pour regarder le mur nord du cimetière, là où une rue résidentielle traversait les collines verdoyantes. Deux petites filles roulaient à vélo sur le trottoir en riant aux éclats. On aurait dit deux sœurs.

— Bonne question, dit-il.

— En effet, fis-je, plongée dans mes pensées.

Je ne sais pas pourquoi, mais j'interprétai sa réponse comme un acquiescement. Je me rappelai la question de Jeff lors de la séance de spiritisme, lorsqu'il avait parlé de destin.

— Est-ce que je devais mourir cette nuit-là ?

Il opina.

— Rien n'arrive par hasard. Nous naissons avec un nombre donné de respirations. Lorsqu'il n'en reste plus, nous mourons. Rien ne peut l'empêcher.

— Rien ?

— Rien.

J'essayai de digérer cette notion. Cela ne rendait pas ce qui était arrivé plus acceptable pour autant. Au contraire, je me sentis plus déprimée encore.

— Tu en es sûr ?

Mes doutes le firent sourire.

— Une fille tombe d'un balcon et se transforme en philosophe.

— Oh, arrête.

— J'aimerais mieux parler baseball.

— J'ai horreur du baseball.

— Sais-tu que le fait d'être rentré dans un camion à cent à l'heure n'a pas diminué mes capacités ? Je reste le lanceur le plus rapide de tout le cimetière.

— Je t'en prie, Peter.

Il vit que je parlais sérieusement.

— Je t'ai dit, Shari, je ne peux pas répondre à ces questions, pas d'une façon que tu puisses trouver satisfaisante. Si j'affirme que tu devais mourir ce soir-là, c'est que, d'après tout ce que j'ai vu depuis que je suis ici, je sais que c'était vrai. Mais je sais aussi que tu disposes de ton libre arbitre. Ta destinée est entre tes mains. Tu n'avais pas à te rendre à cette soirée ce vendredi.

— Mais si je n'y étais pas allée, je serais toujours vivante. Tu te contredis.

— Voilà pourquoi ces discussions deviennent vite casse-pieds. Laisse-moi procéder par analogie. Disons que tu fais un emprunt à la banque. Comme tu n'as qu'une parole, à partir de là, tu es destinée à rendre l'argent. Mais tu décides de la façon dont tu le restitueras. Cela peut te prendre huit ans, ou dix-huit. Donc, tu disposes des deux : du destin et du libre arbitre. La vie est comme ça. La mort aussi.

— Mais cette banque a saisi ma maison !

Il sourit.

— Tu as dû dépasser la limite de ton crédit. Ne t'en fais pas, ce n'est qu'une analogie. Tu n'as de dette envers personne. Les mots n'expliquent rien. Tu as une chance d'entrer dans la lumière. Pour toi, cela signifie plus que tout ce que je pourrais te dire.

Il posa à nouveau sa main sur mon épaule. Il avait de belles mains, grandes et fortes, idéales pour un joueur de baseball. Je lui avais dit des bêtises.

J'adorais le baseball. Surtout lorsque c'était lui qui jouait.

— Tu n'as pas d'autres questions avant qu'on ne se dise au revoir ? demanda-t-il.

— Tu ne viens pas avec moi ?

— Je ne peux pas.

— Pourquoi ? demandai-je, manquant de m'étrangler d'émotion.

Je n'aurais pas pu lui expliquer à quel point sa présence m'avait réconfortée. Il n'y avait pas de mots assez forts.

Il détourna la tête et regarda les jeunes cyclistes. Pour des mortels, elles auraient été hors de vue, mais nous autres les distinguions très nettement.

— J'ai des responsabilités, dit-il. Tu n'es pas la seule. Plusieurs errent sans savoir où aller, sans savoir qu'ils sont morts.

— Et tu viens à leur secours ?

— Autant que je le peux.

— As-tu besoin d'une assistante ?

Mon offre l'étonna. Il secoua négativement la tête.

— Tu ne peux pas rester ici, Shari. Tu dois aller de l'avant.

— Mais pourquoi ? Il n'y a pas le feu ! Je ne risque pas de devenir trop vieille pour partir.

Ce serait assez marrant de voler au secours d'autres apprentis fantômes comme moi. Je leur conseillerais d'éviter les morgues comme la peste.

— Cela n'a rien à voir. Tu *dois* t'en aller.

— Et mon libre arbitre, alors ? Il n'est plus valable ?

— Si, mais...

— Alors je décide de rester. Ce doit être inscrit dans ma destinée.

— Comment ça ?

— Parce que je viens de l'écrire. En fait, je veux surtout savoir qui m'a tué.

— Tu ne peux pas faire ça. Même si tu devinais l'identité de l'assassin, tu serais incapable de transmettre l'information aux vivants.

Voilà un détail qui m'avait échappé.

— Il n'y a pas moyen de leur parler ?

— Non.

— Tu en es sûr ?

Il secoua à nouveau la tête.

— Shari, laisse donc faire la police. Ils savent mieux que nous ce qu'il convient de faire.

— Je te l'ai dit, ce Garrett n'est qu'un poivrot.

— Oui, mais il a malgré tout un avantage sur toi. Il est vivant, lui.

— On pourrait croire qu'un mort ferait un meilleur espion qu'un vivant.

Je me souvins de ma mère. Par deux fois, on aurait dit qu'elle m'avait entendue : d'abord dans la cuisine, juste après le coup de fil de l'hôpital, et dans sa chambre, lorsque j'avais essayé de la consoler. Il devait bien y avoir un lien qui nous rattache aux vivants. Il fallait que je trouve un moyen de leur parler.

— Pourquoi as-tu si hâte de te débarrasser de moi ? demandai-je.

— Ce n'est pas ça.

— Est-ce que tu t'es trouvé une copine d'outre-tombe ? Une vamp du Moyen Âge, peut-être ? Je suis sûre qu'elle ne sait pas ce que c'est que le M.L.F. Je meurs d'envie de la rencontrer.

Il ne sourit même pas.

— C'est dangereux pour toi de rester ici.

Je cessai de le chahuter.

— Pourquoi ?

— Tu le sais bien.

Assise comme je l'étais à côté d'un vieil ami, en plein soleil, j'aurais pu oublier la créature sur le balcon. Mais il n'en était pas question. Son image s'était incrustée dans mon esprit.

— Qu'est-ce que c'était ?

— L'Ombre.

— Pardon ?

Il ferma les yeux et baissa la tête. Lui aussi avait peur de cette chose.

— C'est l'horreur. Pure et simple.

— C'est le Diable ou quelque chose comme ça ?

— Ce n'est pas...

Il ouvrit les yeux et fixa une touffe d'herbe. Je ne l'avais jamais vu dans un tel état. Il était pâle comme s'il avait vu un fantôme — sans jeu de mots.

— Oui, quelque chose comme ça. C'est le Mal.

— En ce cas, pourquoi Dieu l'a-t-Il créée ?

— Je ne sais pas.

— Il n'y en a qu'une, ou elle a des frères et sœurs ?

Il se tourna vers moi.

— Shari, elle ne doit jamais t'attraper. Jamais. Tu dois fuir hors de sa portée.

— Qu'est-ce qu'elle peut bien me faire ?

— T'emprisonner.

— Comment ?

— C'est impossible à expliquer. Mais c'est ce qu'elle fait.

— Tu ne peux pas m'en protéger ?

— Non.

— Et toi, comment est-ce que tu t'en protèges ?

— En l'évitant. Et ce n'est pas facile.

— Mais si l'on était deux, ensemble, ne serions-nous pas en sécurité ?

Il allait me répondre lorsqu'il s'interrompit brutalement. Je ne savais pas ce qui se passait. Il ferma à nouveau les yeux, comme s'il méditait. Mais, cette fois-ci, son visage ne se détendit pas. Lorsqu'il ouvrit enfin les yeux, il regarda sa paume gauche. Il était gaucher, et tenait sa batte de baseball de la main gauche. Et, gaucher ou pas, il faisait des merveilles.

— Je ne savais pas, dit-il.

— Tu ne savais pas quoi ?

— Que tu devais mourir cette nuit-là.

— Tu n'as pas vu l'assassin ?

— Non. J'ai quitté les lieux quelques minutes avant que cela se produise.

— Oh !

— Tu ne veux toujours pas partir ?

L'Ombre m'avait effrayée, plus que la mort elle-même, mais Jimmy restait seul et tourmenté, et mon assassin était toujours en liberté. Et il y avait Peter. Il fixait toujours sa paume ouverte. Je pensai à mettre ma main dans la sienne et lui avouer que je désirais autant rester en sa compagnie que de trouver mon assassin. Mais je ne le fis pas, sans doute parce que cela n'était pas le moment. Pour bien des choses, me dis-je, ce n'est jamais le moment.

— Non, dit-il.

Il referma sa main en un poing et frappa doucement le sol sans plier un seul brin d'herbe.

— Tu fais une grave erreur, dit-il.

— C'est ce qu'on verra.

Il leva la tête et, à mon grand soulagement, je vis qu'il souriait. J'avais gain de cause, du moins pour l'instant. Il me tendit la main.

— En ce cas, je crois qu'on est voués à ramer sur le même banc, fit-il en référence au cours de biologie où nous partagions la même table.

— Il n'y a pas de fille du Moyen Âge, alors ?

— Ce serait trop beau.

## CHAPITRE IX

Nous ne sommes pas sortis du cimetière tout de suite. Il fallait d'abord décider de la façon dont nous devions mener notre enquête. Avant toute chose, je demandai à Peter s'il pouvait lire dans l'esprit des gens. Question qui lui parut bien singulière.

— Bien sûr que non, dit-il. Tu me prends pour un médium ?

— On peut toujours demander. En tout cas, si tu avais eu ce talent, cela aurait drôlement facilité notre enquête.

— Mais je ne l'ai pas.

— J'avais compris. Bon, alors, qu'est-ce qu'on fait ?

— D'après toi, parmi les gens qui étaient à la soirée, qui pourrait être capable de commettre un meurtre ?

— Personne.

— Je vois que l'enquête démarre sur les chapeaux de roues.

— Mais si je devais choisir quelqu'un, ce serait Amanda.

— Pourquoi ? Elle m'a l'air d'une brave fille un peu timide.

— Trop timide. Depuis le premier jour où elle

est sortie avec mon frère, je ne lui ai jamais fait confiance.

Il étouffa un petit rire.

— Je crois détecter un soupçon de jalousie.

— Non. Enfin, bon, peut-être. Mais je pense que cette fille cache quelque chose.

— Depuis quand est-ce que tu le penses ?

— Depuis toujours.

— Mais si c'est bien elle, cela ne fait que quelques jours qu'elle t'a tuée. Et avant, qu'est-ce qu'elle pouvait bien cacher ?

— Je ne sais pas, admis-je.

— Il faudrait qu'on refasse le même itinéraire que Garrett, décider où se trouvait tout le monde lorsque tu es allée sur le balcon.

— D'accord.

Soudain, une idée me traversa l'esprit.

— Au fait, lorsque Garrett a interrogé la fine équipe, comment cela se fait-il que je ne t'aie pas vu ?

— Facile. Tu ne fais pas toujours attention à ce qui t'entoure.

— Vraiment ?

— Tu as toujours été comme ça.

Il réfléchit avant d'ajouter :

— Amanda était censée être aux toilettes lorsque tu as été tuée, c'est ça ?

— Oui, fis-je à contrecœur. Lorsque ton frère est allé dans la chambre de Beth, j'étais toujours sur le balcon. Hé ! Et si elle était sortie des toilettes lorsque Jeff a quitté la pièce, m'avait fait tomber du balcon, puis était retournée s'enfermer ?

— Il aurait fallu faire vite.

— Mais c'est toujours une possibilité.

— Peu probable. Beth dit qu'elle n'a quitté le salon qu'une minute après Jeff. Et puis il faudrait trouver un mobile.

— Alors examinons le cas de Dan. Amanda m'a dit qu'il flirtait avec Beth dans le Jacuzzi. Il avait un mobile pour me vouloir morte.

— Un peu mince. Si Dan voulait sortir avec Beth, il lui suffisait de rompre. Il n'avait pas besoin de te tuer.

— Mais je l'avais humilié.

— Comment ?

J'hésitai.

— C'est une longue histoire.

Soudain, une idée particulièrement désagréable vint perturber le cours de mes pensées.

— Peter ?

— Oui ?

— Depuis ta mort, est-ce que tu as beaucoup traîné autour de, heu... nous autres les vivants ?

Il eut un sourire.

— Tu veux savoir si je suis venu t'épier pendant que tu prenais ta douche ?

Si j'avais eu du sang dans les veines, j'aurais rougi.

— Non.

— Je l'ai fait, une fois.

— *Quoi ?* Là, tu charries !

— Rien qu'une fois, fit-il en se marrant comme une baleine.

— Quand ça ? L'été dernier ? J'étais bronzée ou pas ?

— Je ne me souviens pas.

— Et en plus, tu ne t'en souviens pas ! De quoi avais-je l'air ?

— Très bien.

— *Très bien ?* Ça veut dire quoi, ça ?

— Très chouette, dit-il en rigolant de plus belle.

Je lui donnai un coup de poing dans le bras.

— Espèce de dégoûtant !

— Simple curiosité.

— Pourquoi moi ? Ou est-ce que tu t'es fait toute la ville comme ça, douche après douche ? Oui, c'est bien ça ? Et je suis sûre que tu le fais toujours. Et tu viens me raconter que tu es mon ange gardien !

— Tu étais la première, affirma-t-il.

— Je suppose que je dois prendre ça comme un compliment ?

— Oui.

En y repensant, je décidai que c'était vrai : je me sentais flattée. Mais, bien sûr, pas question de le lui faire savoir.

— J'espère que tu n'as pas été trop déçu, dis-je.

— En fait, j'ai trouvé ça très exaltant sur un plan spirituel.

Il se leva et se mit à faire les cent pas en face de moi, puis revint à notre préoccupation première.

— Dan est la dernière personne qu'on puisse accuser de ton meurtre. C'était l'un des derniers à être sorti du salon, et il est passé sur le balcon alors que Jo et Beth étaient déjà là.

— Il aurait pu s'y trouver avant Jo, puis être rentré à l'intérieur pour sortir de nouveau.

— Mais il a quitté le salon en même temps que Jo. Il n'aurait pas eu le temps de te tuer avant que Jo ne passe sur le balcon. Et puis il aurait fallu que Beth et lui soient de mèche.

— Et Beth, justement ? Jo a dit qu'elle se trouvait sur le balcon avant elle.

Peter acquiesça.

— Beth peut bien être considérée comme notre principal suspect si l'on se base sur l'emploi du temps de chacun. Mais quel serait son mobile ? D'accord, elle avait des vues sur ton copain, mais ce n'est pas suffisant pour commettre un meurtre.

— Mais Beth était bizarre ce soir-là. Après que

Jo l'eut fait passer sous son aimant, elle avait l'air complètement dans les vapes. Peter, quand exactement as-tu quitté l'appartement ?

— Je te l'ai dit. Quelques minutes avant ta mort.

— Et quelle est la dernière chose que tu as vue ? Tu as assisté à la séance ?

Il cessa d'arpenter le gazon.

— Quelle séance ?

— Lorsque Jo m'a hypnotisée.

— J'en ai vu un bout.

— Et pourquoi est-ce que tu es parti tout d'un coup ?

— Il se faisait tard.

— Mais tu ne dors pas, non ?

— Pas exactement, mais il m'arrive d'avoir besoin de repos.

— Pourquoi es-tu parti ?

Il haussa les épaules.

— Sais pas.

— Eh bien, je ne sais pas ce qu'avait Beth. Tu as une idée ?

— Comment veux-tu que je le sache ?

— Pourquoi pas ?

Quelque chose le gênait, et je croyais savoir quoi. Inutile d'éviter la question.

— Peter ? Et Jeff ?

— Ce n'est pas lui qui t'a tué.

— Il a dit m'avoir vue sur le balcon. Mais lorsque Beth est passée dans la chambre, je n'étais plus là.

— Ce ne peut pas être mon frère. Il ne ferait pas de mal à une mouche.

— Il ne m'aimait pas.

— Pourquoi est-ce que tu dis ça ?

— Je le savais.

— Il n'aurait pas eu le temps de te tuer avant que Beth n'apparaisse.

— Il ne faut pas des heures pour pousser quelqu'un par-dessus un balcon.

Peter ne dit rien.

— Tu sais pourquoi ton frère ne m'aimait pas ? demandai-je.

— Shari, pour autant que je sache, lorsque j'étais en vie, Jeff n'avait rien contre toi.

— C'est bon. Je te crois.

— Et Jo ? suggéra-t-il.

Je ne pus m'empêcher de rire.

— Enfin, voyons, c'est ma meilleure amie !

— Tu as confiance en elle ?

— Mais qu'est-ce que tu racontes ? Bien sûr que j'ai confiance en elle. Et, de toute façon, elle n'est arrivée sur le balcon qu'après Beth.

— Beth croyait que Jo était là avant elle.

— Beth racontait n'importe quoi.

— Tu ne devrais pas éliminer automatiquement Jo de la liste des suspects.

— Et toi, tu ne devrais pas « éliminer automatiquement » Jeff de cette sacrée liste, rétorquai-je.

De toute évidence, la mort n'avait pas amélioré mon caractère. J'eus tout de suite honte.

— Excuse-moi, marmonnai-je.

Il hocha la tête.

— Moi aussi. Disséquer les faits et gestes de ses amis n'a rien de bien exaltant.

— Sans oublier sa famille.

— Ouais.

— Est-ce qu'on a fait des progrès ?

— Qui sait ?

— Dieu, sans doute. Tu ne peux pas lui demander ce qu'Il en pense ?

Peter eut un sourire.

— Tu as vu le plan de Garrett, la façon dont il a rayé ton emplacement sur le balcon ?

— Toi aussi, tu l'as vu ?

— Je regardais par-dessus ton épaule pendant que tu regardais par-dessus la sienne. Tu sais ce que signifient ces rayures ?

— Non.

— Garrett s'est dit qu'il est possible que quelqu'un se soit trouvé juste derrière toi sur le balcon, de sorte qu'on n'ait pas pu l'apercevoir depuis le centre de la chambre de Beth.

— Amanda, murmurai-je.

— Donc, il est possible qu'elle se soit tenue derrière toi alors que Jeff se trouvait dans la chambre de Beth.

— C'est elle ! J'en étais sûre !

Peter fit non de la tête.

— Cela semble plausible à première vue, mais pas si on y regarde de plus près. Jeff dit que la porte coulissante menant au balcon était fermée lorsqu'il est entré dans la chambre. Amanda ne pouvait pas te pousser du balcon, puis revenir à l'intérieur, à moins qu'elle ne soit passée par la cuisine, là où Jo et Dan l'auraient croisée. Amanda se trouvait *forcément* dans les toilettes. Pendant que Dan était sur le balcon, il l'a vue derrière lui, et lorsque Jeff est retourné dans le salon, elle s'y trouvait.

— Conclusion : ni Dan ni Amanda ne peuvent avoir fait le coup.

— Peut-être.

Peter regarda le soleil qui se parait de couleurs dignes d'un kaléidoscope.

— Et si c'était quelqu'un qui n'ait rien à voir avec tes amis, qui n'ait pas été invité à la fête ?

— Tu veux dire, quelqu'un venu de l'extérieur

qui se serait introduit dans l'appartement spécialemement pour me tuer ?

— Non. Peut-être que nous faisons fausse route en pensant à « quelqu'un ». Et s'ils étaient deux ? Ou trois ? Et ils auraient combiné leurs récits, ce qui fait que des éléments que nous tenons pour certains peuvent être de la pure invention.

J'en restai bouche bée.

— Et s'ils étaient *tous* dans le coup ?

— Alors on n'est pas sortis de l'auberge.

Nous avons cherché comment agir pour le mieux et décidé de suivre mes amis pendant quelques jours, en quête d'éventuels indices. Un fantôme ne peut pas faire grand-chose — du moins c'est ce que dit Peter. Pourtant, en mon for intérieur, j'étais bien décidée à explorer tous les moyens imaginables pour entrer en contact avec les vivants.

Nous sortions du cimetière lorsque Peter décida qu'il était temps de m'apprendre les rudiments du transport mental.

— De ce côté de la barrière, on ne conduit pas de voitures, dit-il.

— Alors comment fait-on ?

Il posa un doigt sur son front.

— On fait travailler ses méninges. Mais allons donc au parc avant que je te montre tout ça.

En fait, il voulait m'écarter de ma propre tombe. Durant notre conversation, mon regard n'en finissait pas de revenir vers ce monticule de terre fraîchement retournée. Il avait pour moi un attrait sinistre, tout comme l'endroit où j'étais morte. Je ne pouvais pas m'empêcher de penser à mon cadavre en train de se décomposer là-dessous. J'aurais préféré être incinérée et que mes cendres soient dispersées dans l'océan.

Le parc était juste en face du cimetière, de l'autre côté de la rue. Les deux jeunes cyclistes que nous avions vues plus tôt avaient déposé leurs bicyclettes et s'amusaient avec les balançoires. Peter me guida vers un banc, à l'ombre d'un arbre.

— Nous allons faire une petite expérience, dit-il lorsque nous fûmes confortablement installés. Maintenant, imagine-toi dans la cour du lycée. Pense aux chaises qui entourent la cafétéria. Pense aux immeubles, aux arbres, aux gens qu'on connaît et qui vont en classe. Puis dis-toi : je veux être là-bas. Je veux me retrouver au lycée. Tu n'as pas à te concentrer sur ce désir, il doit juste être là, tout innocent. Maintenant, à toi de jouer. Essaie pendant une ou deux minutes.

J'obéis et laissai passer une minute avant d'ouvrir les yeux.

— Je m'en tire comment ? demandai-je.

— Tu es toujours là.

— Ce truc est censé me téléporter au lycée ?

— C'est comme ça que je me déplace. Tu l'as déjà fait, tu t'en rappelles ? Ferme les yeux et essaie encore. Mais pas trop fort. Contente-toi d'imaginer le lycée et de t'y voir. On a tout notre temps.

— Exact.

Je m'y attelai pendant une bonne demi-heure, et je dois dire que là était le problème : j'y mettais un peu trop de zèle. Finalement, j'ouvris les yeux.

— Je ne peux pas croire que ça marche, dis-je.

— Et c'est pour ça que ça ne marche pas.

— Merci, Yoda. Que la force soit avec toi, Luke.

Il eut un sourire.

— *La Guerre des étoiles*. Bon. Tu te souviens de Peter Pan ?

Je secouai la tête.

— Pas question que je m'envole.

— Tout le monde peut voler, même les vivants. En Inde, il y a des yogis capables de flotter d'une montagne à l'autre. Je l'ai vu. Mais c'est plus facile lorsque tu es dépourvu de corps physique. Tiens, regarde.

Il fit un bond extraordinaire, puis resta suspendu en l'air ; il y croisa ses jambes dans la position du lotus et resta là, suspendu à deux mètres au-dessus de ma tête.

— Mon Dieu, murmurai-je.

— Non, non, tu es trop gentil. Disons juste un humble disciple de saint Pierre. Tu vois, c'est facile, non ? Allez, viens.

— Je ne peux pas. Je n'arrive jamais à prendre la position du lotus.

— La façon dont tu croises les jambes n'a aucune importance. Tout ce qui compte, c'est que tu comprennes que tu peux y arriver et que tu n'aies pas peur de te faire mal. Allez, Shari Poppins, envole-toi.

— T'es sûr que je ne risque pas de me faire mal ?

— À ce stade, sûr et certain. Allez, saute.

Ce que je fis. Je ne suis pas montée très haut et j'ai atterri bien vite. J'essayai à nouveau tout en m'imaginant légère comme une plume. Sans résultat.

— Je ne peux pas m'accrocher à toi comme Lois Lane dans *Superman* ?

— Non. Tes pieds d'argile me feraient tomber.

— Pourquoi est-ce que je dois apprendre tout ça ?

— Tu n'apprends pas : tu *désapprends* ce qu'on t'a toujours répété et qui te fait croire que c'est impossible. Essaie à nouveau, mais moins fort.

Plus facile à dire qu'à faire. Je n'ai pas pu

décoller bien haut. Pas de quoi battre le record de saut du lycée. Peter flotta à mes côtés.

— Cela viendra, dit-il.

— J'ai l'impression que j'y arriverais mieux avec un balai.

— Si tu veux, je peux t'en donner un.

— Vraiment ? Il est où ?

— Je peux t'en fabriquer un.

— Comment ?

Il fit un geste pour désigner la brume en stagnation dans l'air. J'avais presque fini par l'oublier.

— Quand tu étais vivante, tu baignais dans un monde de matière. Ceci est aussi de la matière, mais d'une nature plus éthérée et plus facile à manipuler. Il me suffit de me concentrer sur l'image d'un balai et la brume qui nous entoure nous en donnera un.

— Tu pourrais me faire de nouveaux vêtements ?

— Bien sûr.

— Changer la couleur de mes yeux ?

— Oui.

— Mon corps ?

— Qu'est-ce qui ne va pas ?

— Je pensais m'en contenter jusqu'à ce que quelqu'un me dise qu'il était juste « très chouette ».

Il éclata de rire.

— Non, je voudrais... quelle est la couleur de mes yeux ?

— Verts, pourquoi ?

— Tu es trop beau pour être vrai, dis-je en le serrant contre moi. Laisse tomber. Mon corps me plaît tel qu'il est. Et pour le balai, eh bien, contrairement à Jo, je n'ai jamais voulu être une sorcière.

— Il te faudra donc marcher, affirma-t-il.

On aurait cru entendre la bonne sorcière du *Magicien d'Oz*.

— Je peux faire du stop ?

— Oui, si tu es capable de traverser les portières.

Il désigna un chêne du doigt.

— Tiens, marche à travers cet arbre.

— Que dalle. Le bois est infesté d'insectes. Hé, voilà ce que je voulais te demander. Comment se fait-il que je touche des objets sans vraiment les toucher ?

— Parce que tu es morte.

— Merci, je sais. Mais, enfin, pour l'instant, mes pieds sont posés sur le sol, le sol me soutient. Pourquoi est-ce que je ne passe pas à travers ?

— Parce que tu *t'attends* à ce que le sol te soutienne. Tout se passe dans ton esprit. Depuis que tu es morte, est-ce que ton corps a déjà traversé un objet physique?

— Oui. Lorsque j'ai voulu prendre le bras de Jimmy à l'hôpital, ma main l'a traversé.

Peter hocha la tête.

— À ce moment-là, tu devais être si désespérée que tu as oublié tes inhibitions psychologiques. Mais comme ça, tu as pu constater que c'est possible.

Il désigna le bac.

— Marche à travers.

— Bon, bon.

Il était temps d'arrêter de papoter. Je marchai vers le banc en faisant de mon mieux pour ignorer sa présence. Je me cognai le genou contre le bois, ce qui me mit en rogne. Je criai « Aïe ! » et me pliai en deux sous l'effet de la douleur.

— Ça fait mal parce que tu crois que ça fait mal.

— Ferme-la ! *Ça fait* mal, bon sang ! Et pourquoi, ça m'est égal !

— Imagine que tu ne sens rien.

— Je préférerais une aspirine et un verre d'eau.

Comme je me penchais pour frotter mon pauvre genou, je n'ai vu ni éclair ni lumière. Peut-être n'y eut-il ni l'un ni l'autre. Mais la seconde suivante, il me tendait une aspirine et un verre d'eau.

— Tiens, dit-il. Avale ça et partons d'ici.

## CHAPITRE X

En fin de compte, nous avons pris le bus. Les portes s'ouvraient automatiquement. En plus, nous n'avions pas à nous soucier d'avoir la somme exacte pour payer le ticket [1]. Comme quoi, être mort peut avoir ses avantages. Pour arriver dans mon quartier, nous avons dû changer plusieurs fois de lignes, et le dernier bus que nous avons emprunté était plein à craquer. Je restai debout pendant que Peter alla s'asseoir sur les genoux d'une jolie blonde.

— Ne te gêne pas ! lui lançai-je.

— On ne se refait pas. Et puis, c'est toi qui es détraquée. Tu as l'esprit mal tourné.

— Non, si tout se passe dans les règles, entre deux adultes consentants et *vivants*.

— Et entre deux ados morts ?

Je me contentai de rire. Il ne pouvait pas parler sérieusement.

La maison de Daniel était plus près de l'arrêt d'autobus que la mienne. Je dis à Peter que je

1. Prendre l'autobus aux États-Unis relève de l'exploit : outre les horaires assez hasardeux et les itinéraires peu pratiques, il faut obligatoirement acquitter le prix exact du trajet aux caisses automatiques, qui ne rendent pas la monnaie ! Les États-Unis sont bien le pays de l'automobile... *(N.d.T.)*

voulais aller voir ce que devenait mon ex. En faisant le tour de la maison, je trouvai une fenêtre ouverte. Peter dut m'aider à monter ; lui s'en sortit tout seul, comme un grand. Lorsque je sautai à l'intérieur, il traversait déjà la cuisine pour aller au salon. Il y avait du monde. Des voix. La Grosse et Spam.

Ils s'embrassaient sur le canapé. Peter secoua la tête.

— Dire que ta dépouille est encore fumante !

— Peter, gémis-je, blessée au plus profond de moi-même.

Il se matérialisa instantanément à mes côtés.

— Excuse-moi, fit-il. Ce n'était pas drôle. Ça va ? fit-il en passant son bras autour de ma taille.

— Je crois que je vais vomir.

— Oh, non, je ne crois pas. Retournons dans la cuisine.

— Je veux sortir d'ici !

— Pas encore. Ça peut devenir intéressant. Je veux dire, pour l'enquête. Allez, viens.

Nous nous sommes assis à la table de la cuisine. Je pouvais les entendre dans la chambre d'à côté. Je fixai les pommes empilées dans une corbeille à fruits. J'aurais voulu pouvoir les leur enfoncer dans la gorge.

— Et moi qui croyais compter pour lui, murmurai-je.

— Tu t'y feras.

— Non.

— Oublie-le. Il n'en vaut pas la peine.

J'eus un petit rire triste.

— Ton frère disait que c'est un gros nul.

— Mon petit frère est un malin.

— C'est ça, oui. Alors, s'il est si futé, dis-moi ce qu'il faisait avec Beth ?

Peter jeta un coup d'œil dans le salon et se racla la gorge.

— Eh bien... il devait avoir ses raisons.

On frappa à la porte. Nous avons sursauté, mais pas tant que Daniel et Beth. Lorsque nous sommes retournés dans le salon, ils se rajustaient à la hâte.

— Un instant ! cria Beth.

— Chut ! dit Daniel. C'est chez moi, ici ! Un instant !

Peter regarda par la fenêtre.

— On a de la chance, Shari. C'est Garrett. Il les prend la main dans le sac.

— Il aurait pu arriver plus tôt, grognai-je.

Finalement, les deux traîtres se jugèrent assez présentables pour aller ouvrir la porte. Garrett ne portait plus son blouson vert, mais sa chemise noire n'avait pas vu un fer à repasser depuis longtemps. Ce n'était pas un progrès. On aurait dit qu'il avait passé la nuit dans une poubelle, et il avait vraiment besoin d'un coup de rasoir. Voire de tondeuse à gazon.

— Je peux entrer ? demanda-t-il à Daniel.

— Je ne sais pas, fit Daniel en regardant Beth. Ce n'est pas le bon moment.

— Je m'en doute, fit Garrett en entrant malgré tout. Vos parents sont là ?

— Non.

— Tant mieux.

Il tira son éternel bloc-notes.

— J'aimerais vous poser quelques questions à tous les deux. Asseyez-vous, ajouta-t-il en désignant le canapé.

Ils obtempérèrent. Garrett s'assit sur un tabouret.

— Vous êtes allés à l'enterrement ?

— Oui, répondit Daniel.

— C'était triste, ajouta Beth.

— C'est souvent le cas, fit Garrett. (Il toussa et fit sortir la mine de son stylo.) L'un d'entre vous a-t-il poussé Shari du balcon ?

Daniel eut un sourire ridicule.

— Pardon ?

— Avez-vous tué votre copine ?

— Elle a sauté, fit Beth.

— Vous l'avez vue ?

— Non.

— Je ne l'ai pas poussée, dit Daniel. Jo peut vous le confirmer.

— Si elle vous a laissé faire une chose pareille, elle ne me le dira pas.

Daniel ne souriait plus du tout.

— Monsieur, je ne crois pas que nous puissions vous dire ce que vous voulez savoir.

— Vous avez le droit de garder le silence, concéda Garrett.

Daniel hocha la tête, très digne.

— Je connais mes droits.

— Mais cela ne compte que si vous êtes en état d'arrestation. Si je veux que vous restiez silencieux, il faudra que je vous arrête.

— Ce flic me plaît, dit Peter.

— Chut ! intimai-je.

Daniel et Beth se regardèrent, mal à l'aise.

— Nous ne l'avons pas tuée, murmura Beth. Je ne vois pas ce que je peux dire d'autre.

— Est-ce que Jo est passée avant vous sur le balcon ?

— Elle prétend être sortie après moi, répondit Beth.

— Qu'en dites-vous ?

— Je ne sais pas. Il faisait noir.

— Pas tant que ça. Et le balcon n'est pas si grand. Qu'est-ce que vous aviez ce soir-là, Beth ? Vous aviez bu ?

— Elle ne boit pas d'alcool, répondit Daniel.

— C'est à elle que je pose la question.

Beth fit la grimace.

— Je ne sais pas ce qui m'a prise.

Garrett se pencha en avant.

— Vous étiez en colère contre Shari ?

— Non.

— Pourquoi pas ?

— Parce que... c'était mon amie, balbutia Beth.

— Comment pouvait-elle être votre amie alors qu'elle sortait avec votre copain ?

— Dan n'était pas mon copain.

— Et maintenant ?

— Non, interrompit Daniel.

— Non, fit Beth en un faible écho.

Garrett se tourna vers Daniel.

— Lorsque vous êtes allé sur le balcon, avez-vous vu Amanda sortir des toilettes ? Essayez de vous en souvenir. Sinon, il faudra que je vous arrête.

— Je l'ai vue.

— Vous en êtes sûr ?

— Oui.

Garrett referma son bloc-notes et se leva.

— Ce sera tout pour l'instant.

La frayeur de Daniel se transforma en colère.

— Pourquoi est-ce que vous venez sans arrêt nous casser les pieds ? Vous n'avez pas le droit.

Garrett le dévisagea pendant un instant, de toute sa hauteur ; on aurait dit qu'il examinait ses pieds. Puis ses yeux clignèrent, remontèrent, et avant que Daniel n'ait pu réagir, il rafla quelque chose dans la poche de chemise de celui-ci. C'était un préservatif, encore emballé.

— Qu'est-ce que c'est que ça ?

— Qu'est-ce que ça peut vous faire, rétorqua Daniel.

— Il y a des domaines où on peut prendre ses précautions, mais d'autres où tu ne te protégeras pas si facilement.

Il sourit, rangea son bloc-notes et s'en alla. Peter voulut le rattraper.

— Je parie qu'il va aller interroger les autres, me dit Peter. On peut se glisser à l'arrière de sa camionnette, comme ça, on n'aura pas à s'embêter à prendre le bus. Allez, viens.

— Non, je veux voir ce que ces deux cocos ont à se dire.

— Ils vont continuer à se peloter, c'est tout. (Un instant après, il ajouta :) Remarque, on peut toujours rester.

Peter se trompait. Dès que Garrett passa la porte, Beth fondit en larmes.

— Il bluffait, c'est tout, dit Daniel. Il ne va pas nous arrêter.

Il posa ses mains sur sa nuque alors qu'elle pleurait, le nez enfoui dans les coussins.

— Hé, je suis là. Tout va bien.

Elle se releva soudain et le repoussa.

— Je n'ai rien à faire ici ! On ne devrait pas être ensemble.

— Pourquoi ? Je croyais que tu m'aimais bien.

Elle lui jeta un regard incrédule.

— Dan, Shari est morte. On vient de l'enterrer.

Beth regarda autour d'elle avec l'air de se demander comment elle avait pu en arriver là.

— Il faut que je m'en aille.

Daniel voulut l'arrêter.

— Moi aussi, je suis bouleversé. C'était *ma* copine, après tout.

— En ce cas, pourquoi est-ce que tu te comportes comme si tu l'avais à peine connue ?

— Ce n'est pas vrai.

— Mais si. Laisse-moi.

Elle allait le repousser à nouveau, puis s'arrêta. Elle le dévisagea et sa propre expression se modifia, soudain moins ahurie.

— C'est vrai, dit-elle avec quelque chose qui pouvait être des regrets dans la voix.

Beth s'en alla. Daniel ne fit rien pour l'arrêter.

— Shari, dit Peter, il faut qu'on prenne la camionnette de Garrett.

— Un instant.

Daniel resta là, à fixer la porte fermée, avant de grimper les escaliers pour aller dans sa chambre. Je le suivis. Peter resta en arrière. Daniel se jeta sur son lit, ouvrit un tiroir de sa table de nuit et en tira une photo de moi, revêtue de la robe blanche que je portais au bal de fin d'année. Il m'avait dit que j'étais très belle et, cette nuit-là, lui aussi était très séduisant.

Maintenant, il semblait très vieux.

— Shari, dit-il en mordant sa lèvre inférieure.

Je dus m'approcher pour mieux voir. Incroyable mais vrai, c'était des larmes qui brillaient sur ses joues.

J'aurais pu m'en réjouir, ou même pleurer avec lui. Mais il ne m'en donna pas l'occasion. Il jeta ma photo contre le mur, brisant le verre qui la recouvrait, puis enfouit son visage dans l'oreiller. Je n'entendis plus que sa respiration.

— À plus tard, dis-je.

Je redescendis les escaliers, et Peter me fit passer par la fenêtre à toute allure. Nous avons sauté à l'arrière de la camionnette au moment où Garrett manœuvrait pour repartir. Le policier ne manqua pas de remarquer le départ précipité de Beth.

— J'ai entendu un drôle de bruit, dit Peter. Tu as cassé quelque chose ?

— Oh, ce n'était rien.

L'arrêt suivant fut la demeure de Jeff Nichols, autrefois aussi celle de Peter. Je pus reconnaître le chemin longtemps à l'avance. Je jetai un œil à Peter, mais il ne semblait pas s'en formaliser.

— Il y a une question que je ne t'ai jamais posée, dis-je. Lorsque tu es mort, comment est-ce que cela s'est passé ?

— C'est-à-dire ?

— Est-ce que tu as tout de suite compris que tu étais mort ?

— Oh, oui. Je n'ai pas erré comme tu l'as fait. Un instant, je roulais sur l'autoroute, le vent fouettant mon visage, et paf ! Tout d'un coup, je me trouvais au bord de la route, face à un monstrueux semi-remorque, à regarder mon propre cadavre. (Il haussa les épaules.) Il y avait du sang partout. Je savais que c'était fini.

— C'est le conducteur du camion qui était en tort ?

— Non.

— C'est ce que j'ai lu dans le journal.

— C'était ma faute.

— Vraiment ? Qu'est-ce qui s'est passé ?

J'ai fait l'idiot.

— Est-ce que quelqu'un est venu t'aider ?

— Ce fut pire encore que pour toi.

— Qu'est-ce que tu veux dire ?

Il eut un pâle sourire, mais n'en dit pas plus.

Jeff était devant la maison et bricolait sa moto. Apparemment, l'amour des engins rapides était génétique. Jeff avait les doigts couverts de cambouis, une cigarette aux lèvres et un pack de six bières entamé posé à côté d'une boîte à outils. Il regarda à peine Garrett, qui descendit de sa camionnette et marcha vers lui.

— En plein travail ? demanda Garrett.

— Ça y ressemble.

— Je peux piquer une bière ?

Jeff leva enfin les yeux, posa ses outils et tendit une canette au policier.

— Elle est tiède, l'avertit-il.

— Pas grave, je suis de service.

Garrett ouvrit la canette et but une longue rasade.

— Merci. Je voulais vous poser quelques questions.

— J'ai dit tout ce que j'avais à dire l'autre soir.

— Vous aimez la bière, Jeff ?

— Ouais. Et vous ?

— Je préfère le whisky.

Garrett termina sa canette et la posa sur le trottoir, à côté de celles que Jeff avait déjà bues. Les Nichols étaient plutôt aisés. Leur maison était aussi grande que la mienne. Mais elle était vide, Jeff excepté. Garrett sortit son bloc-notes.

— Le soir de l'anniversaire, vous aviez bu ?

— Oui.

— En quelle quantité ?

— Je n'étais pas saoul.

— Combien ?

— Deux ou trois canettes.

— Après la séance de spiritisme, pourquoi avez-vous essayé d'aller dans les toilettes attenantes à la chambre de Beth alors que vous veniez de voir Amanda y entrer ?

— Aucune idée.

— Vous pouvez faire mieux.

— J'avais besoin d'aller aux toilettes. Je n'ai pas vraiment réfléchi. Vous voulez une autre bière ?

— Non. Pendant que vous étiez dans la chambre de Beth, avez-vous entendu quoi que ce soit qui puisse indiquer qu'Amanda se trouvait effectivement dans les toilettes ?

— Je ne sais pas. Peut-être.

— Plus précisément ?

— J'ai cru entendre couler de l'eau.

— Quelles étaient vos relations avec Shari ?

— Inexistantes.

— Vous n'étiez pas amis ?

— Non.

— Vous ne l'aimiez pas ?

— Pas vraiment.

— Pensez-vous qu'elle ait eu des tendances suicidaires ?

— Je vous dis que je la connaissais à peine.

— Quelles sont vos relations avec Beth ?

— Je sortais avec elle.

— Quand avez-vous rompu ?

— Le soir de son anniversaire.

— Pourquoi ?

— On commençait à se lasser.

— Quelles sont vos relations avec Joanne Foulton ?

— Nous sommes amis.

— Êtes-vous sortis ensemble à un moment ou à un autre ?

— Non.

— Et à l'avenir, est-ce possible ?

— Ça m'étonnerait.

— De quel signe êtes-vous, Jeff ?

— Hein ?

— Votre signe astrologique.

— Scorpion.

— Je vous vois mal vous adonner à l'astrologie.

— Ça ne m'intéresse pas.

— Alors comment connaissez-vous votre signe ? C'est Joanne qui vous l'a dit ?

Jeff eut une hésitation.

— C'est vrai, admit-il.

Dans le garage, le téléphone sonna, et Jeff alla décrocher. Je le suivis et, alors qu'il répondait, collai mon oreille contre l'écouteur.

— Salut, Jeff, c'est Jo. Je te dérange ?

— Un peu.

— Je n'en ai pas pour longtemps. Je voulais te dire que j'aimerais que tu viennes chez moi ce soir, à dix heures.

— Pourquoi ?

— Tu verras bien, c'est important.

— Je suis déjà pris.

— C'est à propos de Shari. Tout le monde sera là.

Jeff jeta un coup d'œil à Garrett.

— J'peux pas venir.

— Jeff, je t'en prie ! C'est vraiment important !

— Bon, bon, je vais y réfléchir.

— D'accord. J'espère que tu pourras te libérer.

Jeff raccrocha et retourna vers sa boîte à outils. Il regarda Garrett.

— Encore des questions ?

— Juste une, dit Garrett. Qui était-ce ?

— Une fille.

Garrett désigna les baskets blanches tachées de cambouis de Jeff.

— Vous portiez ces chaussures à l'anniversaire de Beth ?

— Peut-être.

— Ce n'était pas plutôt des noires ?

— Je ne me rappelle plus.

Garrett rangea son bloc.

— Ces baskets ne sont pas très belles à voir. Beth ne vous aurait pas laissé entrer avec des ruines pareilles au pied. Salut, fiston.

— Salut, lieutenant.

Peter et moi avons grimpé à l'arrière de la camionnette. Garrett démarra et repartit. Il était environ sept heures ; le soleil se posait sur l'horizon. Je ne pouvais pas m'habituer à ne pas sentir le vent dans mes cheveux.

— Qui était au bout du fil ? demanda Peter.

— Jo. Elle voulait que Jeff vienne chez elle ce soir. Elle a dit que tout le monde serait là. Pour parler de moi.

— Faudra qu'on y fasse un saut.

— C'est sûr ! Que penses-tu de Jeff ?

— Ce n'est pas lui, Shari.

— Mais tu as entendu ses réponses ? Plus évasif que ça, tu meurs.

— Il est comme ça, c'est tout.

— Je me demande pourquoi Garrett a mentionné ses chaussures.

— Je me posais justement la question.

Je ne tardai pas à regretter d'être montée dans la camionnette. Garrett quitta mon quartier et emprunta l'autoroute ; il fonça vers l'ouest et le centre-ville. Peter me dit que je pouvais descendre en marche à volonté, mais mon genou se ressentait toujours de sa rencontre avec le banc.

Nous sommes sortis de l'autoroute pour nous enfoncer dans un quartier peu reluisant. Garrett s'arrêta au premier débit de boissons qu'il rencontra, s'acheta une demi-bouteille de whisky et en vida la moitié avant même de sortir du parking.

— On devrait le laisser, dis-je alors que Garrett redémarrait.

— Ne t'inquiète pas, je ne crois pas qu'il va foncer dans un mur, raisonna Peter.

— Je *suis* inquiète. Je ne veux pas rater la petite sauterie de Jo.

— Moi, je ne la raterai pas. Je peux toujours faire une apparition inattendue.

— Veinard. D'après toi, qu'est-ce que Garrett vient faire dans ce quartier ?

— Acheter de la drogue, sans doute, plaisanta Peter.

Garrett se dirigea vers le nord de Sunset Boulevard jusqu'aux bas-fonds de Hollywood, pour finalement se garer dans une petite rue, à une cinquantaine de mètres du grand boulevard, et sortir une paire de jumelles. À nouveau, je constatai que j'étais dotée d'une vision télescopique ; je pus distinguer sans effort ce que Garrett voyait à travers ses jumelles. Il regardait un grand type blême adossé à un réverbère. Ce gars était un danger pour toutes les filles du monde. Il portait un pantalon de cuir moulant, un T-shirt orange fluo et une fine chaîne dorée autour de son crâne rasé.

— Il n'était pas à la soirée d'anniversaire, n'est-ce pas, Shari ? demanda Peter.

— Pas vraiment. Que fait donc Garrett ?

— On va bien voir.

Une demi-heure plus tard, je commençai à me faire du souci. Je pouvais voir Garrett surveiller les alentours depuis la vitre arrière. Il était huit heures et demie. Passées.

— Il faut qu'on y aille, gémis-je.

— Pas encore, fit Peter en désignant le type au coin de la rue.

Au même moment, Garrett se pencha en avant. Quelqu'un venait dans notre direction.

— Ouah ! Regarde-moi ça !

La fille avait de longs cheveux noirs et une jolie bouche en forme de cœur. Son visage était osseux et ses yeux sombres écarquillés étaient enfoncés dans leurs orbites. Elle était maigre comme un haricot. Pourtant, elle était habillée d'une façon assez traditionnelle : une grande jupe grise et un chemisier blanc bien repassé. Je compris la réaction de Peter : en effet, cette fille était belle.

— Je la connais, dis-je.

— Elle était à l'anniversaire de Beth ?

— Ferme-la, s'il te plaît.

Elle était plus âgée, mais aucun doute n'était permis : c'était bien la fille dont Garrett conservait la photo dans son portefeuille. Je la vis embrasser le type au coin de la rue et fis la grimace.

— Qu'est-ce qu'elle peut bien faire avec un bonhomme pareil ? demandai-je.

— Je ne sais pas, répondit Peter. Elle n'a pas l'allure d'une prostituée. Mais elle est peut-être droguée. Ce gugusse pourrait être son dealer. Comment peux-tu la connaître ?

— Je l'ai déjà vue.

— J'espère que Garrett va l'inviter à monter dans sa camionnette.

Mais le policier ne se manifesta pas. Il continua de surveiller le couple jusqu'à ce que l'autre sale type embrasse la fille dans le cou en lui glissant un petit sachet de poudre blanche dans la main. Puis Garrett baissa ses jumelles, se laissa aller sur son siège et tendit la main vers sa bouteille. Et je compris enfin.

— C'est sa fille.

Le couple se sépara enfin et chacun partit de son côté.

— Tu veux rire ? Un flic avec une fille camée ? On dirait un téléfilm. Hé, où est-ce que tu vas ?

— Je veux la suivre, dis-je en sautant au bas de la camionnette.

— Puisque tu insistes, renâcla Peter, qui me rejoignit en un clin d'œil.

La fille n'alla pas très loin et tourna pour entrer dans un motel bon marché, près de Sunset Boulevard. Cet endroit était certes décrépit, mais la brume qui s'accrochait à ses parois était remplie de ces filaments sombres que j'avais pour la première fois remarqués à l'hôpital. Mais là, ils étaient plus épais et tordus selon des angles aigus, comme pour former des fils de fer barbelés astraux.

— Qu'est-ce que c'est ? demandai-je en désignant du doigt le phénomène.

— De la douleur.

— C'est ce qu'on appelle en général de mauvaises vibrations ?

— Exactement.

— Et elles peuvent nous faire du mal ?

— Oui, si on les laisse nous atteindre.

Nous avons suivi la fille jusqu'à la réception. Le type assis derrière son bureau se contenta de hocher la tête et la laissa passer. La chambre se trouvait au second étage. Elle l'ouvrit avec une clé métallique qu'elle tira de sa botte noire. Bizarrement, l'intérieur était plutôt chouette. Les draps de lit étaient propres et le papier peint bleu flambant neuf. Mais maintenant, les fils ténébreux étaient épais comme des câbles de marine. Je n'arrêtais pas de penser qu'ils me couperaient en deux si j'avais le malheur de m'en approcher.

Il fallait s'y attendre. À peine était-elle entrée dans la chambre qu'elle prit sa dose.

— On n'a rien à faire ici, dit Peter. On s'en va ?

— D'accord, acquiesçai-je faiblement.

Mais la fille avait fermé la porte sur son passage. Je dus passer par la fenêtre. En scrutant la nuit, je cherchai à déterminer ce qu'une chute pareille ferait subir à mes jambes prétendument incassables. C'est alors que je remarquai la fille qui me fixait de ses pupilles dilatées.

— Coucou, dis-je.

— Coucou, murmura-t-elle.

Je fis un tel bond que je manquai de me fracasser la tête au plafond.

— Peter, elle peut me voir !

Il ne se laissa pas impressionner.

— Parfois, lorsque les humains ont leurs sens altérés, ils peuvent entrevoir le domaine où nous nous trouvons.

— Je veux lui parler.

— Pourquoi ? Elle est incapable de te comprendre. Et tu seras en retard au rendez-vous de Jo.

— Rien qu'un instant.

Je marchai jusqu'à son lit, où elle s'était allongée. Sa tête suivait chacun de mes gestes.

— Salut, dit-elle.

— Toi et moi, lui dis-je, on a à parler. Dès que j'aurai deviné ce qu'il faut te dire pour te remettre sur les rails, je reviendrai.

Le bond jusqu'au trottoir ne me fit ni chaud ni froid. Nous avons pris une voiture de pompiers qui nous conduisit à l'autoroute, et là nous avons trouvé un marchand de glaces qui remontait vers l'est. Alors que le ruban d'asphalte se dévidait sous nos pieds, Peter se moquait de moi, cramponnée au cornet de glace en carton-pâte qui couronnait le toit du camion.

# CHAPITRE XI

Lorsque nous sommes arrivés, Jimmy et Amanda étaient assis dans le break de Jimmy, garé devant chez Jo. Je dis à Peter d'y aller pendant que j'écoutais leur conversation, ce que je fis sans le moindre remords. C'est un des avantages du statut de fantôme : lorsqu'on ne peut rien faire d'autre que regarder et écouter, on se sent autorisé à regarder et écouter tout, et le reste.

Amanda avait posé son bras sur l'épaule de Jimmy, ce qui me déplut souverainement. Avant, elle ne voulait même pas lui passer un coup de fil, et maintenant que j'étais morte, elle jouait à nouveau les grandes amoureuses. C'était assez ridicule, comme idée. En fait, j'étais contente qu'elle s'occupe de lui. Il avait l'air très secoué.

— Je ne sais pas, disait Jimmy. Peut-être que j'aurais dû rester chez moi. Je n'étais pas invité.

— Jo ne va pas te renvoyer.

— C'est vrai.

— Tu t'en fais toujours pour ta mère ?

— Je n'aurais pas dû la laisser seule.

— On peut toujours y retourner.

— Oui, mais puisqu'on est là, autant voir ce que mijote Jo.

Il regarda la maison et secoua la tête.

— Il y a là-bas quelqu'un...

— Pardon ?

— Rien.

Amanda savait ce qu'il voulait dire. Jimmy pensait que mon assassin devait être là, parmi les autres. Elle laissa glisser la remarque.

— Tes parents comptent toujours partir demain ? demanda-t-elle.

— Oui. Mon père veut arracher ma mère à l'atmosphère de cette maison.

— Et toi, tu pars avec eux ?

— Je n'ai pas encore décidé.

Elle l'embrassa sur la joue.

— Si tu restes, je viendrai te voir.

— Je ne serai pas très fréquentable.

Elle lui sourit.

— Ça ne fait rien.

Ils quittèrent la voiture et se dirigèrent vers la maison. Ils faillirent percuter M^me^ Foulton qui sortait. Elle avait mis son uniforme d'infirmière et, comme toujours, n'avait pas une minute à perdre.

— Je ne savais pas que vous deviez venir, dit-elle.

Je compris alors pourquoi Jo avait fixé la réunion à dix heures et pas avant : elle pensait que sa mère serait déjà au travail.

— Qu'est-ce que vous complotez ? demanda-t-elle.

— Jo nous a dit de venir et rien de plus, répondit Amanda. Juste que c'était important.

— À l'entendre, tout ce qu'elle fait est important. (Elle se tourna vers Jimmy :) Comment vont tes parents ?

— Pas très bien.

M^me^ Foulton hocha la tête.

— J'ai cru que la cérémonie n'en finirait pas.

Ce maudit prêtre a lu presque toute la Bible. J'aurais bien voulu... qu'il s'en dispense.

Elle avait failli dire quelque chose d'autre et s'était rattrapée à temps. La présence de Jimmy la rendait nerveuse. Elle préféra disserter sur les cheveux d'Amanda en les écartant de ses yeux. Amanda était sa nièce préférée.

— Ta mère vient d'appeler, dit-elle. Elle te cherchait.

Amanda prit le bras de Jimmy.

— Vraiment ?

Sans raison apparente, le malaise de M^me^ Foulton sembla s'accroître.

— Elle voulait savoir quand tu rentrerais à la maison.

— Je lui passerai un coup de fil.

— Je suis désolée pour Shari, dit M^me^ Foulton avant de s'enfuir.

Je suivis Jimmy et Amanda à l'intérieur de la maison. L'endroit ne m'avait jamais paru si propre. Tout le monde était rassemblé dans le salon. J'eus la surprise de voir Jeff allongé sur le canapé à côté de Jo. Beth et Daniel ne s'étaient pas rapprochés ; ils étaient assis chacun sur une chaise, très raides, et leurs regards s'évitaient.

— Qu'est-ce que Jo a en tête ? demandai-je à Peter, qui s'était planté au-dessus de la télé, les jambes croisées.

— Elle attendait que tout le monde soit là, dit-il. Mais dès que sa mère est sortie, elle est allée chercher son Ouija.

Ce qui piqua ma curiosité.

— Dis donc. Ces trucs marchent vraiment ?

— Qu'est-ce que tu veux dire?

Il haussa les épaules.

— Parfois, c'est possible.

— Je suis sûre que vous vous demandez tous la raison pour laquelle je vous ai fait venir, attaqua Jo.

Jimmy et Amanda s'assirent par terre. Jo avait fini par sortir sa robe noire du placard. Mieux valait tard que jamais. Le Ouija était posé sur la table basse, à hauteur de ses genoux. Jeff le désigna du doigt.

— Tu veux encore te servir de ce truc, fit-il d'un ton méprisant. Tu aurais dû nous le dire. On serait restés chez nous.

Si cette remarque la blessa, Jo n'en laissa rien paraître.

— Je sais que cela peut paraître déplacé. Dieu sait si cette journée a été affreuse. Mais revenons à la soirée d'anniversaire, avant que Shari ne se lève et ne coure jusqu'au balcon. Il s'est passé quelque chose d'extraordinaire. Je pense qu'on est entrés en contact avec Peter.

Jeff tira sur sa cigarette et l'écrasa. Je m'attendais à ce qu'il s'en aille, mais il ne fit pas mine de se lever. Je me tournai vers Peter.

— C'est vrai ?

— Oui, admit-il à contrecœur.

Je lui pris le bras.

— Tu as employé *mon* corps pour leur parler ?

— Oui.

— Mais c'est... c'est dégoûtant !

— Tu avais accepté de servir de vecteur.

— Mais je n'y croyais pas !

Peter avait l'air gêné.

— Je sais, Shari, et je m'excuse. Je voulais juste parler à mon frère.

Je refusai ses excuses. J'étais furieuse contre lui, et je ne savais même pas pourquoi. Pure mauvaise foi. En fait, je me demandais s'il était possible de recommencer.

— C'est Shari qui parlait et personne d'autre, dit Daniel.

— Non, rétorqua Jo, il y avait quelqu'un d'autre. Et je ne suis certainement pas la seule à le croire. Qu'en dis-tu, Amanda ?

— Je connaissais à peine Peter.

— Et toi, Beth ?

Jo semblait moins sûre d'elle-même. Beth ne répondit pas tout de suite.

— Il y avait quelque chose dans la voix de Shari qui m'a flanqué la chair de poule, finit-elle par répondre.

— Pourquoi ? demanda Jeff en se redressant.

— On aurait dit que c'était la sienne. Je veux dire, c'était la voix de Shari qui parlait, mais on aurait aussi dit Peter, parlant par son intermédiaire.

— Elle est plus maligne qu'elle n'en a l'air, fis-je en regardant Peter.

Jo s'adressa alors à Jeff.

— Tu connaissais Peter mieux que nous tous. Est-ce que c'était lui ?

— Si tu veux utiliser ton espèce d'Ouija, alors allons-y et finissons-en, grogna Jeff.

Il avait l'air furieux. Et troublé. Il prit une autre cigarette.

— Excusez-moi, intervint Jimmy, j'ai dû louper une virgule. Pourquoi est-ce que vous voulez faire ça maintenant ? Ce soir ?

— Je dois parler à Shari.

Le groupe protestait déjà lorsqu'elle leva la main.

— Ce qui s'est passé à l'anniversaire me donne à croire que c'est possible. Je crois qu'elle est encore là, à notre portée. J'ai lu pas mal de choses là-dessus. Quelqu'un qui est mort depuis peu traîne encore sur terre pendant plusieurs jours. Il faut qu'on entre en contact avec elle avant qu'elle ne disparaisse pour de bon.

— Vas-y, Jo, dis-je.

— Ne te laisse pas entraîner, m'avertit Peter.

— Mais Jo sait de quoi elle parle.

Peter n'était pas convaincu.

— Elle sait quelques petites choses. Mais des connaissances trop fragmentaires peuvent être dangereuses.

— Mais est-ce qu'on peut leur parler ? insistai-je.

— On va bien voir.

— Mais cela fait deux ans que Peter est mort, dit Daniel. Comment veux-tu qu'on puisse l'attraper ?

— Parfois, les morts peuvent avoir de bonnes raisons pour rester, répondit Jo.

— Ils ont plein de choses à faire, ajoutai-je. Hanter les douches, par exemple.

— J'y crois pas, affirma Daniel. Ce n'est pas sérieux.

Un ange passa. À part Jo, je ne pensais pas qu'il y ait quelqu'un pour s'imaginer sincèrement pouvoir communiquer avec Peter ou moi. Mais même s'ils n'avaient qu'une chance sur un million, ils ne voulaient pas la gâcher. À voir l'expression de Jimmy, il était tout disposé à tenter le coup, ce qui m'enthousiasma et me déprima à la fois. Il n'avait jamais cru à ce genre d'âneries — même s'il m'apparaissait maintenant que ce n'étaient pas des âneries. Cela prouvait à quel point il était désespéré, prêt à tout.

Jo mit la proposition aux voix. Seul Daniel s'opposa à la séance ; les autres suivirent Jo. Ils allèrent s'installer autour de la table de cuisine. Jo alluma une chandelle et éteignit la lumière, puis tendit un papier et un crayon à Jimmy pour qu'il prenne des notes. Je m'étonnai qu'elle ne le choisisse pas comme médium : après tout, c'était lui qui était le plus proche de moi. Peut-être Jo le considérait-elle trop bouleversé pour tenir ce rôle ; en tout cas, Jimmy ne s'en formalisa pas. Le Ouija fut placé au centre de la table, et Jo demanda à chacun de poser l'extrémité des doigts d'une seule main sur la planchette. Daniel faisait toujours la tête.

— Je préfère regarder, dit-il.

— Et j'aimerais mieux que tu nous rejoignes, dit Jo. Je veux disposer du même esprit collectif qu'à la soirée.

— Le même quoi ? demanda Beth.

— Personne ne va te manger, dit Jo à Daniel.

Il finit par accepter. Je me tournai vers Peter, toujours assis sur le poste de télévision.

— Tu commences à me casser les pieds. Tu ne peux pas parler clairement, pour une fois ?

— On n'a qu'à attendre de voir ce qu'ils vont obtenir avant d'y mettre notre grain de sel !

— Ils n'arriveront à rien. Et comment puis-je y mettre mon grain de sel ?

Peter se leva.

— Tu n'as qu'à placer tes mains dans les leurs.

— Sur les leurs ?

— Non : *dans* les leurs.

— *Dans ?* À l'intérieur ? Je ne peux pas !

— Tu le peux, si tu le veux vraiment.

— Viens ici, dis-je en m'emparant de son bras.

La séance était déjà bien entamée. Sous leurs doigts, la planchette s'agitait joyeusement sur le plateau. Jo était la seule à avoir posé ses deux mains sur l'aiguille de plastique. La cigarette de Jeff pendouillait toujours entre ses lèvres.

— Qui est là ? demanda Jo.

— Peter et Shari, fis-je d'une voix de stentor.

La planchette tournait toujours en cercles concentriques dépourvus de signification.

— Qui s'amuse à faire ça ? demanda Daniel.

— Pas moi, dit Amanda.

— C'est toi qui la fais tourner ! fit Daniel à Jo.

— Chut ! siffla Beth.

— Attends quelques minutes, répondit Jo avant de répéter : qui est là ?

L'aiguille tournoya encore une minute au-dessus des chiffres avant de se braquer sur le OUI, puis sur le NON, puis à passer de l'un à l'autre à une vitesse incroyable, comme un métronome pris de folie.

— Esprit, es-tu là ? demanda Jo. Shari ?

— Si on ne répond pas tout de suite, dis-je à Peter, ils vont laisser tomber. Fais quelque chose !

— Tu le peux si tu le veux. Mêle tes mains aux leurs. S'ils ne résistent pas, tu devrais pouvoir diriger l'aiguille.

— Je ne peux pas, répondis-je, prise de panique. Ça va faire comme lorsque j'ai essayé de passer à travers le banc. Si je place ma main dans l'une des leurs... je pourrais me blesser, conclus-je avec un frisson.

— Impossible, tu n'as plus de sang.

— C'est crétin, votre truc, dit Daniel.

— Pourquoi est-ce que tu ne veux pas m'aider ? suppliai-je.

Peter me regarda droit dans les yeux.

— Voilà ce que j'essaie de te dire depuis le début. Les morts ne doivent pas se mêler des affaires des vivants. Il ne peut rien en sortir de bon.

— Mais tu l'as fait, et plus d'une fois, répondis-je d'une voix glaciale. Pourquoi Beth s'est-elle sentie si bizarre lorsque Jo l'a soumise à son aimant ?

Parce que tu t'es glissé dans son corps, hein, c'est ça ?

Peter hésita, puis hocha la tête.

— Tu es très perspicace. Je l'avais déjà remarqué lorsque nous étions tous les deux en vie.

— Shari, si tu peux nous répondre, fais-le, insista Jo alors que la planchette s'agitait comme un pendu au bout d'une corde.

— C'est donc vrai, dis-je.

— Oui, confirma Peter.

Bizarrement, c'est à ce moment-là, alors que la confiance que j'avais placée en lui commençait à s'effilocher et que je souffrais de ce début de trahison, oui, c'est alors que je compris à quel point je tenais à lui.

— Est-ce que tu as quelque chose à voir avec ma mort ? dis-je d'une voix si basse que même un fantôme n'aurait pas pu m'entendre.

— Je ne crois pas, Shari, dit-il en baissant la tête. Je n'en suis pas sûr, mais je ne crois pas.

— J'ai mal au crâne, gémit Beth.

— On devrait laisser tomber, renchérit Daniel.

— Vas-y, dis-je à Peter en désignant la planchette. Tu me dois bien ça.

Peter sourit et se plaça près de la table, entre Jo et Jeff. Mon estomac spectral se souleva lorsque je le vis plonger ses mains dans les leurs. Le spectacle était assez fascinant : de petites étincelles bleues crépitaient lorsque ses doigts traversaient ceux du groupe. Il dirigea l'aiguille vers le soleil qui souriait aux anges à l'autre bout du plateau.

— Il se passe quelque chose, dit Jo, tout excitée.

— Qui a fait ça ? demanda Daniel.

— Tais-toi, rétorqua Jeff.

Il écrasa sa cigarette dans le cendrier de verre qui servait de chandelier. Cette fois-ci, la bougie était verte, mais de ce côté-ci du miroir, la flamme paraissait plus argentée qu'orange, ressemblant davantage à de la glace qu'à du feu. L'aiguille s'arrêta sur le soleil. Je m'approchai de Peter.

— Qui est là ? répéta Jo.

— Épèle mon nom, dis-je à Peter.

— Je vais essayer.

— Ça marche ! s'écria Jo. S-H-E-R

— Non ! Bon sang, Peter ! C'est Shari avec un « A » !

— Comment veux-tu que je le sache ?

— C'était écrit sur ma tombe !

— On n'a pas encore déposé ta pierre tombale.

— Lorsqu'on était en cours de biologie, mon nom était écrit en gros sur mon cahier !

— Qu'est-ce qui se passe ? demanda Jimmy en serrant son crayon entre ses doigts.

— L'aiguille s'est arrêtée, répondit Jo.

— Recommence, dis-je. Non, tant pis, on laisse comme c'est. Puis mets ton nom à toi.

— Il faut se donner à fond, dit Jo.

— Oh, non ! marmonna Peter.

— Qu'est-ce qu'il y a ?

— Lorsqu'ils poussent leur concentration, cela fait barrage.

Peter fit remuer ses mains de façon à couvrir autant de doigts que possible. Les étincelles bleues s'intensifièrent, puis virèrent au violet. La planchette s'agita à nouveau.

— Il y a un os, grogna Peter.

— Est-ce qu'on t'empêche de passer ? demandai-je.

— Je ne..., commença Peter.

— P-E-T-E-R, épela Jo à voix haute.

— Ça marche, dis-je.

Peter fronça les sourcils, partit pour dire quelque chose, puis y renonça.

— Peter, dit Jo, c'est bien toi ?

L'aiguille désigna le OUI.

— Shari est-elle là, elle aussi ?

L'aiguille fit un arc de cercle pour indiquer OUI. Jo eut un sourire.

— Je vous l'avais bien dit, les enfants.

— C'est peut-être nous qui provoquons tout ça, fit Jeff incrédule.

— Dis-leur bonjour de ma part ! criai-je. Dis-leur que tout va bien et que je ne me suis pas tuée !

— C'est pour de vrai, affirma Jo.

— Je ne sais pas, marmonna Peter.

— Vas-y !

— Demande à Shari comment elle va, fit Jimmy, les yeux écarquillés.

— Tu vas bien, Shari ? demanda Jo.

L'aiguille fonça vers le NON.

— Peter ! m'écriai-je.

— Ce n'est pas moi ! répondit-il.

— Il faut faire attention à la façon dont on pose nos questions, expliqua Jo. Elle ne peut pas aller « bien ». Elle est morte.

— Demande-lui si Shari et Peter sont ensemble, reprit Jimmy.

— C'est déjà fait, et la réponse est OUI, rétorqua Daniel avec une pointe de jalousie dans la voix.

— Demande-le à nouveau.

— Shari, dit Jo, est-ce que Peter est là avec toi ?

L'aiguille glissa vers le OUI.

— C'est mieux, dis-je.

— Non, fit Peter.

— Pourquoi ? Continue.

Peter sortit ses mains spectrales de celles des

vivants, comme s'il voulait reprendre le contrôle de la situation.

— Il y a une autre force qui s'en mêle.

— Où êtes-vous ? demanda directement Jeff sans passer par Jo.

— E-N-S-E-M-B-L-E, épela Jo.

— Parfait, acquiesçai-je. Dis-leur que tout va bien.

— Où êtes-vous ? demanda Jeff. Dans un endroit particulier ?

La planchette répondit NON.

— Où ? insista Jeff.

— B-R-Û-L-E, dit Jo. Quoi ? ajouta-t-elle en faisant la grimace.

— Ils brûlent, dit doucement Jimmy, contemplant la bougie.

— Non ! hurlai-je. Arrête !

Peter ne répondit pas. Il semblait se battre avec la planchette. De petites étincelles craquaient au bout de ses doigts, et cette fois-ci, je pouvais les entendre. Mais l'aiguille continuait de bouger.

— E-N-F-E-R, dit lentement Jo.

— En enfer, murmura Beth. Ils brûlent en enfer.

Je n'aurais pas dû me retourner contre Peter comme je le fis à ce moment précis. Je pouvais voir qu'il avait perdu le contrôle de la planchette. Je savais qu'il n'aurait jamais rien fait pour nous blesser, Jimmy et moi. Du moins pas volontairement. Mais il avait admis s'être servi de mon corps, et cela me dérangeait toujours. Malgré tout, lorsque je vis Jimmy blêmir, se lever brusquement et quitter la pièce en courant, j'explosai :

— Espèce de salaud ! hurlai-je. Regarde ce que tu as fait !

— Ce n'est pas moi qui ai écrit ça, protesta-t-il.

Il retira ses mains de la planchette, et les autres en firent autant, comme si elle était soudain devenue brûlante. Amanda s'éloigna de la table et courut après Jimmy.

— Les suicidés vont tout droit en enfer, non ? demanda Daniel.

— Mon frère ne s'est pas tué, dit Jeff, dégoûté, avant d'envoyer le Ouija par terre d'un revers de bras, manquant de renverser la bougie au passage.

— Je suis désolée, fit Jo.

— Tu l'as fait exprès ! hurlai-je à Peter.

— C'est faux.

Jimmy était déjà dehors, et lorsque je partis à la poursuite d'Amanda, celle-ci avait déjà la main sur le bouton de la porte. Elle la claqua, mais avec une telle force que le battant rebondit contre le chambranle, laissant un espace suffisant pour que je puisse m'y glisser. Je la suivis le long de l'allée menant à la rue. Pas trace de Jimmy ou de sa voiture. Amanda fixa la chaussée à droite et à gauche. En vain. Mais j'avais un avantage sur elle : mon regard magique me permit de repérer mon frère. Il courait comme un dératé à l'ombre des saules qui étendaient leurs branches, comme épuisées, au-dessus du trottoir désert. Lorsqu'il était à cran, Jimmy était capable de tout, je le savais ; je partis donc à sa poursuite.

Mais je ne devais jamais le rattraper.

Plus je me pressais, plus je paraissais aller lentement, et plus mon angoisse augmentait. J'étais à nouveau en plein cauchemar, ce cauchemar où je fuyais devant un monstre tout en griffes et en crocs dégoulinants de bave. Sauf que, maintenant, le monstre se trouvait devant moi.

Il était sorti de mon frère. J'avais les yeux braqués sur sa silhouette qui s'enfuyait, et tout d'un coup, ses contours se sont brouillés jusqu'à devenir un tourbillon de poussière et de douleur. Les deux grands trous verts qui lui tenaient lieu d'yeux me regardèrent de très, très loin.

C'était l'Ombre.

Je m'arrêtai net en plein milieu de la rue. Ses yeux me transmettaient un message très clair. Je me trouvais sur son territoire, là où j'étais morte et où elle était bien vivante ; là où elle pouvait déchaîner toute sa puissance. Elle avait faim, et j'étais une proie facile.

Je me tournai pour m'enfuir, mais trébuchai sur un monticule de terre fraîchement remuée qui n'aurait pas dû se trouver là. Je plongeais dans un nouveau cauchemar. Il n'y avait plus de trottoir. J'étais de retour au cimetière, les mains enfoncées dans la terre qui recouvrait mon cadavre. Je levai la tête et regardai par-dessus mon épaule pour voir si mon assaillant m'avait suivi jusque-là, mais le cimetière était désert. Je ne vis qu'une pierre rectangulaire, érigée devant ma tombe. On y avait gravé mon nom en grandes lettres rouges : SHARI ANN COOPER. La pierre brillait d'une faible lueur pourpre et, sous mes yeux, elle s'éclaircit progressivement, comme un vieux miroir dont on essuie la poussière. Je restai là, à essuyer la terre qui aurait sali mon pantalon si j'avais porté un véritable pantalon. Je savais qu'on ne pouvait pas avoir déjà placé ma pierre tombale, pas la nuit suivant l'enterrement. Pourtant, elle me parut plus réelle que tout ce que j'avais rencontré depuis ma chute.

La pierre continua de s'éclaircir, la lumière pourpre se faisant de plus en plus brillante, occultant mon nom. C'était bel et bien un miroir. Je pouvais distinguer mon reflet. Impossible de détourner les yeux. Mon image évoquait parfaitement la dernière vision que j'avais eue de moi-même, dans ma chambre, ma brosse à cheveux cassée en main. Et dire qu'à ce moment-là je croyais avoir des ennuis.

Puis mon reflet se modifia. Je rajeunissais à vue d'œil. J'étais à nouveau la petite fille qui était entrée à l'école, avec ses cheveux longs et raides et son appareil dentaire. Mais cela ne dura qu'un instant, et le voyage dans le temps se poursuivit. Soudain, j'avais douze ans et j'étais maigrichonne et bronzée après avoir passé tout l'été chez mon oncle, au bord du golfe du Mexique. Puis j'eus cinq ans avec dans mes yeux une lueur joyeuse que je perdrai l'année suivante lorsque j'irai à l'école.

Les années défilaient toujours jusqu'à ce que je ne sois plus qu'un bébé dans un berceau blanc. Le tableau se figea alors, m'invitant à un examen plus approfondi. Je me penchai pour mieux voir. Une main apparaissait sur le côté du cadre ; large et pourvue d'ongles rouges aussi longs et acérés que des griffes. La main s'empara de l'enfant que j'étais. Je me mis à hurler.

C'était un piège. La lumière du miroir s'éteignit. La pierre tombale disparut. L'Ombre se tenait devant moi, la main tendue pour s'emparer de moi. Je me retournai et partis en courant.

*C'est l'horreur. Pure et simple.*

Tout en dévalant la colline où j'avais été enterrée, je me rappelai l'avertissement que m'avait donné Peter, et la peur me poignarda les entrailles. J'enjambai une pierre tombale, glissai et m'étalai par terre. Mon nez frappa violemment le sol, et un éclair de douleur déchira ma tête. Je pus entendre la respiration de l'Ombre, une sorte de gargouillis immonde. Je me relevai tant bien que mal, l'air de la nuit brûlant mes poumons. La chose se rapprochait.

— Peter ! hurlai-je. Aide-moi !

Il ne répondit pas à mon appel. Il fallait que je sorte du cimetière. Si l'Ombre s'emparait de moi dans ce décor chaotique fait de souvenirs et de regrets, je savais qu'elle m'entraînerait sous terre et m'emprisonnerait dans mon cercueil, où je serais obligée de passer les siècles à contempler le long pourrissement de mon propre corps. La chose savait ce qui m'effrayait le plus. Mais je n'avais pas le temps de me demander comment nous pouvions nous comprendre si bien, elle et moi.

Je parvins à la clôture qui entourait le cimetière. Ses hauts piliers et ses grilles étaient couronnés de pointes menaçantes. N'importe quelle jeune fille, même aventureuse, aurait préféré aller jouer plus loin. Je sautai et saisis une barre, quelques dizaines de centimètres au-dessus de ma tête. Pendant quelques secondes, je me débattis pour arriver à grimper, mes pieds glissant sur le métal. Puis je ne pus que lâcher prise pour tomber dans un buisson de roses tout en pétales rouges et piquants douloureux. Ceux-ci ne m'égratignaient que parce que je les laissais faire, aurait dit Peter, mais toujours est-il que cela faisait mal, et pas qu'un peu.

— Shari.

C'était davantage le sifflement d'un serpent qu'un mot. L'Ombre s'était arrêtée à trois mètres de la clôture et me tendait la main. Elle n'était pas griffue comme dans mon cauchemar ; en fait, elle n'avait même pas de doigts. Cette main était davantage une force avec laquelle l'Ombre tentait de m'attirer à elle. Et je la *sentis* plus que je ne la vis. L'idée de son contact me répugnait et, pourtant, quelque chose en moi était irrésistiblement attiré. Je m'extirpai lentement des rosiers et fis un pas timide en direction de la créature. Un autre bras jaillit de sa silhouette sombre et l'attraction se fit plus forte encore. Puis je plongeai à nouveau dans ses yeux, ces puits sans fond qui reflétaient la folie, et je battis en retraite, horrifiée, adossée aux barrières de métal. J'étais un esprit, me dis-je, je pouvais me glisser à travers les barreaux et m'envoler sur les ailes du vent. En vain. Je pouvais toujours sentir le métal s'incruster dans ma chair. L'Ombre fit un autre pas dans ma direction.

— Salut, dit une voix au-dessus de moi.

Je levai les yeux. Peter était assis tout en haut des pointes.

— Aide-moi ! Elle arrive ! criai-je.

— Quoi ?

Je désignai l'Ombre, de plus en plus proche. Peter la regarda fixement pendant une poignée de secondes, sans bouger. Je me demandai s'il n'était pas paralysé de terreur, puis rejetai cette idée. Son visage était détendu, bien qu'il semblât intrigué. À croire qu'il ne la voyait pas.

— Dépêche-toi ! criai-je en tendant la main.

— Tout de suite, répondit-il.

Il se pencha, attrapa mon bras et me hissa vers lui sans effort apparent. Je n'attendis pas qu'il me dépose de l'autre côté : je sautai au bas de la barrière et m'enfuis sans regarder en arrière.

Peter me rattrapa au bout de la rue, dans le parc où il avait essayé de m'apprendre à voler. Je n'étais plus qu'une loque, mais courais toujours comme si ma vie en dépendait.

— Shari, dit-il.

— Cours ! Il faut lui échapper.

— Il n'y a plus personne.

— On doit sortir d'ici !

— Shari ! cria-t-il en s'emparant de mon bras. C'est fini, elle est partie.

Je regardai en arrière, vers le cimetière. Aussi loin que je puisse voir, il n'y avait rien ni personne.

— Tu es sûr ?

— Oui. Tu lui as échappé.

— Oh, Peter ! gémis-je en me blotissant contre sa poitrine.

Il me guida vers ce banc sur lequel nous nous étions déjà assis. Je ne sais pas combien de temps nous sommes restés là. Je tremblais comme une feuille, incapable de contrôler ma terreur, sans doute parce que je ne savais pas quelle en était la cause. Si, l'Ombre, bien sûr, mais qu'était-ce exactement ? Le Diable, avait dit Peter, mais c'était moi qui avais prononcé ce nom la première. Pourquoi ce nom ? J'aurais bien voulu poser la question, mais j'avais peur de ce qu'il me répondrait. L'Ombre semblait lire dans mes pensées, et réciproquement.

Une ombre — qui n'avait pas besoin de soleil pour exister.

Et si elle avait un corps, je priai pour ne jamais le voir.

— Shari, elle finira toujours par te rattraper, au moment où tu t'y attendras le moins. Il faut que tu abandonnes cette idée de découvrir ton assassin. Il faut que tu partes rejoindre la lumière. Tu ne sais pas les risques que tu cours. Cette fois-ci, tu joues plus que ta vie.

Je levai la tête et parcourus le parc des yeux. Personne en vue, pas un frémissement dans l'air. J'aurais bien voulu me sentir en paix.

— Tu as vu comme moi l'expression de Jimmy lorsqu'il est sorti de la pièce, dis-je.

— Ce n'est pas moi qui ai écrit que nous brûlions...

— Je sais. Je n'aurais pas dû te crier après. Tu me pardonnes ?

— Bien sûr.

Peter n'était pas rancunier.

— Mais... qu'est-ce qui s'est passé ?

Il hocha la tête.

— Je ne sais pas. Tout a commencé normalement, puis l'aiguille a échappé à mon contrôle.

— Tu as dit qu'il semblait y avoir une autre force à l'œuvre. Peut-être qu'un esprit se trouvait dans la pièce à notre insu ?

— J'en doute.

— Mais c'est toujours possible ?

— Oui.

— Crois-tu qu'un des membres du groupe ait pu manipuler l'aiguille ?

Il y avait déjà pensé, bien sûr. Il n'était pas bête. Mais il ne voulait pas raisonner d'une façon qui puisse m'inciter à continuer mon enquête.

— Si quelqu'un écrivait ce qu'il ou elle voulait, dit-il, cela ne veut pas dire que c'est lui ou elle qui t'a tuée.

— Mais pour dire des choses pareilles... il fallait que cette personne me haïsse vraiment. C'était bien l'un d'entre eux, conclus-je d'un hochement de tête.

— Et alors ? Tout le monde avait posé ses doigts sur la planchette, et tu n'as pas réussi à éliminer un seul suspect. (Il se pencha vers moi.) Shari, je t'en prie, écoute-moi. Tu pourrais fermer les yeux dès maintenant, et dans moins d'une minute, tu connaîtrais le bonheur.

Soudain, je me mis à crier.

— Comment veux-tu que je sois heureuse si mon assassin s'en tire aussi facilement ? Comment puis-je laisser mon frère croire que je brûle en enfer ? Pourquoi est-ce que tu insistes alors que tu vois très bien que je ne peux pas partir ?

— Parce que Jimmy ne peut pas te voir, ni t'entendre. Ni te sentir. Pour lui, tu es déjà partie à jamais.

Je fis non de la tête.

— Il doit bien y avoir un moyen de leur parler.

— Non, il n'y en a pas.

— Et si on trouvait un médium ? Ne pourrait-on pas communiquer avec l'un d'entre eux ?

— Non.

— Ils ne peuvent pas tous être des charlatans, non ?

Il soupira.

— Certaines personnes peuvent pénétrer dans notre domaine sans pour autant prendre de drogues. Il existe même un nombre réduit de vivants capables d'atteindre l'infini. Mais ils ne sont pas nombreux. On ne les trouve pas dans une fête foraine, en train de lire des lignes de la main. Ils cachent leurs pouvoirs du mieux qu'ils peuvent.

— Mais si ces gens ont un tel savoir, pourquoi refuseraient-ils de m'aider ?

— Ils accepteraient sans problème. Ils te diraient la même chose que moi, de laisser les vivants s'occuper de leurs propres affaires. Jimmy est bien vivant, lui, et ta mort est certes affreuse, mais fait partie de tout ce qu'il devra surmonter au cours de son existence.

Peter s'interrompit et leva les yeux vers ces étoiles multicolores et ces nébuleuses que les vivants ne verraient jamais.

— Jeff a dû passer par là, lui aussi.

— Ça a dû être un coup terrible, dis-je en pensant à la douleur que j'avais moi-même ressentie à la mort de Peter.

— Tu as déjà vu mourir quelqu'un qui t'était cher ? me demanda-t-il.

J'aurais pu lui dire, à ce moment-là, à quel point il m'avait manqué. Mais je ne le fis pas.

— Ma tante Clara, la sœur de mon père. Elle l'a aidé à m'élever. (Ce souvenir amena un sourire sur mes lèvres.) Lorsque j'étais petite, je la voyais plus souvent que ma vraie mère. Elle était un peu fofolle, mais si gentille. Elle me nourrissait de gâteaux et de soda. Elle pensait que si les enfants aimaient tant s'en gaver, cela devait être bon pour eux. (Mon sourire s'éteignit.) J'avais quatorze ans lorsqu'elle est morte. D'un cancer. Du jour au lendemain... il s'est répandu en elle comme du poison.

— Elle a dû te manquer énormément.

Allait-il me dire que si j'entrais dans la lumière, je pourrais la retrouver ? Je lui aurais posé la question si, tout à coup, je n'avais pas eu mon « idée géniale ».

— C'est bizarre, dis-je, mais maintenant que j'y pense, la réponse est non. Je ne sais pas pourquoi. Peut-être est-ce à cause de ces rêves que j'ai faits peu de temps après sa mort, où elle venait vers moi et me disait qu'elle...

Ma gorge se serra tout à coup. Puis ma voix me revint en une explosion.

— Peter !

— Quoi ? fit-il, surpris.

— Ça y est, j'ai trouvé !

— Quoi ?

— Ma tante me parlait à travers mes rêves, je peux parler à Jimmy par l'intermédiaire des siens !

Je me levai d'un bond.

— Retournons chez moi.

— Comment ?

— Peu importe. S'il le faut, on prendra encore une voiture de pompiers.

— Non. Comment veux-tu entrer dans ses rêves ?

Je me rassis, douchée.

— J'imagine qu'il n'est pas question de dénicher un livre qui donne le mode d'emploi ?

— S'il y en a un, je ne l'ai jamais trouvé, affirma Peter.

J'étudiai l'expression de son visage.

— Est-ce que tu l'as fait ?

— Fait quoi ?

— Ne joue pas les imbéciles. Et dis-moi la vérité. S'il te plaît.

Il inspira profondément, ce qui, pour un mort, doit être un signe de désespoir.

— Oui.

— Et ça a marché ?

— Si l'on veut.

— Arrête. Est-ce que tu as pu établir le contact ?

— Tu as vu Jeff. Est-ce que tu crois que j'y suis arrivé ?

— Non, admis-je, déçue. Pourquoi est-ce que ça n'a pas marché ?

— Parce que, pour entrer dans les rêves d'une personne, il faut qu'elle soit endormie. Et lorsqu'ils dorment... ils dorment. Ils ne savent pas ce qui se passe. Pire, au moment où ils se réveillent, ils oublient presque tout ce que tu leur as dit.

— *Presque* tout ? demandai-je, tentant désespérément de me raccrocher à quelque chose.

À contrecœur, il hocha la tête.

— Tu as pu te rappeler les apparitions de ta tante. Donc, parfois, il en reste quelque chose.

— Tu penses qu'elle m'a vraiment parlé dans mon sommeil ? C'est incroyable.

— Quelqu'un dans ta situation ne devrait plus s'étonner de rien.

— Comment entre-t-on dans un rêve ?

Il se leva.

— Ce n'est pas si difficile. Tu trouveras bien toute seule.

Il regarda sa montre. Je n'avais pas remarqué qu'il en portait une. Le fait qu'elle marche me stupéfia. Où voulez-vous trouver des piles ?

— Il faut que je m'en aille, dit-il.

Je me levai.

— Pourquoi ? Tu ne viens pas avec moi ?

— Je ne peux pas.

— Pourquoi ?

— Passe encore que je t'aide à trouver ton meurtrier, mais je ne suis pas autorisé à te suivre si tu veux communiquer avec les vivants. C'est contraire à la règle.

— Quelle règle ? Celle de Dieu ?

— La mienne.

— Tu m'as bien aidée lors de la séance de spiritisme.

— Et tu vois où ça nous a menés.

Il s'éloigna.

— À plus tard. Ne va pas te perdre dans un cauchemar.

— Peter !

Je ne me rappelle pas avoir cligné des yeux. Les fantômes ne cillent pas, du moins je crois. Et pourtant, il venait de disparaître.

## CHAPITRE XII

J'eus bien du mal à retourner dans mon ancien quartier. Il était déjà tard, et trouver un camion se révéla difficile. Ceux-ci étaient peu nombreux et n'allaient pas toujours dans la bonne direction. Je fis le pied de grue à quelques croisements et finis par grimper sur une dépanneuse, mais celle-ci s'éloigna de la côte, et je dus attendre le premier feu rouge pour pouvoir descendre. J'avais de plus en plus peur de me faire mal en sautant des voitures en marche. Je finis pourtant par trouver un camion qui m'amena jusqu'au pas de ma porte, ou presque. C'était une benne d'éboueurs, et j'avais dû m'installer à l'arrière, au milieu des immondices. Heureusement que mon odorat n'était plus en phase avec le plan terrestre.

J'entrai dans la maison sans aucune difficulté : la porte d'entrée était grande ouverte. Mon père chargeait deux valises dans le coffre de sa Cadillac blanche, garée devant l'entrée. J'eus une pensée émue pour ma Ferrari qui devait se morfondre dans le garage.

Je me rappelai ce que Jimmy avait dit à Amanda : mes parents allaient s'absenter pour quelques jours. Je précédai mon père à l'intérieur de la maison, lui passant devant pour éviter qu'il ne me ferme la porte au nez. Je n'avais pas besoin d'odorat pour savoir qu'il avait bu. Son visage avait ce teint rouge et enflé dû à une consommation excessive d'alcool. Comme pour confirmer mes soupçons, je vis une bouteille de scotch entamée posée sur la table de la cuisine.

Mon père s'assit à côté de ma mère, qui tenait en main une petite pilule bleue. Sur le buffet, je vis une boîte de médicaments. Ma mère portait une ample robe du soir qui devait avoir dix-huit ans : un souvenir du temps lointain où elle était enceinte de moi. Je ne pouvais pas imaginer un tableau plus déprimant.

Mon père se remplit un verre à alcool et dit :

— On peut partir dès demain matin. Je pense qu'on ira vers le nord.

— Pourquoi le nord ? demanda ma mère d'une voix lasse.

Lorsqu'elle avala sa pilule avec un verre d'eau, je pus voir remuer les os de ses mâchoires. Je ne savais pas qu'on pouvait perdre autant de kilos en si peu de temps. Elle n'avait rien mangé depuis ce dernier morceau de gâteau au chocolat que je voulais jeter à la poubelle.

— Tu veux aller vers le sud ? demanda mon père. Ça me va. Si tu veux, nous pouvons aller à Acapulco.

Ma mère eut un sourire sans joie.

— Tu te rappelles l'année où Shari nous a fait rester trois jours de plus que prévu parce qu'elle avait le béguin pour un des maîtres-nageurs ?

Jusque-là, je ne savais pas que mes parents avaient remarqué cet épisode. Je m'étais enflammée pour le beau Mexicain de vingt-cinq ans qui surveillait la piscine de notre hôtel. J'aurais dû me sentir gênée, mais en fait j'étais contente de savoir qu'ils connaissaient quelques détails de ma vie privée. Mon père acquiesça et porta le verre à ses lèvres.

— Elle avait beaucoup d'amour à partager.

— Je me demande si ce jeune homme travaille toujours à l'hôtel.

— Sans doute que non.

Ma mère se mit à masser ses tempes. Son faible sourire disparut.

— Tu as raison, mieux vaut aller vers le nord.

Mon père avala son whisky.

— Entendu.

Je n'en pouvais plus ; il fallait que je sorte de cette cuisine. Je me mis en quête de Jimmy. J'eus la surprise de le trouver tout en haut des escaliers, embrassant Amanda à la porte de ma chambre. Elle allait passer la nuit ici. Et dormir dans mon lit !

— Essaie de te reposer, dit-elle lorsqu'ils se séparèrent. Demain sera un autre jour. Et nous serons ensemble.

Elle portait une robe de chambre blanche. Si ç'avait été une des miennes, je crois que j'aurais piqué ma crise séance tenante. Jimmy portait un jeans et était torse nu. Ses épaules paraissaient voûtées. Il aurait bien eu besoin d'un verre de scotch, lui aussi.

— Que doit-on faire ? demanda-t-il.

Amanda sourit et passa la main dans ses cheveux.

— Peu importe.

Jimmy regarda par-dessus mon épaule, dans ma chambre.

— Nous n'aurions jamais dû aller chez Beth.

Elle le serra dans ses bras.

— N'y pense plus. Cette histoire de Ouija... c'était des gamineries. Sûr qu'un petit malin lui a fait dire toutes ces âneries.

Cette idée le fit sursauter. Il la repoussa.

— Amanda, est-ce que tu crois vraiment que c'est l'un d'entre eux qui l'a tuée ?

Elle baissa les yeux.

— Jimmy, je t'en prie, ne me demande pas ça.

*Jimmy.* J'étais la seule à l'appeler ainsi.

Je redescendis au rez-de-chaussée. Il me fallait attendre que Jimmy s'endorme. La porte du garage était légèrement entrouverte. La lumière était allumée. Je retins ma respiration et entrai. Quelqu'un avait baissé la vitre de ma Ferrari, côté chauffeur. Je m'assis sur le siège et posai mes mains sur le volant. Mon cadeau d'anniversaire. Si j'avais pu deviner que ce serait le dernier...

Je dus m'endormir. Encore une mauvaise habitude que j'avais emportée par-delà le tombeau : j'aimais bien faire la sieste. Lorsque je rouvris les yeux, il faisait noir. J'eus un instant de panique en croyant qu'on m'avait enfermée dans le garage et que je devrais y passer le week-end. Mais je remarquai très vite que la porte était toujours grande ouverte. Je descendis de la Ferrari et rentrai dans la maison. La pendule de la cuisine indiquait deux heures et demie du matin.

La porte de la chambre de Jimmy était la seule à être restée entrebâillée. J'avais de la chance : si elle avait été fermée, j'aurais perdu une nuit entière. Avec toute l'éternité devant moi, je n'aurais pas dû m'en faire pour si peu. Pourtant, je sentais qu'il valait mieux ne pas traîner ; ne serait-ce que par crainte que l'Ombre ne me rattrape avant que je ne puisse communiquer avec mon frère.

En matière de songes, je n'avais rien d'une spécialiste. Je savais que les paupières papillonnaient lorsque quelqu'un rêvait et que les rêves aidaient à décharger le stress. C'est tout. En tout cas, je ne savais pas comment on pouvait s'infiltrer dans l'esprit d'un dormeur. Jimmy reposait sur le dos, les draps entortillés autour de sa taille, la poitrine découverte. Je m'assis sur le lit, à ses côtés, et maudis Peter de m'avoir abandonnée au moment où j'avais tant besoin de lui. Je ne savais que faire. Pourtant, d'après Peter, je devais être capable de deviner la marche à suivre. Je décidai de faire une première tentative : je tendis la main et touchai celle de Jimmy.

Les images qui me parvinrent me prirent par surprise : celles d'un paysage mental plat et terne. La sensation resta faible et disparut au moment même où je lâchai Jimmy, mais elle m'emplit d'espoir. Je devais m'être momentanément mêlée à l'esprit de mon frère. Il n'y avait pas d'autre explication. Je me rassis et attendis que ses paupières papillonnent à nouveau. Au moment où j'avais essayé de lui faire signe, il devait être en plein rêve.

J'attendis une bonne demi-heure avant que ses cils ne daignent bouger. Je repris aussitôt sa main et fus instantanément plongée dans cette étendue terne. Il s'y mêlait une sensation d'abandon qui n'avait rien d'agréable. Comme si je coulais à pic dans un puits de néant. Néanmoins, je pouvais percevoir la présence de Jimmy, bien qu'il parût à des années-lumière. J'étais coincée entre deux univers, déchirée, et je n'eus plus qu'un désir, celui d'être à nouveau complète. Son monde à lui était si douloureux !

Mais je me cramponnai. Je voulais me rapprocher de lui et arranger les choses. Instinctivement, je fis passer mes mains sur son visage, et les années-lumière se firent kilomètres, puis simples mètres. J'écartai mes doigts sur le haut de sa tête et le vis arpenter un couloir sans fin aux murs sombres. Je ressentis alors un poids énorme écrasant ma poitrine ; c'était la même sensation qui m'avait étreinte lorsque je m'étais allongée sur le sol de l'appartement de Beth, alors que mes soi-disant amis singeaient mon enterrement prématuré. La chambre disparut. Mon nouvel environnement était gras de fumée et de poussière, dépourvu de couleur ou de définition. Jimmy était tout de noir vêtu. Ses yeux étaient ouverts. Il me regardait. Non, il me cherchait des yeux. Et ne me trouvait pas. Des larmes coulaient le long de ses joues creuses, puis tombaient, se mêlant aux nuages pâles qui cachaient ses pieds fatigués.

— Jimmy, appelai-je. Jimmy, je suis là. Viens vers moi.

Il garda les yeux baissés. Un voile nous séparait, et sa tristesse en faisait un mur impénétrable. Je ne voulais pas l'abandonner, mais il le fallait pourtant. Je ne pouvais plus le supporter ! Je retirai mes mains...

J'atterris la tête la première sur sa poitrine, alors qu'il se tournait et se retournait dans son lit.

— Oh, Jimmy, murmurai-je.

Je caressai sa joue, puis l'embrassai en guise d'adieu. Peut-être étions-nous toujours reliés par un fil d'Ariane, aussi fin soit-il. Je pouvais sentir la moiteur de sa peau, et ce n'était pas un rêve.

On avait laissé ouverte la fenêtre de la buanderie, au rez-de-chaussée. En escaladant l'appui, j'étais presque heureuse que mes parents aient fermé leur propre porte. Sinon, je me serais sentie obligée de les contacter, et je n'étais pas sûre de pouvoir supporter une telle épreuve, contempler à nouveau cet univers de douleur et de tristesse dont j'étais la cause.

Mais je me sentais frustrée : je n'avais pas progressé d'un poil. Je ne me suis pas éloignée tout de suite de la maison. En traversant le jardin, je remarquai une autre fenêtre ouverte, au second étage. Celle de ma chambre. Il serait instructif de jeter un coup d'œil à ce qui se passait derrière les yeux gris d'Amanda.

J'avais besoin d'une échelle. Ou, plutôt, d'apprendre à faire battre mes ailes spectrales. Je dus me contenter d'entrelacs de lierres et de la faible armature de bois qui les soutenait pour grimper le long du mur. Étant un fantôme rempli de préjugés et d'inhibitions, je m'attendais à voir mon faible support se briser sous mes pieds. J'atteignis l'appui de la fenêtre avec un soupir de soulagement et me hissai dans ma chambre.

Amanda était endormie, bien au chaud sous la couverture tricotée à la main que M^me^ Parish m'avait offerte pour mon quinzième anniversaire. Avec ses longs cheveux étendus sur l'oreiller, elle était si belle que je ne pus m'empêcher d'être dégoûtée.

Comme pour Jimmy, j'attendis une demi-heure avant que ses paupières ne se mettent à battre, mais elle se contentait de cligner des cils de temps en temps. Finalement, je décidai de m'emparer de sa tête et de voir ce qui arriverait.

Ma perception s'altéra, mais d'une façon différente cette fois-ci. Il n'y eut pas de douleur, pas de vision brutale. Lentement, imperceptiblement, la chambre qui m'entourait s'ouvrit sur un passage gris et plat, composé de milliers de perles qui montaient haut dans le ciel. Je m'accrochai au front d'Amanda, et l'image gagna alors en clarté et en profondeur. Je pus voir qu'il s'agissait non de perles, mais de grandes aiguilles d'acier qui luisaient sous les reflets d'un soleil invisible. Aucun sentiment ne s'associait à cette scène. Elle était juste là. Mais pas Amanda. Je compris que je distinguais ce paysage à travers ses yeux, tout en restant consciente des dimensions de ma chambre.

Une par une, d'énormes bulles d'air se formaient à la pointe des aiguilles, puis s'en détachaient pour dériver dans le ciel blanc jusqu'à un long tuyau translucide qui flottait à des kilomètres au-dessus de la terre et s'étendait à perte de vue. Le tuyau était rempli d'un liquide noir en mouvement qui attirait les bulles vers lui. Celles-ci rebondissaient contre sa surface sans éclater, mais je compris qu'elles n'avaient qu'un seul désir : entrer dans le tuyau et se mêler au liquide noir.

Je me demandai si cette vision avait une signification particulière pour Amanda, et pourquoi, où que je puisse regarder, je ne voyais pas la moindre couleur.

Quelques minutes plus tard, l'image se fana et une vague de fatigue m'envahit. Je lâchai la tête d'Amanda. La nuit n'était pas finie, pensai-je. J'avais d'autres rêves à visiter. Je me levai et partis vers la fenêtre. Elle, je ne l'embrassai pas.

Prochaine destination : la demeure de Daniel. Un motard en goguette prit sans le savoir une passagère clandestine à l'arrière de sa Harley-Davidson. Il avait l'air d'un brave type. Il connaissait par cœur les paroles de plusieurs morceaux de Jimi Hendrix et en chanta quelques-uns au profit de son auditoire invisible. Il avait une assez jolie voix.

La fenêtre de la cuisine était restée ouverte. Je n'eus aucun mal à me hisser à l'intérieur et passai à l'étage. Daniel avait fermé sa porte. J'allais repartir lorsque sa mère se leva pour boire un verre d'eau et s'arrêta pour veiller un instant sur son sommeil.

Je suis sûre qu'elle aurait été choquée d'apprendre qu'elle venait d'ouvrir la chambre de sa progéniture à la prétendue demoiselle de ses pensées.

Daniel dormait, les bras et les jambes entourant un énorme ours en peluche. J'éclatai de rire en me disant que ce pauvre garçon devait être en mal d'affection. Alors que je me dirigeais vers son lit, je remarquai que ses paupières étaient en mouvement. Je me précipitai, m'emparai de sa tête et plongeai.

J'aurais dû y aller plus doucement. Sa chambre disparut sur-le-champ pour être remplacée par celle de ses rêves. Où l'attendait une belle blonde, qui avait mon visage et les seins de Beth. À côté du lit circulaire, il y avait un plateau d'argent garni de caviar et de champagne. Il y avait des lumières partout, et le plafond était tapissé de miroirs. C'est pour mieux te voir, mon enfant, pensai-je. Ou était-ce Daniel qui répondait à la question de sa conquête ? Il était assis sur le lit, la bouche ouverte, les yeux écarquillés. Il portait une combinaison de plongeur, palmes comprises.

Docteur Freud, viens à mon secours.

— Je t'aime, Danny, chuchota la fille en se tortillant sur les draps de satin.

Elle avait la voix de Beth, ce qui me mit en colère. S'il voulait me piquer ma bouche, pourquoi ne pas avoir aussi pris ma voix ? Ce type était pourri jusqu'à la moelle — et un pervers de premier ordre. Il fit tapoter ses palmes sur le tapis de velours rouge.

— Je t'aime, Marsha, dit-il, tout émoustillé.

— Marsha ? Qui c'est, celle-là ? dis-je.

Il m'avait entendu. Il me regarda et faillit tomber dans les pommes.

— Qu'est-ce que tu fais là, Shari ?

Je m'approchai de lui.

— Comment ça, qu'est-ce que je fais là ? Je suis ta copine ! Et elle, fis-je en désignant la pin-up, pourquoi est-elle ici ?

— Qui ?

— Elle !

Il porta ses mains à sa bouche et se rongea les ongles en claquant des dents, comme un personnage de dessin animé.

— Je ne sais pas, marmonna-t-il.

— Débarrasse-toi d'elle, ordonnai-je. Et enlève-moi cette combinaison à la noix. Tu as l'air d'un pingouin en plein délire.

Il se tourna vers Marsha.

— Tu ne peux pas revenir plus tard ?

— Plus tard ? hurlai-je. Espèce de salaud ! Eh bien, je m'en occupe. Mademoiselle, ôtez vos fesses de ce lit et foutez-moi le camp pour de bon.

Elle ne se le fit pas dire deux fois. Elle ramassa son sac à main qui traînait par terre et sortit en coup de vent. Daniel s'assit sur le lit pour retirer ses palmes.

— Bon sang, Shari, je ne savais pas que tu viendrais.

— Qui est Marsha ? demandai-je en m'asseyant à côté de lui.

Dans son sommeil, il avait vraiment refait la chambre. Un fauteuil douillet faisait face au placard et, dans un coin, il y avait un bain à remous aux eaux d'un bleu tropical. En fait, il y avait des couleurs partout, comme dans n'importe quel rêve.

— C'est ma cousine, qui est venue de Floride pour nous voir.

Il semblait perdu, et n'arrivait pas à enlever ces satanées palmes, comme si elles avaient fondu sur ses pieds. Il finit par laisser tomber et reposa sa jambe.

— Shari, tu es censée être morte.

Voilà ma chance, et je ne la laissai pas passer.

— Comment suis-je morte ? demandai-je.

Il se gratta la tête comme un personnage de dessin animé, et ses ongles résonnèrent contre son cuir chevelu comme un rabot sur une plaque de bois. Cette fois-ci, cela commençait à bien faire.

— Je ne sais pas.

Apparemment, son subconscient était aussi crétin que son esprit. C'était bien ma chance ! Pourtant, il m'avait renseignée malgré tout. Si c'était lui qui m'avait tuée, il ne l'aurait pas oublié comme ça.

— Quelqu'un m'a tuée, dis-je.

Soudain, il claqua des doigts. Incroyable mais vrai, je vis bel et bien un point d'exclamation jaillir au-dessus de sa tête.

— Ça y est, ça me revient ! Tu as sauté du balcon.

— Non !

— Mais si ! Je t'ai vue !

Je me raidis instantanément.

— Tu m'as vue sauter ? dis-je d'une voix douce.

Son visage s'assombrit.

— Tu gisais là, dans une mare de sang.

— Mais avant, qu'est-ce que tu as vu ?

Il baissa la tête entre ses genoux. Il avait du mal à respirer. Et il se mit à pleurer.

— Oh, Shari. Ta tête... mon Dieu.

— Dan ! Dis-moi ce qui s'est passé !

Écrasée. Fracassée. Mon Dieu.

— Qu'est-ce que j'ai fait ? hurlai-je en prenant ses mains entre les miennes.

Ses yeux se braquèrent alors sur moi, et son visage prit une expression de pure horreur. Pendant un instant, j'eus l'image de sa propre vision. Je vis la fille que j'avais découverte sur la table de la morgue, moins la serviette verte qui cachait l'essentiel des dégâts. Si j'avais eu quelque chose dans l'estomac — ou un estomac — j'aurais tout vomi.

Soudain, je me retrouvai dans sa chambre, la *vraie*, assise à côté de lui dans les ténèbres alors qu'il émergeait d'un cauchemar qui m'était familier. Sans le vouloir, j'avais retiré mes mains de sa tête. Peut-être était-ce mieux ainsi. Je touchai ma propre tête avec précautions et le fait de la trouver en un seul morceau me rassura quelque peu. Encore secouée, je me levai et courus vers la fenêtre.

Arrêt suivant : chez Jo. J'y allai à pied en espérant qu'un peu d'exercice me ferait du bien et me permettrait de surmonter mes angoisses. Il n'en fut rien.

Mme Foulton, la mère de Jo, était assise dehors, dans le noir, à fumer cigarette sur cigarette. Elle revenait à peine de l'hôpital : elle portait toujours son uniforme. Il devait être quatre heures et demie. Le soleil ne tarderait pas à se montrer.

Un journal était étalé sur les genoux de Mme Foulton. Contrairement à elle, je pouvais lire les gros titres dans le noir. Le journal datait de deux jours. Elle le tenait ouvert à la page trois. Une photo de moi s'y étalait à côté d'un titre disant : UNE LYCÉENNE FAIT UNE CHUTE MORTELLE. Ils avaient tiré la photo de l'album du lycée, et j'y étais plutôt jolie.

Je m'assis sur une chaise, à côté de Mme Foulton, et remarquai qu'elle ne se contentait pas de fumer sa cigarette. Entre deux bouffées, elle approchait sa pointe rougeoyante de ma photo. Soit elle voulait me brûler les yeux, soit elle essayait de mieux me voir. Je me rappelai l'indifférence dans sa voix lorsqu'elle avait parlé à M^me Parish, avant mes funérailles, et me demandai pourquoi, maintenant, elle paraissait moins désinvolte.

Ses mains tremblaient légèrement et, pourtant, son visage ne trahit aucune émotion. Après un temps, elle écrasa sa cigarette et rentra dans la maison, laissant son journal sur la chaise. Bien sûr, je la suivis.

Elle alla tout droit à son lit, sans même prendre le temps de retirer son uniforme. Elle s'allongea sur les draps et ferma les yeux. Elle devrait sans doute retourner à l'hôpital dans quelques heures. Comme elle n'était pas présente à l'anniversaire de Beth, elle ne pouvait pas m'avoir poussée — *si* on m'avait poussée — et je n'explorai donc pas ses rêves.

La porte de la chambre de Jo était grande ouverte, ce qui me parut bizarre. En général, Jo aimait qu'on la laisse tranquille. Je la trouvai endormie, les couvertures rejetées, la tête enfouie sous ses oreillers. Il fallut que j'attende plusieurs minutes pour qu'elle se retourne et que j'aperçoive son front. Mais, lorsque je passai mes doigts sur ses cheveux, je faillis tomber dans les pommes. Pourtant, Jo devait certainement être en train de rêver : ses paupières dansaient une gigue effrénée. Non sans précautions, je touchai le haut de sa tête de ma main droite.

Mes précautions étaient insuffisantes.

Je m'évanouis et me mis moi-même à rêver...

Le petit salon était faiblement éclairé. Des rideaux d'un brun terne, évoquant une peau de chamois, avaient remplacé les murs, et si j'avais levé les yeux, je n'aurais certainement pas pu apercevoir le plafond. Les meubles, vieux et fendillés, étaient de style victorien et les statues abandonnées aux quatre coins n'étaient que des souvenirs démembrés de lieux oubliés. À l'autre bout de la pièce, sur un fauteuil à bascule bourré de coussins, assise devant une énorme boule de cristal, se trouvait la sorcière.

C'était Jo, revêtue d'une robe noire tachée et déchirée, une Jo vieillie, toute en rides et en articulations douloureuses, qui avait vu s'écrouler les plus belles années de sa vie, consciente que, dans sa jeunesse, elle avait déjà tout perdu, tout ce qui comptait pour elle. Son expression était un masque de secrets, mais je reconnus le mensonge sous l'artifice et ne ressentis aucune crainte. Elle ne savait rien, rien d'important. Elle ne se rappelait même pas mon nom, bien que je me souvienne du sien. Elle leva un doigt osseux et me fit signe d'approcher. J'étais là pour qu'elle prédise mon avenir.

— Assieds-toi, mon enfant, dit-elle d'une voix lasse en s'efforçant en vain de sourire.

Je m'installai devant elle sur un tabouret brun. Deux grosses bougies flanquaient sa boule de cristal, leurs flammes se mirant à travers un prisme de verre poli. La femme me regarda de ses yeux bruns.

— Qu'est-ce qui t'amène ici ?

J'avais préparé ma question et connaissais déjà la réponse : tout ceci était déjà écrit.

— Je veux savoir si ma vie sera longue et heureuse, dis-je.

Une question plutôt idiote pour quelqu'un d'aussi jeune que moi. Elle se pencha et sourit.

— Oui.

— Vous en êtes sûre ?

— Absolument, mon enfant, tu n'as pas de souci à te faire. (Elle tendit sa main gauche.) Cela fera dix dollars.

— Regardez dans votre boule de cristal.

— C'est inutile. Ton destin est écrit sur ton visage.

— Mais je *veux* que vous la consultiez.

Elle pencha la tête sur le côté.

— Comment t'appelles-tu ?

— Mon nom n'a aucune importance, dis-je en essayant de ne pas paraître insolente.

Je désignai sa boule, de plus en plus sûre de moi.

— J'ai entendu dire que votre magie était des plus puissantes.

Elle retira sa main avide d'argent et acquiesça.

— C'est vrai. On t'a bien renseignée.

— Des amis à moi m'ont dit que vous leur avez prédit ce qui allait leur arriver dans les moindres détails. Et toutes vos prédictions se sont réalisées.

— Qui sont ces gens ?

— Des amis. Ils vous respectent beaucoup. Vous avez dit à l'un d'entre eux qu'il vivrait une vie longue et malheureuse, et c'est ce qui s'est produit.

Elle me regarda avec suspicion.

— Mais tu es jeune. Comment peux-tu avoir des amis si vieux ?

Je haussai les épaules.

— J'ai roulé ma bosse. J'ai rencontré bien des gens intéressants. Une fois, j'ai connu une fille extraordinaire. Elle vivait dans un état de joie perpétuelle. La béatitude suprême. Elle est venue vous consulter sur son avenir.

La vieille femme s'adossa à son fauteuil, mal à l'aise.

— Je ne m'en souviens pas.

— Rien d'étonnant à cela. En fait, elle ne vécut pas si heureuse. Sa vie fut aussi triste que celle de mon autre ami. Je crois que vous avez un peu cafouillé en lisant son avenir. Vous êtes sûre de ne pas vous souvenir d'elle ?

— Non.

— Vous lui avez donné un surnom.

— Quel surnom ?

— C'était... oh, j'ai oublié. Peu importe. (Je désignai à nouveau la boule de cristal.) Dites-moi la bonne aventure, s'il vous plaît.

— Je te l'ai déjà dite.

— Mais vous n'avez pas regardé dans la boule de cristal. Allons, je vous paierai double tarif. Vingt dollars.

Elle n'arrivait pas à se décider. Apparemment, pour elle, vingt dollars étaient une grosse somme.

— Pourquoi vos amis sont-ils venus me voir ?

— Ils ne sont pas venus. Vous êtes allée vers eux.

— Donnez-moi quelques noms.

— Pour quoi faire ? Ils sont tous morts, maintenant.

— Comment sont-ils morts ? demanda-t-elle.

— Vous le savez bien. Vous leur avez dit comment ils mourraient. Ils étaient aussi âgés que vous. Ils sont morts de vieillesse.

Elle serra ses mains pour les empêcher de trembler et regarda la chair desséchée de ses doigts. Petit à petit, elle se rappelait.

— Qui es-tu ? murmura-t-elle.

— Une amie, fis-je en souriant.

Elle ferma les yeux.

— Je ne te connais pas.

— Regardez dans la boule. (Je posai mes mains sur les siennes et les serrai affectueusement.) Je vous paierai le triple du prix.

— Que voulez-vous savoir ?

La peur tremblait dans sa voix.

— La façon dont je mourrai. (Je serrai plus fort.) Ouvrez les yeux, vieille femme. Regardez dans la boule.

Ce qu'elle fit. Elle ne pouvait pas faire autrement. Je retirai mes mains de ses poignets frêles pour les placer sur son crâne et la forçai à regarder. J'avais assez joué avec elle. Je baissai les yeux et, regardant à travers la boule, vis ses yeux d'un brun terne. Sa bouche fatiguée, sèche comme du parchemin, embrassait le verre si fort que je me demandai si elle pouvait respirer, si je n'étais pas en train de l'étouffer. À ce moment-là, je voulais la tuer, mais je réalisai aussi que ce serait une erreur de le faire avant d'apprendre pour quoi j'étais venue. Je relâchai légèrement la pression sur son crâne et m'attendis à la voir retirer ses lèvres du verre et reprendre sa respiration.

Les choses ne se passèrent pas ainsi.

Tout se brouilla au point que je ne savais plus ce que j'agrippais ainsi. J'avais peur d'avoir mal placé mes mains. Son cuir chevelu parsemé de cheveux filasse avait disparu entre mes doigts. À la place, je touchais la surface lisse du verre.

Je m'agrippais à la boule de cristal.

La vieille dame avait disparu à l'intérieur.

Elle était morte et je l'avais tuée. Il y avait bien longtemps. Elle était morte, et son cadavre était si putréfié qu'il en devenait méconnaissable. En fixant le verre, je vis un crâne blanc, comme nettoyé par une nuée d'insectes. Mais le sommet du crâne était défoncé. Quelque chose n'allait pas. C'était moi qui étais morte de cette façon.

Tout d'un coup, j'eus très peur, et ressentis une horrible douleur. Je ne pouvais pas retirer mes mains de cette fichue boule. D'une façon ou d'une autre, les bougies s'étaient incrustées dans le cristal, le chauffant jusqu'à un degré intolérable, dissolvant la chair de mes doigts qui s'agglutinait au verre, et j'avais beau tirer, mes paumes restaient collées.

Je me mis à hurler.

Et pourtant, je n'étais pas au bout de mes peines.

Ce qui arriva ensuite... n'eut rien d'agréable. Je me levai et courus d'un bout à l'autre du salon, me heurtant aux murs, tentant de casser la boule de cristal contenant le crâne de la vieille dame, de libérer mes mains qui commençaient à se fondre. Je ne brûlais pas en enfer, mais je n'en étais pas loin. Pour ça, il aurait suffi d'être *à l'intérieur* de la boule.

Je n'aurais jamais dû penser cela.

Parce que c'est ce qui m'arriva : soudain, je me retrouvai coincée dans le globe de cristal. Je ne sais pas qui m'y avait fourrée. Moi-même, probablement. Les événements s'enchaînaient avec une ironie perverse. Tout le monde prétendait que Jo et moi nous ressemblions comme des sœurs. Et lorsque j'avais scruté la boule de cristal et distingué ce visage de l'autre côté, j'avais eu l'impression de regarder dans un miroir. Je m'étais vue telle que j'aurais été si j'avais pu devenir vieille.

Pourtant, je n'avais pas vécu bien longtemps, et mon rêve n'était pas de ces cauchemars ordinaires dont une vivante serait ressortie intacte, sans craindre pour sa raison. Je me jetai sauvagement contre les murs du salon, entourée de flammes, mes mains coincées sur le sommet de mon crâne fracassé. Cette danse folle me parut durer une éternité. Je pouvais entendre applaudir le diable.

Puis Jo appela sa mère.

Je repris connaissance sur le sol, à côté du lit de Jo. Un paquet de feuilles dactylographiées gisait sous mon genou : la nouvelle de Peter à propos d'une fille qui pouvait enregistrer l'avenir sur son magnétoscope. Lorsque j'étais entrée dans la pièce, les feuilles étaient sagement empilées sur la table de nuit de Jo. Elle avait dû les renverser. Ça ne pouvait être moi : je n'avais rien d'un *poltergeist*, un esprit frappeur et, de plus, mes mains enserraient toujours mon crâne. Je dus quasiment les arracher de là. Dieu merci, je m'étais réveillée.

Jo était assise sur son lit et pleurait à chaudes larmes. Sa mère était assise à ses côtés.

— Shari dit que c'est moi qui l'ai tuée ! répétait Jo, au bord de l'hystérie. Elle m'accuse de l'avoir poussée du balcon ! Mais c'est faux, maman, je te le jure.

— Jo.

— Elle croit que je l'ai assassinée !

— Chut, chérie, mais non, fit Mme Foulton en la serrant dans ses bras. Shari était ton amie. Elle ne peut pas t'accuser ainsi.

— Mais si ! Elle est revenue pour me le dire ! Elle a saisi ma tête et essayé de la faire entrer dans une boule de cristal ! C'était horrible ! Un crâne de squelette me souriait, et je brûlais toute vive !

— Jo, ce n'était qu'un mauvais rêve.

— Non, c'était vrai ! Elle était réellement là ! Je lui répétais : « Ce n'est pas moi, je ne t'ai pas tuée ! » J'ai dû le lui dire mille fois ! Pourquoi ne m'a-t-elle pas écoutée ?

Sa tête s'effondra sur l'épaule de sa mère, et Jo se mit à gémir doucement :

— Pour rien au monde je ne lui aurais fait le moindre mal. Je l'aimais.

Mme Foulton tint sa fille au bout de son bras et la regarda fixement. Jo ne faisait pas mine de se calmer. Sa chemise de nuit était moite de sueur.

J'attendis que Mme Foulton dise quelque chose de rassurant. Finalement, elle se contenta de la serrer à nouveau dans ses bras.

— Ne t'inquiète pas. Elle le savait.

Je me sentais écrasée de culpabilité. Je commençais à comprendre pourquoi Peter disait qu'il valait mieux ne pas se mêler des affaires des vivants. Pour tous, je devenais un cauchemar. Comment avais-je pu soupçonner Jo ?

Mais si elle ne m'avait pas tuée, si aucun d'entre eux ne l'avait fait, cela voulait dire que je...

Je ne pouvais pas dire ce mot, ni même le penser.

Je m'apprêtais à partir, à sauter tête la première par la fenêtre si j'avais pu ainsi m'éloigner de tous et de tout, lorsque j'entendis un cri de désespoir. Il me parvint à travers mon esprit et non mes oreilles. Haut et clair.

— Shari ! Au secours ! Elle est à mes trousses !

C'était la voix de Peter.

## CHAPITRE XIII

Je le trouvai quelques rues plus loin, au fond d'une ruelle, recroquevillé derrière une poubelle. Son appel m'avait guidée comme un phare. J'avais couru tout le temps. Mais lorsqu'il me vit, il me fit signe de rester en arrière.

— N'avance pas !

Je m'immobilisai, sachant que l'Ombre ne devait pas être loin. Pourtant, je ne vis rien. Et, plus important encore, je ne sentais rien. J'avais toujours pressenti l'arrivée de l'Ombre à cause du sentiment de terreur qu'elle m'inspirait.

— Où est-elle ? murmurai-je.

Les yeux écarquillés d'angoisse, il désigna du menton une grosse poubelle qui se tenait entre nous, contre un mur crasseux. Je pouvais entendre la respiration haletante de Peter.

Mais il n'y avait rien à l'endroit qu'il me désignait.

— Peter ? dis je.

Il posa un doigt sur ses lèvres pour me faire taire et se mit à ramper en direction du mur qui bloquait l'extrémité de la ruelle. De toute évidence, il tentait de s'échapper. Et, pourtant, ce type pouvait se téléporter en un clin d'œil au sommet de l'Himalaya.

Il avait à moitié escaladé le mur lorsque je

saisis son pied. Grave erreur. Il poussa un petit cri, me lança son talon en pleine figure et se laissa tomber de l'autre côté du mur. Je courus après lui et contournai l'obstacle plus rapidement qu'il ne l'avait fait.

— Peter ! criai-je.

Il me fallut moins d'un pâté de maisons pour le rattraper. Ce qui m'étonna : de notre vivant, il n'aurait eu aucun mal à me distancer. Et, avec son expérience de la mort, il avait beaucoup plus de pouvoirs que moi. On aurait dit que, d'un seul coup, il se retrouvait handicapé.

— Mais arrête-toi !

Je m'emparai de lui, exactement comme il l'avait fait après ma fuite du cimetière. Il se débattit.

— Elle arrive, dit-il.

— Non.

— Il faut continuer !

Les mots mêmes que j'avais prononcés. Je sautai sur son dos pour essayer de le ralentir.

— Il n'y a personne ! criai-je.

Il me rejeta, et j'atterris sur les fesses au-dessus d'une bouche d'égout. Mais il jeta un coup d'œil par-dessus son épaule et s'arrêta.

— Où est-elle passée ?

— Mystère, répondis-je.

Il continua de scruter la rue pendant une bonne minute. Finalement, il inspira profondément et se détendit.

— Elle est partie, dit-il.

— Elle n'a jamais été là.

Il me regarda.

— Comment peux-tu en être si sûre ?

— Je le savais déjà. Explique-moi tout ce cirque ?

Il se détourna.

— Peu importe.

Je fis un bond.

— Non, dis-moi. Pourquoi est-ce que je n'ai pas pu la voir ? Et pourquoi, au cimetière, c'est toi qui ne pouvais pas la distinguer ?

Il s'arrêta.

— Mieux vaut ne pas le savoir.

— Pourquoi est-ce que tu l'appelles l'Ombre ? Est-ce que chacun de nous en a une différente ?

Il ferma les yeux un bref instant. Je crois que ma question le terrifiait presque autant que la chose qu'il avait imaginé le poursuivre.

— Oui, finit-il par dire.

Je lâchai son bras et m'assis au bord du trottoir. Nous nous trouvions à l'intersection de Baker Street et de la Troisième Rue. Un souvenir concernant cet endroit remonta des profondeurs de mon subconscient, mais je l'y renvoyai. J'avais plus urgent à faire.

— Qu'est-ce que c'est exactement ? demandai-je.

Il s'assit à côté de moi. On aurait dit qu'il souhaitait plutôt oublier tous ces soucis bien terre à terre. L'aube approchait à grands pas et, pourtant, les étoiles brillaient de mille et une couleurs, toutes plus belles les unes que les autres.

— C'est la pire chose que nous puissions affronter, dit-il. C'est nous-mêmes.

— Je ne comprends pas.

Ma remarque amena un sourire las sur ses lèvres ; peut-être fuyait-il cette Ombre depuis le jour de sa mort.

— Shari, si je connaissais une explication valable, je te la donnerais. Peut-être que cela compenserait ce que j'ignore, ou les mensonges que je t'ai racontés en la décrivant pour la première fois.

— Peter ?

Il garda les yeux levés.

— Il y a une Ombre distincte pour chacun de nous. Tant que nous vivons, elle accompagne chacun de nos pas. Elle colore nos pensées, la façon dont nous ressentons les choses et les autres, et même la façon dont les autres nous perçoivent. Mais elle n'est pas différente de nous. C'est une partie de nous, depuis notre naissance, et elle ne nous lâche plus jamais. En grandissant, nous ajoutons à sa substance. Elle est la somme de nos expériences terrestres, de nos pensées et de nos sentiments.

— Alors pourquoi est-elle si horrible ?

— Elle n'est pas horrible en elle-même. Seulement pour la personne à qui elle appartient. Lorsque tu lui fais face, tu te vois telle que tu es réellement.

— Mais je n'étais tout de même pas quelqu'un de si épouvantable !

Je pensai à ce qu'avait commencé à me dire Daniel avant que le souvenir de mon crâne fracassé ne le rende malade.

— N'est-ce pas ?

— Non, tu étais quelqu'un de bien. Mais comme la plupart des gens, tu ne te considères pas ainsi. En présence de l'Ombre, chaque jugement que tu portes sur toi-même est amplifié des millions de fois.

— C'est pour ça que je ressentais une telle haine en sa présence ?

— Oui.

— Mais tu as dit que si j'entrais dans la lumière, je lui échapperais. Comment puis-je échapper à moi-même ?

— Il y a bien des réponses à cette question. Quoique l'Ombre soit une partie de toi, ce n'est pas *tout* ce qui est toi. Ce n'est pas ce que tu appellerais une âme. Lorsque tu entres dans la lumière, tu laisses l'Ombre derrière toi. Comment peux-tu profiter des joies du paradis avec un tel boulet à ton pied ?

— Je la laisse derrière moi ? Où va-t-elle ?

— Nulle part.

— Que fait-elle ?

— Elle attend que tu reviennes la chercher.

— Tu veux dire que je la reprends en naissant à nouveau ? Lors de ma réincarnation ?

— Inutile d'y mêler des concepts religieux. La réincarnation fait partie de ces notions par lesquelles les mortels tentent d'expliquer l'inexplicable. Tout comme l'idée de Paradis. Qui peut dire laquelle est la plus juste ? Comme je te l'ai déjà dit, la réalité est si simple qu'il n'y a rien à en dire. Mais si tu le veux, tu peux te figurer que l'Ombre attend ton retour, qu'elle se souvient de tout ce qui s'est passé auparavant et qu'elle ne te laisse jamais t'accepter telle que tu es jusqu'à ce que *tu* l'en persuades toi-même. C'est assez proche de la vérité. Voilà pourquoi les nouveau-nés se mettent à pleurer dès qu'ils sont sortis du ventre de leur mère. À leur premier souffle, l'Ombre revient les hanter.

— Mais, sachant tout cela, pourquoi est-ce que tu en as quand même peur ?

Il baissa les yeux et fixa le sol.

— Tu l'as bien vu par toi-même dans le cimetière. La peur qu'elle provoque est absolument irrationnelle. Si elle est là, tu n'as plus qu'à prendre tes jambes à ton cou.

— Est-ce qu'elle t'a jamais rattrapé ?

Il me regarda.

— Non.

— Alors comment peux-tu savoir ce qui se passera si elle s'empare de toi ?

— Je n'en sais rien.

— Donc, elle ne m'emprisonnerait pas obligatoirement ? Elle peut aussi bien ne rien me faire du tout ?

— Si, fit-il en secouant la tête. Sois sûre qu'elle te fera quelque chose de terrible.

— Pourquoi restes-tu ici, sur terre, à sa portée ?

— Je ne peux pas... c'est ma tâche qui le veut.

— Mais quelle est cette fameuse tâche ? Depuis qu'on s'est rencontrés, je ne t'ai pas vu te précipiter au secours d'une autre âme errante. Peter, dis-moi la vérité. C'est à cause de moi que tu es là ?

Il me jeta un drôle de regard, puis posa sa tête entre ses mains.

— Non.

— Alors pourquoi ?

— Je ne peux pas te le dire.

Il semblait si triste que je n'eus pas le courage d'insister. Je préférai passer à un sujet moins déprimant.

— Et le suicide, tu peux m'en parler ?

— Quoi ? fit-il en relevant brutalement la tête.

— Le suicide. Tu sais, lorsque quelqu'un se tue lui-même. Depuis la dernière fois que je t'ai vu, je suis entrée dans l'esprit de quelques-uns de mes amis. (Ma voix se brisa.) Je ne crois pas que ce soit l'un d'entre eux qui m'ait tuée. Peter, peut-être qu'ils ont raison. Peut-être ai-je bel et bien sauté du balcon.

— Shari, mais c'est grotesque !

En quittant la chambre de Daniel, j'avais réussi à retenir mes larmes. Maintenant, elles jaillissaient de mes yeux comme des gouttes de pluie glaciales.

— Non. Tu n'étais pas là au moment de ma mort, tu l'as dit toi-même. Tu ne sais pas ce que j'ai fait. Je ne le sais pas moi-même ! J'étais hors de moi. J'ai couru sur le balcon. Tout ce dont je me rappelle, c'est ce que j'ai pensé à ce moment-là. J'aurais voulu pouvoir m'envoler au-dessus de l'océan et disparaître à jamais. Pas de doutes : j'ai sauté.

— Ce n'est pas possible.

Je baissai la tête. Une araignée rampait en direction de mon pied. Je m'apprêtais à la tuer, puis décidai de la laisser vivre. Comme si j'avais le choix. J'aurais pu faire des claquettes au-dessus d'elle pendant des heures sans seulement l'atteindre. Je n'avais plus mon mot à dire.

— C'est plus que possible, marmonnai-je. C'est probable.

— Ce n'est pas ce que pense Garrett.

Je me levai.

— Garrett fait son boulot, rien de plus. Je me trompais sur son compte. C'est un bon policier. Et s'il n'est pas encore arrivé à découvrir mon assassin, c'est qu'il n'y en a pas.

— Tu n'as pas sauté, Shari.

— Pourquoi est-ce que tu me le répètes sans arrêt ? Tu n'en sais rien.

Il me jeta le même regard bizarre que tout à l'heure. Mais cette fois-ci, un vague sourire se dessina sur ses lèvres. Je ne comprenais pas pourquoi il souriait, ni le sens de sa dernière remarque.

— J'étais heureux de t'avoir à côté de moi en cours de biologie.

— Tu aurais fait une autre tête si tu avais su que j'étais cinglée. (Je me détournai.) Il faut que j'y aille.

Il se leva à son tour d'un bond.

— Où vas-tu ?

— Trouver l'Ombre et voir ce qu'elle va me dire sur moi-même.

Il posa sa main sur mon épaule pour me retenir.

— Non, Shari ! Tu ne sais pas ce qui va arriver.

Je ne me débattis pas. Je me laissai tomber contre sa poitrine. Il parut surpris, puis m'entoura de ses bras, et je pus prendre ses mains dans les miennes, contre mon cœur. Je pouvais l'entendre battre, et je m'en réjouis. Nous sommes restés comme ça, au milieu de la rue déserte, et je me rappelai la semaine qui avait précédé le fameux bal de fin d'année, lorsque je faisais tout pour croiser Peter dans les couloirs. Je voulais lui faire comprendre que, s'il voulait m'inviter au bal, j'étais à sa disposition. Mais il ne me le proposa pas. Ni à moi ni à personne. Cette nuit-là, j'étais restée chez moi avec un livre. Il était sans doute parti faire un tour à moto.

Soudain, je compris pourquoi cet endroit me gênait.

— C'est là que tu es mort, n'est-ce pas ? demandai-je.

Il me serra plus fort et posa son menton sur mon épaule.

— Oui. Et c'était ma faute.

Je lâchai ses mains et laissai retomber ses bras.

— Et moi, je dois savoir si je suis morte par *ma* faute.

— Je te dis que non, fit-il d'un ton suppliant.

— C'est ce qu'on va voir.

Je me retournai et lui fis face. J'avais peur, mais je préférai le prendre à la plaisanterie.

— J'espère que mon Ombre n'a pas aussi mauvaise haleine que moi.

— Shari, tu n'as jamais eu mauvaise haleine.

— Comment pourrais-tu le savoir ? Tu n'as jamais eu l'occasion de vérifier.

Je posai un baiser rapide sur ses lèvres et fis un pas en arrière.

— Au revoir, Peter. N'essaie pas de me suivre.

Je me dirigeai d'un pas vif vers la demeure de Beth. Il me laissa partir. J'avais le sentiment de courir à ma mort.

## CHAPITRE XIV

Les grilles du lotissement étaient fermées. Je n'attendis pas que quelqu'un vienne m'ouvrir. Un arbre surplombait le mur entourant le parc. Je commençais à savoir grimper comme un chat et me retrouvai très vite de l'autre côté du mur.

La tache de sang marquant l'endroit où mon crâne s'était fracassé avait été nettoyée. Un simple mortel n'aurait rien remarqué, mais je pus trouver encore quelques traces de mon passage. Je m'agenouillai et touchai du doigt les particules de sang séché qui s'étaient incrustées dans les petites imperfections du béton. Et, contrairement à tout le reste, je pouvais *vraiment* les toucher et sentir la vie qui avait coulé dans mes veines et qui, désormais, n'était plus que poussière.

Je regardai en haut. Je m'attendis presque à voir l'Ombre sur le balcon, quatre étages plus haut. Après tout, c'était là qu'elle s'était montrée pour la première fois. Mais elle n'était pas au rendez-vous, et j'en conçus plus de soulagement que de déception. Je me promis de ne pas partir avant qu'elle ne vienne vers moi. J'eus soudain une idée qui pourrait hâter sa venue : le genre de pensée malsaine qui devait pousser les criminels à retourner sur les lieux de leurs pires forfaits.

Et si je montais sur le balcon ?

Je me levai et passai ma main dans mes cheveux.

Quelque chose m'attirait là-haut.

La porte était fermée, et je n'avais pas la carte magnétique qui m'aurait permis d'entrer. Mais je me rappelais que l'appartement de Beth avait la plus belle vue de tout l'immeuble ; le dernier étage et le toit n'étaient pas si éloignés, et un escalier de secours flanquait la face sud de l'immeuble. Je fis en courant le tour du bâtiment, montai ces marches quatre à quatre et trouvai une gouttière qui me permit de me hisser sur le toit. Catwoman ne s'en tirait pas trop mal. Il ne lui manquait que les neuf vies.

Le toit était fait de tuiles à l'espagnole recuites par le soleil. En marchant au-dessus de la ville endormie, je remarquai qu'à ma droite le ciel s'éclaircissait quelque peu. Soudain, j'eus une drôle d'impression. Les tuiles étaient recouvertes d'une poussière tirant sur l'orange qui m'évoquait quelque chose sans que je puisse dire quoi.

Le toit n'était pas très incliné : en m'agenouillant pour me laisser glisser sur le balcon, je ne risquais pas de tomber. L'Ombre brillait par son absence, et j'en remerciai le ciel. Et pourtant, n'était-il pas absurde de se donner tant de mal pour attirer cette chose que je souhaitais plus que tout éviter ?

Je pus me laisser tomber et poser mes pieds sur la rambarde du balcon avec une facilité qui me surprit. Le bord incurvé des tuiles offrait une excellente prise : un enfant aurait pu s'y cramponner sans mal.

La verrière coulissante menant à la chambre de Beth et la porte de la cuisine étaient toutes deux fermées. Je ne savais plus trop ce que je devais faire. J'avais atteint ma destination et n'avais nulle part où aller. Je me mis à faire les cent pas sur toute la longueur du balcon. À l'est, l'aube se teinta de jaune.

Une demi-heure s'écoula et, malgré ma promesse, j'étais prête à partir lorsque, soudain, je la vis agenouillée trois étages plus bas, face à la tache sur le trottoir. Ce qui restait de mon sang paraissait plus sombre et plus vivant en présence de l'Ombre. Le liquide séché fumait et semblait en ébullition. Sous mes yeux horrifiés, l'Ombre se pencha et posa sa tête sur les gouttes bouillonnantes maculant le béton. Elle buvait mon sang ! Je n'arrivais pas à y croire. Pourtant, lorsqu'elle leva la tête pour me regarder, le trottoir était nettoyé.

— Mon Dieu ! murmurai-je.

L'aube approchait à grands pas, et sa lumière brouillait la silhouette de l'Ombre. Elle n'était plus un nuage impalpable de ténèbres. Pourtant, elle n'avait pas grand-chose d'un être humain. Ses profondeurs recelaient d'étranges couleurs qui craquaient comme des étincelles électriques sur une ligne survoltée. Et cette chose qui me ressemblait était chargée de bien des émotions. Mais rien à voir avec de la sérénité ou de l'affection ; elle se nourrissait de vie, terrifiante et démentielle comme elle l'avait toujours été. Elle avait bu mon sang car elle convoitait ma vie. Elle leva une main et me fit signe, m'incitant à venir la rejoindre.

— Shari.

Ce qu'elle voulait était limpide.

Elle voulait que je saute.

Et promettait de me rattraper.

La nuit de l'anniversaire de Beth, les portes de l'appartement n'étaient pas fermées derrière moi. Mais j'avais refermé une autre porte, à jamais, lorsque je m'étais écartée des autres, effrayée, bouleversée. Ma mort était peut-être prévue, mais pas cette réputation d'échec qui suivrait mon prétendu suicide. C'était tout ce que je laisserais derrière moi.

Du moins, c'est ce que l'Ombre devait vouloir me dire en me défiant ainsi. Je pouvais l'entendre haut et clair dans mon esprit. En y repensant, elle avait toujours eu sa place dans mon esprit. Toujours.

Soudain, je ne ressentis plus la moindre peur.

J'enjambai la rambarde et sautai.

Je ne suis pas tombée comme une pierre. Pas tout de suite. Cela devait venir plus tard, me chuchota-t-on. Il fallait commencer par le commencement.

Le monde disparut, et un bébé cria.

La lumière blanche et éblouissante me fit plisser les yeux. On m'arrachait de ma demeure chaude et humide, et cela me déplaisait souverainement. De grosses mains souillées de sang m'emportaient dans les airs. Quelque chose de rugueux me nettoya le visage. Rien d'étonnant à ce que je me mette à hurler.

Puis on me plaça tout contre un visage empreint de douceur. Une masse de cheveux soyeux caressa ma peau. On me murmura des mots apaisants. J'étais chez moi, compris-je, et ma demeure me parlait. Peut-être pouvais-je rester un peu. C'était ma mère.

Je m'endormis heureuse.

Je me réveillai un peu plus tard. Ma mère n'était plus là, mais cela ne me gênait pas. J'ouvris les yeux et regardai autour de moi. Tout n'était qu'un brouillard blanc, mais c'était bien d'avoir des yeux et de pouvoir regarder le monde. Je respirai l'air ambiant. J'avais aussi un nez, et cela était bon.

Je me demandai quand je reverrais ma mère.

Je me rendormis.

Lorsque je me réveillai, une grande personne toute blanche me déplaçait. Mon nez n'aimait pas cette personne. Son odeur m'empêchait de respirer. Et ma cheville n'aimait pas la façon dont cette personne tirait le bracelet de plastique qui y était attaché. Je fus contente qu'il se casse.

La grande personne me déposa dans une boîte blanche et chaude qui ressemblait à celle que je venais de quitter. Mais ce n'était pas la même ; l'odeur était différente et, de plus, il y avait un autre bébé à l'intérieur. Je savais que c'était un bébé parce que j'en étais un, et l'autre me ressemblait.

L'autre bébé pleurait. La grande personne tirait sur son bracelet à lui aussi. Je me mis à brailler par solidarité. Puis de douleur, lorsque la grande personne plaça le bracelet de l'autre bébé autour de ma cheville. Il n'était pas à ma taille ; mes jambes devaient être plus grasses. Même lorsque la grande personne finit de le placer et emporta l'autre bébé, le plastique enserrait toujours douloureusement ma pauvre jambe. Je pleurai jusqu'à ce que je m'endorme.

Lorsque je me réveillai, une autre grande personne vêtue de blanc m'emmenait voir ma mère. Je savais où j'allais parce que la grande personne me le disait. Je comprenais ce que c'était que parler. J'essayai de lui dire quelque chose, mais elle ne me comprit pas, ou ne m'entendit pas. Il faudrait un certain temps avant que je ne me fasse aux manières de ces grandes personnes.

Puis il se passa quelque chose de très effrayant. La grande personne en blanc me donna à une autre grande personne qui n'était pas en blanc et me dit que c'était ma mère. Mais son odeur n'était pas celle de ma mère. Elle n'avait pas ses cheveux soyeux. Elle ne lui ressemblait même pas ! Cette grande personne en blanc ne voyait-elle pas qu'elle avait fait une erreur ? Où était ma vraie mère ?

Je me mis à pleurer, encore et encore, et cette personne qui n'était pas ma mère ne savait pas comment arrêter le flot de mes larmes.

Je ne devais jamais retrouver ma mère. Du moins pas avant très, très longtemps.

Mais je grandis. Je pus tout voir. Et même plus : je *vécus* toutes ces années, qui défilèrent à la vitesse de l'éclair, et pourtant complètes. Je vécus tout ce qu'avait vécu Shari Cooper, jusqu'au plus petit détail. J'appris à connaître ces gens qu'elle appelait son père et sa mère, mais qui, je le savais maintenant, n'étaient pas ses parents. À travers Shari Cooper, je rencontrai ce garçon nommé Jimmy, l'aimai, me raccrochai à lui. Et bien qu'il ne soit pas de mon sang, il fut pour moi un vrai frère, si gentil qu'il n'était pas question de le partager avec qui que ce soit. Lorsque je ne pouvais pas faire autrement, je me sentais mal à l'aise. Parfois, je me mettais en colère.

Ou du moins, Shari se mettait en colère. Moi, je me contentais de regarder et d'écouter. J'étais un témoin muet. Cependant, je tentais parfois d'élever ma voix et de parler en silence. C'est ce que je fis le jour où Shari rencontra sa vraie mère et la véritable sœur de Jimmy, mais Shari était alors trop vieille pour m'entendre et trop perturbée pour m'écouter, moi qui étais en elle, mais aussi au-dehors d'elle. Moi qui étais bien plus que l'Ombre qui s'était attachée à elle au moment où elle avait vu le jour. Moi qui l'aimais plus que tout au monde et qui resterais à ses côtés par-delà la mort.

C'est moi qui la regardai durant ses derniers instants, lorsqu'elle sortit sur le balcon et fixa l'océan. Mais même moi, je ne pus voir celui ou celle qui la souleva et la fit passer par-dessus la rambarde. Je ne voyais que par ses yeux et ne savais que ce qu'elle-même savait. Pourtant, maintenant je la connaissais mieux, j'étais désormais persuadée qu'elle n'aurait jamais renoncé à la vie, pas sans combattre, pas sans une raison impérieuse et héroïque.

Shari Cooper qui, à sa manière, n'était pas sans grandeur.

## CHAPITRE XV

Lorsque je revins à moi, le soleil était toujours à l'horizon. Mais il se couchait. Toute ma vie s'était écoulée en un seul jour. Je m'assis et frottai mon crâne. J'étais allongée à l'endroit même de ma mort. Maintenant, il ne restait plus de trace sanglante de mon passage. Je n'avais pas survécu à ma première chute, mais avais bien supporté la seconde.

Par contre, je ne savais plus où j'en étais.

Je me rappelais une bonne partie de ce que l'Ombre m'avait montré. Je savais que je ne m'étais pas suicidée. Cependant, il me manquait certains passages cruciaux. Pire, pas moyen de revoir ce à quoi j'avais assisté du point de vue de la personne qui en avait été témoin — et pourtant *j'étais* cette personne. Sauf que je n'étais pas celle que je croyais être. J'étais ce témoin muet, celui qui avait toujours veillé sur moi.

Comprendre cela ne fut pas d'un grand secours. Pour l'instant, mieux valait faire l'impasse sur tout ce qui était trop complexe et me contenter des faits.

J'étais la fille de quelqu'un d'autre.

Rien d'étonnant à ce que je n'aie jamais pu m'entendre avec ma mère.

Mais de qui étais-je l'enfant ?

Peter avançait dans ma direction, portant son

habituel short blanc, son T-shirt rouge et ses sandales. Je bondis sur mes pieds.

— Peter ! Il m'est arrivé quelque chose d'extraordinaire !

— Quoi donc ? demanda-t-il avec empressement.

Le ton de sa voix me surprit.

— Qu'est-ce qui ne va pas ?

— Comment, ça ? s'offusqua-t-il. Je t'ai suivie jusqu'à ce lotissement, t'ai vue sauter d'un balcon, plonger la tête la première d'une hauteur de trois étages et rester endormie pendant douze heures, et tu me demandes ce qui ne va pas ?

— Mais je suis un fantôme. Je ne peux pas me faire de mal, tu me le serines depuis le début.

Son visage s'assombrit.

— Pas moyen de te contacter. J'ai essayé, mais quelque chose me repoussait à chaque fois. (Il baissa la voix.) Tu l'as vue ?

— Oui. On a fait connaissance.

— Quoi ?

Je jetai un coup d'œil au soleil couchant.

— Peu importe. Il est tard. Il faut qu'on aille voir M<sup>me</sup> Parish.

— Pourquoi ?

La réponse était à ma portée. Je pouvais presque la toucher, mais ce n'était l'affaire que de quelques millimètres.

— Je ne sais pas encore.

Pour nous rendre chez les Parish, nous avons emprunté plusieurs véhicules assez folkloriques : des toits de camionnettes, des capots de voitures, même l'arrière de planches à roulettes. Tout ce qui pouvait aller dans notre direction. Nous n'avons pas traîné. Lorsque nous sommes arrivés dans la banlieue miteuse où résidaient Amanda et sa mère, il restait encore quelques lueurs dans le ciel. En regardant à travers les rideaux, nous avons vu Mme Parish assise dans un fauteuil, en train de recoudre une robe. Malheureusement, toute la maison était hermétiquement close. Il n'y avait même pas une fenêtre entrebâillée.

— Et si on essayait la cheminée ? demandai-je à Peter.

— Comme le père Noël ?

— Oui.

Cette idée me plaisait bien. Jusqu'à ce que je regarde le toit.

— Il n'y a pas de cheminée.

— Essaie de fermer les yeux et de t'imaginer à l'intérieur.

— Ça ne marchera pas.

— Pas tant que...

— Tant que je m'en persuaderai, c'est ça ? C'est bon, j'avais compris ! D'accord, je vais essayer. Qu'est-ce que je dois faire ?

— Fais ce que je te dis et n'aie pas peur.

— Peur de quoi ? De me coincer dans un mur ? De me rematérialiser avec un vase à la place de la tête ? De quoi dois-je avoir peur ?

— Laisse tomber, soupira-t-il.

Je désignai du doigt la rue.

— Regarde, la mère de Jo vient voir sa sœur. Elle nous fera entrer.

Une arrivée miraculeuse, pourrait-on croire. Jusqu'à ce que Mme Foulton s'arrête à quelques maisons de celle de Mme Parish et fume un demi-paquet de cigarettes. Enfin, peut-être moins. Mais la nuit était tombée lorsqu'elle finit par quitter sa voiture pour se diriger vers la porte de sa sœur. Elle avait l'air à cran. Tout le temps qu'elle était restée dans la voiture, elle n'avait même pas baissé la vitre.

Mme Parish fit entrer sa sœur et toutes deux s'assirent à la table de la cuisine.

— Voilà une visite inattendue, dit Mme Parish. Café ?

— Épargne-moi les civilités, rétorqua Mme Foulton. Où est Amanda ?

— Sortie pour la soirée.

— Où est-elle ?

Mme Parish reposa sa tasse de café. Son visage trahissait sa fatigue, mais son regard était perçant.

— On dirait que tu le sais déjà.

— Gagné. Amanda m'a appelée de chez les Cooper. Elle y passe la nuit. Et j'ai entendu dire que les parents de Jimmy sont partis pour le week-end. Qu'en penses-tu ?

— Amanda sait ce qu'elle fait.

— Bon sang, tu es une vraie idiote. (Mme Foulton se pencha en avant.) Tu l'as peut-être élevée dans la foi catholique, mais elle n'a pas un gramme de ta ferveur.

— Ne dis pas ça.

— Je dis ce que je veux. Quelle est la pénitence prévue par tes prêtres en cas d'inceste ?

— Non ! criai-je.

Je comprenais enfin.

— De quoi est-ce qu'elles parlent ? demanda Peter.

Je secouai tristement la tête.

— Non, c'est impossible.

Mme Parish répéta mon geste, même si elle n'était pas aussi bouleversée que moi. Mais elle avait l'air tout aussi triste.

— Tu sais qu'elle n'est pas au courant.

— Je me le demande.

Mme Parish se mit en colère.

— Tu n'as pas le droit de venir chez moi me dire des horreurs pareilles.

Mme Foulton écrasa la cigarette qu'elle venait d'allumer.

— Vraiment ? Et toi, tu n'avais pas le droit de démolir mon mariage !

Mme Parish ouvrit la bouche pour rétorquer, puis changea d'avis et préféra boire une gorgée de café.

— J'ai payé pour ma faute, dit-elle doucement en regardant par la fenêtre. Nous avons expié toutes les deux.

Mme Foulton se laissa aller sur sa chaise et ferma les yeux, tentant de contrôler sa peine et sa colère. Néanmoins, elle laissa échapper une larme, qu'elle essuya. Elle rouvrit les yeux et regarda ses mains tremblantes comme si sa larme les avait souillées. Je remarquai les taches de nicotine sur ses doigts. Je les avais déjà vues il y avait bien longtemps.

— Laquelle est la pire des deux ? demanda-t-elle. Toi ou moi ?

— Toi, dit Mme Parish sans hésiter. J'ai fait une erreur par amour. Tu en as commis une par haine. (Mme Parish étudia les traits de sa sœur.) Tu me hais toujours ?

— Non.

Mme Parish leva un sourcil surpris.

— Quand est-ce que tu as changé d'avis ?

— La semaine dernière.

Mme Parish tendit la main et serra celle de sa sœur.

— Elle te manque, n'est-ce pas ?

Mme Foulton acquiesça.

— Je ne suis pas la seule. La nuit dernière, Jo s'est réveillée en pleurant à cause de Shari. Je voulais lui dire qui était vraiment sa meilleure amie. (Elle haussa les épaules et chercha son briquet.) Mais cela n'aurait fait qu'aggraver les choses.

— Peut-être que oui, peut-être que non.

À son tour, Mme Foulton dévisagea sa sœur.

— Depuis quand tu ne me hais plus ?

Mme Parish soupira.

— Depuis un bon bout de temps. Mais longtemps après que tu m'as dit ce que tu avais fait.

Mme Foulton alluma son briquet.

— Est-ce que les catholiques croient vraiment à l'enfer ?

— Certains, oui.

— Et toi ?

— Non.

— Quoi qu'on ait pu faire ?

Mme Parish acquiesça.

— Quoi qu'on ait pu faire.

Mme Foulton reposa son briquet sur la table.

— Je n'ai jamais plus entendu parler de lui, dit-elle.

— David ?

— Oui. Et toi ?

— Non plus.

— Et Mark, il t'a contactée ?

— Jamais.

David avait été M. Foulton, Mark M. Parish.

— Explique-moi de quoi elles parlent, dit Peter.

— D'Amanda et de moi, répondis-je.

Je dus m'asseoir sur le divan du salon. Peter vint s'installer à côté de moi et prit ma main.

— Qu'est-ce que ça veut dire, Shari ?

J'avais envie de pleurer. J'avais déjà versé des larmes pour des raisons moins importantes, dans la vie comme dans la mort. Je répondis à sa question d'une voix calme et un peu empruntée. Pourtant, à travers ma peine, je sentais poindre une certaine satisfaction. J'avais enfin atteint mon but. Ce dont parlaient ces deux femmes, quelque chose en moi l'avait toujours su.

— Un jour, Jo m'a dit que Mme Foulton détestait Mme Parish parce que l'une avait eu une liaison avec le mari de l'autre. J'ai cru que Jo se payait ma tête. Mais elle était vraiment sérieuse. Mme Parish et Mme Foulton ont toutes les deux vu leurs mariages brisés.

— Quel rapport avec toi ? demanda Peter.

— Mme Parish est ma mère.

— *Quoi ?*

— M. Foulton est mon vrai père. Jo est ma demi-sœur. (Je dus prendre ma tête entre mes mains.) Amanda est la sœur de Jimmy.

— C'est du délire !

— Non, c'est très logique, rétorquai-je. Mme Parish avait une liaison avec M. Foulton et est tombée enceinte. Mais Mme Foulton a eu vent de l'affaire. Peut-être qu'ils le lui ont avoué, je ne sais pas. Mme Foulton travaillait à l'hôpital où je suis née. Imagine son tourment lorsqu'elle a regardé l'enfant de sa sœur en sachant qu'il était de son mari.

— Mais comment sais-tu tout ça ?

— Parce que j'y étais ! L'Ombre m'a tout dévoilé, fais-moi confiance. Je venais de naître lorsque Mme Foulton a échangé mon bracelet d'identification avec celui d'Amanda. L'anniversaire d'Amanda tombe un jour avant le mien. Non ! Le jour d'*après* ! Mme Foulton nous a changées d'incubateurs.

Peter fit non de la tête.

— Ça n'a pas de sens. Personne ne peut échanger des bébés comme ça, sans que personne ne s'en aperçoive. Tu ne ressembles pas du tout à Amanda.

— Je ne sais pas. Au moment de l'échange, sans doute. Lorsque j'étais petite, j'avais les cheveux noirs. Nous avions les mêmes yeux bleus. Nous n'avions toutes deux que quelques heures ! Tu es déjà entré dans un hôpital. Il est difficile de distinguer un bébé d'un autre. De plus, nos mères respectives ne nous ont vues qu'une fois avant l'échange, et elles étaient encore sous le choc de l'accouchement.

— Mais Amanda est l'amie de ton frère !

— Voilà pourquoi elles parlent d'inceste ! Voilà pourquoi elles se font tant de souci !

Je me tus et lâchai la main de Peter. Je ne voulais pas rompre les ponts avec la personne qui comptait le plus pour moi, mais je ne pouvais échapper à la vérité.

— Ce n'est pas mon frère.

— Attends un instant, dit Peter. Qu'as-tu vu exactement pendant que tu étais avec ton ombre ?

Ma lèvre inférieure se mit à trembler.

— Qu'importe ce que j'ai vu. Pense à la ressemblance qu'il y a entre Jimmy et Amanda. Ils ont les mêmes beaux cheveux noirs. Ils ont les mêmes yeux.

Je m'interrompis, comme giflée par cette révélation.

— Et l'un comme l'autre, ils ne peuvent pas distinguer les couleurs !

— Jimmy est daltonien ? Je ne savais pas.

— Moi non plus, mais il n'a jamais pu dire la couleur de mes yeux. Pas plus qu'Amanda. Et lorsque j'ai visité leurs rêves, tout était en noir et blanc. C'est logique. C'est une tare héréditaire.

— Le daltonisme est rare chez les femmes, dit Peter.

— Peu importe. Il y a des daltoniennes. Et il y a autre chose. La première fois que j'ai échappé à l'Ombre, j'ai appelé ma mère au secours.

— Et alors ?

— J'en ai conclu que j'avais été téléportée dans la chambre de ma mère. Lorsque je m'y suis retrouvée, il faisait noir. Mais je pouvais dire qu'elle était seule, ce qui ne colle pas. Où pouvait bien être mon père ?

— Il ne s'était peut-être pas encore couché.

— Possible. Mais lorsque je me suis enfin réveillée, trois jours plus tard, je n'étais pas chez moi. J'étais ici. En fait, j'étais allongée sur le lit de Mme Parish. Peter, c'est elle ma mère, c'est obligé. Je l'ai toujours considérée comme telle.

Peter n'avait pas l'air convaincu.

La sonnette de l'entrée tinta.

Mme Parish alla répondre. Peter se leva et regarda par la fenêtre.

— C'est Garrett. Je me demande ce qu'il veut.

— Bonjour, dit-il lorsque Mme Parish lui ouvrit.

Il sortit son insigne.

— Je ne crois pas qu'on se soit déjà rencontrés, reprit-il, mais Amanda a dû vous parler de moi. C'est moi qui enquête sur la mort de Shari Cooper. (Il tendit la main.) Je m'appelle Garrett. Puis-je entrer quelques instants ?

Mme Parish jeta un regard incertain par-dessus son épaule.

— Je ne suis pas seule.

Garrett passa sa tête dans l'entrebâillement de la porte. Il portait les mêmes vêtements qu'à notre première rencontre.

— Ah, Mme Foulton, fit-il en rengainant son insigne. Votre sœur. Je voulais lui parler à elle aussi. J'aimerais beaucoup m'entretenir avec vous deux. Je serai bref, je vous le promets.

Mme Parish se décida et ouvrit la porte toute grande.

— Très bien. Jan, ce monsieur est le policier qui a interrogé nos filles le soir de l'accident.

Mme Foulton l'accueillit cordialement et tous trois s'assirent devant la table. Mme Parish servit du café. Je m'attendais à ce que Garrett leur assène un flot de questions à propos de Jo et Amanda, mais lorsqu'il apprit que cette dernière était absente, il se détendit et parla de la pluie et du beau temps, apparemment très à son aise. Il descendit trois tasses de café à une vitesse remarquable. On aurait pu croire qu'il cherchait à reprendre ses esprits, mais il n'avait pas l'air saoul.

— Qu'est-ce qui se passe ? demandai-je. Il ne fait rien du tout.

— Mais il est venu dans un but précis, dit Peter en l'observant.

En effet, Garrett fit une remarque surprenante.

— Vous savez, madame Parish, je connais ce quartier. J'ai habité sur Willow, de l'autre côté de ce pâté de maisons.

— Vraiment ? Dans quelle maison ?

— Celle avec la clôture, tout au bout de la rue. Je crois que les pièces étaient disposées de la même façon que dans celle-ci. (Il se leva brusquement.) Vous avez bien deux chambres et une salle de bains et demie ?

M^me^ Parish se leva, elle aussi.

— Nous avons deux salles de bains complètes.

— L'une des chambres a-t-elle un vaste placard ? J'en avais un chez moi. J'aimais bien le plan de cette maison.

— Le placard de la grande chambre est plutôt vaste, en effet, répondit M^me^ Parish. Je me ferais un plaisir de vous le montrer.

Garrett sourit, légèrement mal à l'aise.

— Il vaut mieux que j'y aille seul. J'ai bien peur que tout le café que j'ai bu soit allé tout droit dans ma vessie. Si vous voulez bien m'excuser un instant.

— Il y a des toilettes dans le hall, dit-elle.

Garrett fit un signe évasif de la main et se retourna.

— J'aimerais voir si la chambre d'Amanda est bien la même que la mienne.

— Il veut aller dans sa chambre, remarqua Peter.

J'acquiesçai alors que Mme Parish se rasseyait.

— Et il veut y aller seul. Suivons-le.

Nous avons à peine eu le temps de nous glisser dans la chambre avant qu'il ne ferme la porte. Il ignora la salle de bains pour allumer la lumière et examina le tapis gris à la recherche de Dieu sait quoi. Puis il se dirigea vers le placard, qu'il ouvrit ; il se mit à quatre pattes et examina les semelles des trois paires de chaussures qui étaient là, sous les vêtements en tout genre. Il resta à genoux et, le nez sur le tapis, il se tourna et traversa la pièce jusqu'au lit. Puis il leva le bord du couvre-lit.

Une paire de tennis blanches était rangée sous le lit.

— Il a toujours examiné les chaussures de ceux qu'il interrogeait, fit Peter d'un ton pensif.

Garrett ramassa l'une des tennis et la retourna avant de caresser la semelle de la pointe du doigt. Une sorte de craie orange s'incrusta sous son ongle. Je reconnus cette couleur.

C'était la même matière que j'avais vue sur le toit de l'immeuble de Beth.

— Un instant, dit Peter. Ce n'est pas la même craie que Garrett a trouvée, chez Beth, sur le tapis du salon ?

— La garce ! crachai-je. Elle m'a poussée du balcon, puis est passée par le toit !

Garrett ne m'entendit pas, mais il pouvait se débrouiller sans moi. Il devait soupçonner une embrouille de ce genre depuis le début. Voilà pourquoi il avait tracé ces lignes entrecroisées sur le diagramme, entre le mur séparant la cuisine de la chambre, quelques dizaines de centimètres derrière l'endroit où je me tenais sur le balcon. Il se leva et emporta l'une des chaussures dans la salle de bains, et l'enveloppa dans du papier toilette.

— Il tient à ses indices, dit Peter.

— Quelle garce ! dis-je, laissant libre cours à ma colère.

— Mais pourquoi aurait-elle voulu ta mort ?

Lorsque Garrett eut fini d'envelopper la chaussure, il l'emporta jusqu'à la fenêtre et la jeta dans un buisson derrière la maison. Puis il remit le couvre-lit en place, laissant l'autre chaussure où il l'avait trouvée, et retourna dans le salon. Il avait d'incontestables dons d'acteur, pour s'en sortir avec un tel naturel. Mais il n'alla pas rejoindre les deux dames à leur table.

— Cette chambre est la réplique de la mienne ! dit-il. Voilà ce que c'est que d'habiter en lotissement. Et c'est un compliment ! Je veux dire, ajouta-t-il avec un sourire, c'est bien de pouvoir aller chez un voisin et ne pas avoir à chercher les toilettes.

Il fit un pas en direction de la porte.

— Je vous ai promis d'être bref, donc je m'en vais. Merci pour tout.

— Je vous en prie, fit Mme Foulton, étonnée.

— Je vous raccompagne, dit Mme Parish en se pressant vers la porte.

— Savez-vous à quelle heure va revenir Amanda ? demanda-t-il d'un ton tout naturel en passant sous le porche, où Peter et moi l'avions précédé.

— Elle passe la nuit chez des amis, répondit Mme Parish.

— Chez Joanne ?

— Non. Une autre amie.

Il regarda sa montre.

— Si possible, j'aimerais lui parler ce soir même. Je suis sûr qu'elle pourra éclaircir les quelques points obscurs qui me dérangent. Savez-vous où je peux la joindre ?

Il posa sa question d'un ton nonchalant, mais Mme Parish parut s'en émouvoir. Elle devait avoir réalisé qu'il voulait parler à sa fille et qu'en général, on n'enquête pas si longtemps sur un suicide. Malgré tout, elle devait toujours considérer Amanda comme sa fille. Mme Foulton avait dû lui dire la vérité trop tard pour revenir en arrière : Amanda était déjà à elle, pour le meilleur ou pour le pire.

— J'ai bien peur que non.

Son regard rencontra celui de Mme Parish.

— Ne serait-elle pas par hasard passée chez son petit ami ?

Elle ne broncha pas.

— Non. Lui et ses parents ont quitté la ville pour une semaine.

— Je vois. (Il lui tendit sa carte.) Eh bien, lorsque vous verrez Amanda, pourrez-vous lui demander d'appeler ce numéro ? Merci encore pour le café.

Mme Parish eut un sourire crispé.

— C'est gentil d'être venu.

À peine avait-elle fermé sa porte que Garrett se précipitait vers le buisson. Il réapparut quelques instants plus tard, chaussure en main, et courut à sa camionnette. Il ouvrit la portière, posa un pied sur le plancher, à côté du frein à main, sortit son calepin et décrocha son téléphone de voiture. Je reconnus tout de suite le numéro qu'il composait.

— Hé ! Il appelle chez moi !

— Il ne s'est pas laissé embobiner par Mme Parish, dit Peter. Mais ça sonne occupé.

Je me sentais de plus en plus nerveuse.

— On a un système de mise en attente. Pour que cela sonne occupé, il faut que le téléphone ait été débranché.

Garrett reposa le combiné et se rabattit sur sa C.B.

— Ici Garrett, dit-il dans le micro.

— Central, over, fit une voix parsemée de crachotements.

— Code seize. Envoyez deux voitures au trois-quatre-deux-neuf Clemens. Au croisement de James et Adams. Je répète, code seize. C'est une urgence. Il faut localiser et appréhender Amanda Parish. Terminé ?

— Entendu. Deux voitures au trois-quatre-deux-neuf Clemens. Code seize. Appréhender Amanda Parish. Terminé.

— Terminé, dit Garrett.

Il remit le micro sur son support et s'assit sur son siège.

— Vite, glisse-toi dans le coffre, dit Peter.

— Non ! criai-je. Ma maison est à vingt minutes d'ici. Il faut qu'on y aille tout de suite !

— Jim ne court aucun danger. Amanda ne lui fera aucun mal.

— Elle m'a assassinée ! Elle est complètement folle ! Dieu sait ce dont elle est capable !

Garrett mit son moteur en marche.

— Si tu ne montes pas avec Garrett, tu vas te retrouver coincée ici, raisonna Peter.

Je n'arrivais même pas à réfléchir. Je me contenterais d'écouter mon instinct. Et il me hurlait que Peter avait tort, que Jimmy, seul avec cette harpie, courait un grave danger. On aurait dit que j'entendais la voix de Dieu en personne, et il me disait que mon frère avait besoin de moi. La camionnette du policier démarra.

— Oh, non, gémis-je.

Peter toucha mon bras.

— Si tu t'en fais à ce point-là, Shari, je peux me transférer là-bas et revenir dans quelques minutes pour te dire ce qui se passe.

— Non ! Il faut que j'aille avec toi.

Garrett s'éloigna rapidement. Lui aussi devait se faire du souci.

— Pourquoi ? demanda Peter.

— Je ne sais pas ! criai-je. Écoute, c'est vrai que je suis bloquée par ma peur de rester coincée dans un meuble ou un mur, mais je dois pouvoir voler. Je n'ai jamais eu peur de prendre l'avion. Comment fait-on ?

— Tu as vu les films de Superman ?

— Oui, tous les quatre. Et aussi *Supergirl.*

— Très bien. Dis-toi que tu es Supergirl. Tu es capable de tout et rien ne peut t'arrêter. Tes bras peuvent te propulser sur les ailes du vent plus vite que n'importe quoi. Ferme les yeux, Shari, et laisse-toi flotter dans les airs. Ne te force pas, ne te concentre même pas. Il suffit que tu le souhaites. Il est plus facile de voler que de marcher.

Je fermai les yeux et fis ce qu'il me dit, sans résultat apparent. J'attendis une minute avant de râler :

— Ça ne marche pas !

— Ouvre les yeux, Shari.

J'obéis et faillis m'étrangler de surprise. Je me trouvais à trois mètres du sol ! Peter flotta à mon côté.

— Ne t'en fais pas, dit-il, tu ne vas pas tomber. Et même si tu tombais, tu ne te ferais aucun mal. Fais-moi confiance. Aie confiance en toi. Regarde autour de toi. Tu vois bien que tu peux voler.

— Est-ce que je dois battre des bras pour avancer ? demandai-je en agitant mes coudes comme un goéland englué dans une flaque de mazout.

— Tu as déjà vu Supergirl faire la danse des canards ?

— Non, c'est vrai.

Je levai résolument les bras au-dessus de ma tête.

— Allons-y, dis-je.

## CHAPITRE XVI

C'était la première fois que je volais, et ce moment qui aurait dû être exceptionnel fut gâché par la peur qui me glaçait. Nous nous sommes élevés jusqu'à trois cents mètres, puis avons viré sur place et sommes partis vers ma maison. Apparemment, nous contrôlions parfaitement notre direction et notre rapidité, et je voulais plus que tout arriver à temps. Nous avons foncé comme des sorcières en folie sur des balais embrasés. Les maisons et les jardins étaient brouillés par la vitesse. Je ne sentais pas le vent de notre course sur ma peau, uniquement l'angoisse qui enserrait mon cœur.

Par contre, je remarquai tout de même une chose : vue d'en haut, la ville paraissait plus brillante. Je repensai au jour où j'étais revenue en avion par un vol de nuit et à la vision que j'avais eue à l'atterrissage : des voitures roulant au ralenti sur une carte routière géométrique, des gens en réduction arpentant des trottoirs gris. Maintenant, des auras rouges et violettes irradiaient des quartiers et flânaient au rythme des pensées et des émotions de ceux que nous dominions. Toutes les nuances de l'amour et de la haine s'enchevêtraient en un kaléidoscope mû par un mouvement perpétuel.

Et, même de ma position élevée, je pouvais percevoir la rage qui dévorait Amanda. Ou peut-être était-ce une autre dimension de mon Ombre : la haine qu'elle m'inspirait brouillait mon jugement. Malgré tout ce que j'avais vu et appris, j'aurais bien voulu que quelqu'un cogne sur son crâne jusqu'à ce que mort s'ensuive pour que je puisse m'emparer d'elle, et lui taper dessus à mon tour.

De loin, je pus voir la fumée qui s'échappait de la cheminée. C'était absurde. Nous étions en été.

La fenêtre était ouverte. Nous avons fondu sur ma maison comme des anges de la vengeance. On aurait dit qu'Amanda avait forcé Jimmy à transporter toute notre réserve de bois dans le salon. Tous deux étaient sur le tapis, devant les flammes ; Amanda était à genoux et Jimmy adossé à un amas de coussins bruns. Tous deux avaient l'air fatigué, mais il n'y avait aucune tension dans l'air.

Je désignai du doigt un gâteau au chocolat entamé et une bouteille de vin vide posée sur la table de salon.

— Regarde ce qu'elle lui a fait avaler.

— Et alors ?

— Jimmy est diabétique, et elle le sait très bien. Je n'aime pas ça.

— Pas de panique. Garrett ne va pas tarder. Dans quelques minutes, il sera là.

Nous avons vite compris que ce serait quelques minutes trop tard.

— Encore un peu de gâteau, Jimmy ? demanda Amanda en prenant le grand couteau à dessert posé près du plateau.

— Non, vaut mieux pas, dit-il d'une voix éteinte. Je risque de tomber malade.

Amanda fit la grimace.

— Pas très flatteur pour mes dons de cuisinière, non ?

Il sourit et caressa ses cheveux.
— Tu es si belle.
— Tu ne veux vraiment pas en reprendre ? Il va se perdre si on ne le mange pas.
Jimmy lâcha ses cheveux et posa une main sur son estomac.
— Vraiment, non, grogna-t-il. Et toi ? Tu y as à peine touché.
— Je ne prends jamais de sucreries. Elles ne me réussissent pas. La dernière fois que j'ai mangé un gâteau, c'était parce que Shari l'avait fait.
— Quand ça ? fit Jimmy en clignant des yeux.
— Le jour de l'anniversaire de Beth.
— Tu disais que les sucreries ne te réussissaient pas ?
Amanda reposa lentement le couteau et fixa les flammes qui dansaient dans la cheminée.
— Tu sais l'effet qu'elles ont sur toi. C'est pareil pour moi.
Jimmy regarda son visage de profil, ce qui ne devait pas être évident avec les paupières à demi closes.
— Tu sais que je suis diabétique ?
— Oui.
— Qui te l'a dit ?
— Shari.
— C'est vrai ?
— Oui, mais je l'avais deviné de toute façon. J'ai des yeux pour voir.
— Toi aussi tu as du diabète ? fit Jimmy troublé.
— Oui. Nous avons ça en commun.
Amanda tira doucement sur ses cheveux. Les flammes rougissaient son visage.
— Shari ne me l'a jamais raconté, fit Jimmy étonné. Pourquoi est-ce que tu lui as dit ?
— Elle m'a surprise en train de m'injecter de

l'insuline. Elle a fait celle qui n'a rien vu, mais je n'étais pas dupe. Elle savait bien des choses. (Amanda haussa les épaules.) J'ai joué le jeu. Pour un temps.

— Mais je ne savais pas, explosai-je. Peter, elle se trompe !

— Chut, fit-il.

Peter aussi commençait à s'inquiéter pour de bon.

— Elle ne me l'a jamais dit, répéta Jimmy.

— Elle l'aurait fait, murmura Amanda. Tôt ou tard.

— Pardon ?

Amanda se tourna vers Jimmy.

— Shari aimait bien s'amuser. Elle et Jo. Elles collaient des surnoms aux gens. Tu sais comment elle appelait ma mère ?

— Mère Mary. Mais c'était plutôt gentil.

— Oh, ce nom lui allait comme un gant. Maman traîne toujours son rosaire. Tu sais qu'il lui arrivait de prier au beau milieu de la nuit ? Elle me croyait endormie, mais je l'entendais de l'autre côté du mur. Elle priait Dieu de lui pardonner ses péchés. (Amanda eut un petit rire.) Ses péchés et les miens...

Mon frère s'agita quelque peu, mal à l'aise. Ses gestes étaient lents et malhabiles. Amanda avait dû le faire boire. Son taux de sucre ne devait pas être beau à voir. Il bâilla et dit :

— Demain, je dois me lever tôt.

Amanda posa ses mains sur sa poitrine.

— Elle va lui faire du mal, gémis-je.

La pièce irradiait une atmosphère maléfique. Un mortel aurait pu la sentir : moi, je la *voyais*. Les barbelés spectraux que j'avais déjà vus dans la chambre de la fille de Garrett grouillaient dans l'éther, accrochés aux poutres comme des cotillons de carnaval destinés à décorer une fête infernale.

— Garrett arrive, dit Peter.

La situation était critique, il ne le cachait plus. Il pouvait aussi bien que moi voir se multiplier les produits de l'imagination perverse d'Amanda.

— Pas question que tu ailles dormir !

Jimmy eut un sourire.

— Vraiment ? qui va m'en empêcher ?

En guise de réponse, Amanda l'embrassa longuement.

— Moi, dit-elle lorsqu'il se rassit. Tu resteras éveillé aussi longtemps que je le voudrai, puis je saurai te faire dormir comme un bébé.

— Drôle de programme, fit Jimmy.

Il avait l'air intéressé, mais ne put s'empêcher de bâiller. Amanda se rassit sur ses chevilles.

— Tu es fatigué parce que tu n'as pas pris ton médicament ce soir. Tu n'as pas à te gêner. Moi aussi, je prends de l'insuline. (Elle rejeta la tête en arrière comme si elle venait d'avoir une excellente idée.) Hé, laisse-moi te faire ton injection ! Tu me feras la mienne après.

— Peter, criai-je, fais quelque chose !

Jimmy se releva sur son coude.

— Écoute, je suis épuisé ! J'ai besoin de repos, pas d'insuline. Ces derniers jours, je n'ai pas bien dormi.

Amanda se figea.

— Tu rêvais d'elle ?

— De Shari ? Oui. La nuit dernière, je l'ai vue.

À la simple mention de mon nom, il fixa les flammes avec un regard qui me brisa le cœur.

— Moi aussi. J'ai rêvé qu'on faisait des bulles de savon. Mais elle n'arrêtait pas de crever les miennes. Cela me rendait folle.

— Shari n'aurait pas fait ça.

— Elle ne se gênait pas.

Jimmy lui jeta un œil étonné.

— Shari t'aimait bien, Amanda.

Elle baissa la tête.

— Non. Shari n'aimait pas me voir en ta compagnie. Elle faisait tout pour nous séparer. Elle croyait qu'on ne devait pas être ensemble. Elle aurait fini par te le dire, j'en suis certaine. Elle attendait son heure.

— C'est elle qui nous a présentés.

— Elle ne savait pas qu'on tomberait amoureux l'un de l'autre.

Un bref instant, Jimmy oublia sa défunte sœur et son visage s'illumina.

— C'est la première fois que tu dis ça.

Amanda eut un sourire triste.

— Que je t'aime ? Ce n'était pas évident ?

Jimmy prit sa main, posée entre ses genoux.

— C'est ce que j'espérais, mais je ne savais pas. Surtout lorsque tu ne m'as plus rappelé.

— Ma mère ne me prévenait pas toujours que tu avais téléphoné.

— Et rien de plus ? fit gentiment Jimmy.

Amanda mordit sa lèvre inférieure.

— Non. C'est surtout à cause de ce que je l'ai entendu dire.

— Quand ça ?

— Tard dans la nuit, au milieu de ses prières. Je te l'ai dit. Je croyais qu'il valait mieux que je m'éloigne de toi. Mais je n'ai pas pu.

— De quoi parlait-elle ?

Amanda leva la tête et le regarda droit dans les yeux.

— Elle disait que nous étions liés par le sang.

— Vraiment ? fit Jimmy avec un petit rire.

Amanda le dévisagea, puis acquiesça.

— Je suis heureuse que tu le prennes ainsi. Pour moi non plus, ça ne change rien. Cela me rappelle une strophe d'un poème qui disait : « L'amour ne connaît pas de raison. » C'est ce que je ressens. Je ferais tout pour toi, pour te garder.

Jimmy n'en revenait pas.

— C'est ce que tu as toujours ressenti ?

— Oui. Je ne peux même pas t'imaginer avec quelqu'un d'autre que moi. (Amanda prit sa main et embrassa ses phalanges.) Et surtout pas avec elle.

Jimmy crut avoir mal entendu.

— Qui ?

Les yeux d'Amanda s'attardèrent sur le creux de son bras, sous la manche de sa chemise.

— Je peux voir les traces de piqûres, dit-elle. Moi, je ne laisserai pas de telles marques.

La fumée que dégageait le feu parut déborder de la cheminée pour empuantir la pièce. Jimmy s'empara du menton d'Amanda et scruta longuement ses yeux gris et froids ; peut-être remarqua-t-il que ses lèvres roses tremblaient à son toucher, mais il ne vit pas le halo barbelé qui jaillit comme une toile d'araignée de son cœur noir.

— Tu sais bien que je t'aime, dit-il.

Elle eut un léger sourire.

— Plus que n'importe qui ?

— Oui.

— Alors laisse-moi le faire.

— Faire quoi ?

— Une injection. Ensuite, tu en feras autant pour moi.

Jimmy n'avait pas l'air très enthousiaste.

— Tu as besoin d'insuline ? Est-ce que tu as vérifié ton taux de sucre ?

Elle se pencha et l'enserra dans ses griffes.

— J'en ai besoin. Autant que toi. Ensuite, on pourra dormir ensemble.

— Mais pourquoi ? commença Jimmy.

Amanda posa un doigt sur ses lèvres.

— Parce que je le veux. Dois-je te supplier ?

Jimmy réfléchit un instant, puis haussa les épaules.

— Bon, d'accord.

— Bon Dieu, et Garrett qui n'arrive pas ! criai-je.

Peter regarda sa montre, dotée d'un cadran lumineux.

— Je lui donne encore dix minutes au maximum.

Amanda embrassa rapidement Jimmy, puis se leva et quitta la pièce. Je laissai Peter surveiller Jimmy et la suivis. Elle se dirigea vers les toilettes du palier, là où, sans le savoir, je l'avais surprise, la nuit de ma mort. Elle ouvrit l'armoire à pharmacie, là où se trouvaient les réserves de Jimmy, et en tira trois seringues et un flacon d'insuline. Lorsqu'elle redescendit les escaliers, je lui fis un croche-pied qui n'eut aucun effet.

— Garce ! criai-je.

Elle se réfugia dans les ombres dansantes du hall, devant la porte du salon où le feu sifflait et craquait, et plongea l'aiguille de la seringue dans le flacon. Comme la majorité des diabétiques, Jimmy prenait de l'insuline sous deux formes : à action rapide et prolongée. L'insuline rapide avait un effet plus immédiat, et c'est celle-ci qu'Amanda avait choisie. C'était l'idéal pour guérir un malade d'un abus de sucre. Jimmy s'injectait dix unités. La seringue pouvait en contenir une centaine, et Amanda la remplit sans hésiter.

Peter me rejoignit et vit Amanda effectuer ses préparatifs.

— Si elle colle tout ça dans les veines de ton frère, ça aura quel effet ? demanda-t-il.

— L'insuline peut provoquer un choc et le plonger dans le coma, dis-je, si tendue que je me sentais au bord de l'explosion.

— Est-ce qu'il y survivra ? insista Peter.

— Oui. Mais même s'il s'endort, cela ne peut lui faire que du mal. Cette fille est cinglée !

— De combien de temps dispose-t-il ?

— L'effet maximum est atteint au bout d'une demi-heure, mais un quart d'heure suffira pour mettre Jimmy K.O.

— Le temps joue quand même pour lui.

— Quand tu es vivant, le temps n'est jamais de ton côté.

Amanda glissa la seringue pleine dans sa poche et entra dans le salon. Les mauvaises vibrations envahissaient la pièce de leur présence avide, maléfique. Jimmy était toujours près du feu, allongé sur des coussins. Ses yeux étaient clos, et il ne les ouvrit qu'à moitié lorsque sa bien-aimée s'agenouilla à côté de lui.

— J'ai soif, marmonna-t-il.

— Ton pancréas doit être en déroute. J'ai ce qu'il te faut.

Amanda lui montra les deux seringues vides et le flacon à moitié plein.

— Je ne sais pas, fit-il en bâillant, puis roulant sur lui-même. Tout ce que je veux, c'est dormir.

Amanda posa sa main gauche sur sa cheville droite, posant l'insuline et les seringues inutiles, et tira soigneusement la seringue pleine de sa poche.

— Laisse-moi faire. Ensuite, tu pourras te reposer.

Jimmy s'assit d'un bond. Amanda remit bien vite la seringue dans sa poche. Il désigna les aiguilles encore sous plastique posées sur le tapis, près du foyer.

— Je ferais mieux de faire mon test avant, dit-il.

— Nous pouvons toujours estimer la dose.

Il n'avait toujours pas l'air convaincu.

— Tu emploies de la synthétique, non ?

— Oui. Le soir, je prends dix unités de normale. Et toi ? Pareil ?

Jimmy bâilla et opina.

— Bon, d'accord. Finissons-en. En général, je le fais au bras.

— Tes bras sont tout abîmés. (Elle saisit une des seringues emballées.) Si tu préfères, je peux le faire à la jambe.

— Ce serait bien, marmonna Jimmy.

— Ou ton pied.

Elle reposa la seringue vide et s'empara de sa cheville droite. Une fois encore, elle tira la seringue pleine de sa poche.

— Ça va faire mal ? demanda-t-il.

— Tu ne sentiras presque rien, promit Amanda.

— Ne va pas toucher une veine.

— Peter ! criai-je. Elle va lui injecter le tout dans une veine !

— Et alors ?

— L'insuline va pénétrer immédiatement dans son sang ! Il sera K.O. en une minute !

J'avais bien percé les noirs desseins d'Amanda. Rapidement, elle pinça la peau entourant la grosse veine qui pulsait près de sa cheville et y plongea la seringue. Les paupières de Jimmy battirent à peine. En quelques secondes, Amanda vida la seringue. Puis elle ramassa les autres et les mit dans sa poche, plus le flacon d'insuline.

— Repose-toi un instant, dit-elle.

— Et toi ?

— Il faut que j'aille aux toilettes.

— Reste près de lui, dis-je à Peter en me lançant aux trousses d'Amanda.

Elle retourna à l'étage et rangea le petit flacon

d'insuline et les seringues inutilisées. Pourtant, elle laissa celle qu'elle avait vidée dans sa poche, bien qu'elle soit désormais vide. Je n'avais pas idée de ce qu'elle voulait en faire.

Avant de quitter la salle de bains, Amanda prit le temps de se laver le visage. Je me tenais à sa gauche et la regardai dans le miroir, comme ce fameux vendredi soir, alors que j'admirais sa beauté.

— Je t'en prie, ne lui fais plus rien, suppliai-je.

Amanda se sécha et éteignit la lumière.

Lorsqu'elle retourna au salon, Jimmy était assis sur les coussins.

— Je ne me sens pas très bien, marmonna-t-il.

Amanda se dirigea vers la pile de bûches, à gauche du foyer.

— Tu iras mieux dans quelques minutes.

— Qu'est-ce que tu fais ? dit Jimmy en fronçant les sourcils.

— J'entretiens le feu.

— Arrête. J'ai déjà trop chaud.

Sa tête dodelinait sur ses épaules, et il leva une main pour la maintenir.

— Qu'est-ce qui se passe ?

Amanda jeta la bûche dans le feu. Il y eut une gerbe d'étincelles comme un feu d'artifice bon marché. Elle alla s'agenouiller à ses côtés et posa ce qui aurait dû être une main douce sur son front brûlant.

— Pauvre chou, dit-elle. Tu veux boire un verre ?

— Non, fit-il. J'ai l'estomac tout retourné.

— Ce doit être l'insuline. Je t'ai injecté une centaine d'unités.

Il s'assit et fit la grimace.

— Quoi ?

Amanda lui jeta un regard triste.

— M^me^ Foulton m'a appelée ce soir. Elle est

chez ma mère, et elles décident pour nous de notre sort. Elles veulent que je cesse de te voir.

— Qu'est-ce que tu racontes ?

— Je croyais m'en tenir à Shari. Je pensais qu'on nous laisserait en paix. Mais c'est faux.

Quelque chose de bien plus important qu'un mal d'estomac crispa le visage de Jimmy. Il commençait à comprendre, mais trop tard.

— Qu'est-ce que Shari vient faire là-dedans ?

Amanda regarda le feu et, pendant quelques secondes, parut se couper du monde. Lorsqu'elle parla à nouveau, ce fut d'un ton plein d'amertume et de confusion : une petite fille en colère contre un univers soudain trop vaste, trop compliqué.

— Lorsque j'ai décidé de me rendre à l'anniversaire de Beth, dit-elle, je ne savais pas ce que je voulais. Je pensais pouvoir parler de nous avec Shari, tout déballer et qu'on en finisse. Mais, en même temps, je ne voulais pas. Puis elle m'a empêchée de me faire mon injection, et Dieu sait si j'en avais besoin. Elle m'a forcée à manger du gâteau. Je n'aurais jamais dû en reprendre, cela m'a rendue toute drôle. Je n'arrivais plus à penser. Puis, une fois sur place, ils ont tiré cet aimant à qui on posait des questions. Je lui ai parlé de nous, et il a répondu que notre amour était bien réel, que je devais le protéger. L'aimant m'a dit de prendre ma destinée en main.

Amanda baissa les yeux, et son visage disparut derrière un rideau de cheveux.

— Mais j'ai fait tout cela sans préméditation.

Je regardai Peter et lui demandait silencieusement s'il savait ce qu'il en était pour l'aimant. Il fit non de la tête.

— Qu'est-ce que tu as fait ? murmura Jimmy.

Il avait du mal à respirer. Son front n'était plus

seulement moite, la sueur dégoulinait jusque dans ses yeux. Amanda leva la tête et désigna le salon à l'ameublement luxueux.

— J'a vécu dans un taudis, dit-elle d'une voix dure. Shari a grandi dans une immense demeure. Elle avait tout ce qu'elle voulait : des voitures, des vêtements. Je devais prendre le bus tous les jours et porter des fripes en solde. Elle était gâtée, pourrie. Ma mère devait même lui faire son lit ! J'espère qu'elle brûle en enfer !

— Le message sur le Ouija, fit Peter.

Jimmy s'avança et dut jeter un bras en avant pour ne pas s'affaler la tête la première sur le tapis.

— Qu'est-ce que tu as fait à ma sœur ?

Soudain, Amanda parut s'inquiéter.

— Tu es toujours malade ?

— Qu'est-ce que tu as fait ?

Amanda sourit.

— Rien du tout. Ta sœur se porte comme un charme.

Jimmy avala péniblement sa salive.

— C'est toi qui as tué Shari.

Amanda acquiesça.

— Je l'ai fait tomber du balcon. C'est tout ce qu'elle méritait. Elle était là, à comploter ma perte. Elle me détestait. Oui, je l'ai poussée, puis j'ai grimpé sur le toit et suis passée par l'échelle d'incendie pour rentrer par la porte de l'appartement. Je croyais que tout le monde m'avait repérée, que j'étais fichue, mais j'ai eu de la chance. Lorsque je suis retournée dans la chambre, Dan m'a vue et a cru que je sortais des toilettes.

Le visage d'Amanda se radoucit, et elle toucha l'épaule de Jimmy, toujours sous le choc de l'insuline.

— Je sais que tu l'aimais bien, mais elle n'était bonne à rien. Elle n'était même pas ta sœur.

Il tenta de se redresser, mais n'y arriva pas et s'écroula sur le flanc. Il lui jeta un regard vitreux.

— Tu es folle.

— Non ! fit-elle, blessée. J'avais de bonnes raisons de le faire. Et *je* suis ta sœur. (Elle se pencha pour l'embrasser.) Si tu n'es pas à moi, personne ne t'aura.

Puis elle se leva d'un bond, le visage ensanglanté. Il lui avait mordu la lèvre.

— Va te faire voir, hoqueta-t-il avant de fermer les yeux.

Amanda le fixa longuement alors qu'il gisait là, inconscient. Le sang coulait de sa lèvre en un flot régulier, tachant son menton.

— Oui, dit-elle enfin.

Pourtant, c'était loin d'être terminé.

Amanda plaça encore quelques bûches dans le feu. Puis elle sortit la seringue vide et tira sur le piston pour la remplir d'air.

— Elle va injecter une bulle dans son sang ! grondai-je.

— En ce cas, il est bon pour une crise cardiaque, renchérit Peter d'un ton lugubre. Je me demande pourquoi elle ne l'a pas fait dès la première injection. Peut-être qu'elle ne voulait pas le faire souffrir.

— Il faut que tu fasses quelque chose, dis-je en regardant Peter.

Il soupira.

— Je ne peux pas.

— Entre en elle. Force-la à s'injecter elle-même la bulle dans sa propre veine.

— Ce serait un meurtre !

Je désignai Jimmy allongé devant les flammes du sacrifice.

— Ça, c'est un meurtre. Tu ne ferais que rendre la justice.

— Elle ne me laisserait pas faire.

— Tu es plus fort qu'elle.

— Je ne peux pas la forcer au suicide ! cria Peter.

Amanda remonta la manche de Jimmy.

— Et tu ne peux pas la laisser tuer mon frère ! hurlai-je.

Peter baissa les yeux et son visage s'emplit de crainte. Je m'attendais à ce qu'il me dise à nouveau qu'il ne pouvait pas s'en mêler. Mais, tout à coup, il s'avança et marcha dans le corps d'Amanda.

Celle-ci se figea. Si elle avait pu voir la même chose que moi, elle se serait enfuie pendant qu'il en était encore temps. Il se produisait le même phénomène que lorsque Peter avait mélangé ses mains à celles des autres en pleine séance de spiritisme, mais en beaucoup plus intense. Peter avait quasiment disparu ; je pouvais à peine entrevoir son visage derrière les éruptions des milliers de geysers miniatures qui recouvraient chaque pore de la peau d'Amanda. Elle-même avait compris qu'il y avait un os. Elle leva le bras et regarda la seringue dans sa main.

Puis elle dirigea l'aiguille vers son œil.

Amanda se leva d'un bond. Elle essaya de jeter la seringue, en vain. Je pense que Peter n'avait pas assez de maîtrise pour viser une minuscule veine. Mais tout ce que je lui demandais, c'était d'occuper Amanda en attendant l'arrivée de Garrett. Elle se contorsionnait en hurlant comme une épileptique tout autour du salon, et le sang de sa lèvre abîmée éclaboussait sa robe blanche. La parfaite séductrice !

Puis elle s'immobilisa. Peter réapparut à ses côtés. Il fixait d'un air anxieux le vestibule plongé dans l'obscurité, à l'autre bout du salon.

— Elle arrive, dit-il.

— Qui ça ?

— Mon Ombre.

Amanda, toujours cramponnée à sa seringue, se secoua et se tourna vers Jimmy. Je bondis sur Peter et m'accrochai à son bras.

— Tu ne peux plus t'enfuir, dis-je.

— Elle arrive !

Il commençait à paniquer. Amanda, elle, s'agenouilla à côté de Jimmy et tira sur le piston, remplissant à nouveau la seringue d'une bulle mortelle.

— Ce n'est pas si terrible, fis-je d'un ton rassurant. Je suis passée par là.

— Pour moi, ça ne sera pas pareil, rétorqua Peter en me repoussant.

— Tu ne peux pas partir avant de l'avoir arrêtée pour de bon ! criai-je.

— Je ne peux pas donner à nouveau la mort !

Je me figeai. Même Amanda s'arrêta avant d'accomplir son forfait. Elle essuya le sang sur sa bouche. Tout était prêt : elle voulait juste embrasser Jimmy une dernière fois.

— Quand as-tu déjà donné la mort ? demandai-je à Peter.

Il posa ses bras devant ses yeux et inspira profondément, comme s'il voulait hurler, mais il n'émit qu'un gémissement.

— J'ai fait exprès de me mettre devant le camion. Je me suis suicidé.

Amanda posa ses lèvres ensanglantées sur la bouche inerte de Jimmy.

— Ce n'est pas possible, dis-je comme en un écho de mon pseudo-suicide.

Il hocha tristement la tête.

— Je ne risque pas de l'oublier. Et mon Ombre ne me le pardonnera jamais.

Il se tourna, prêt à partir. Amanda prit le bras de Jimmy, cherchant une veine.

— Mais on a besoin de toi, Peter.

Son regard passa à nouveau sur la porte sombre, et il frissonna.

— Je ne peux rien faire. L'Ombre est trop près.

Amanda pinça la chair au creux du bras de Jimmy.

— C'est bon, dis-je d'une voix atone. Si tu penses que tu dois partir, alors va-t'en.

Il me jeta un regard douloureux.

— Je suis désolé.

Je lui tournai le dos et marchai vers mon frère.

— Moi aussi, dis-je.

Il y avait du dégoût dans ma voix, mais j'espérais qu'il ne s'en rendrait pas compte.

Puis, dans les deux réalités, il y eut comme un vide. Amanda venait de trouver la veine qu'elle cherchait et pressait la pointe de l'aiguille contre la peau, mais elle ne pouvait détacher les yeux du visage de Jimmy. Quant à Peter, c'est moi qu'il fixait ; je sentais son regard posé sur ma nuque.

— Je t'aime, dit-elle à Jimmy.

— Shari, dit Peter, je t'...

Il ne finit pas sa phrase. Le moment n'était pas propice aux confidences. En un éclair, il passa devant mon frère. Mais il avait trop attendu. Avant qu'il ne puisse entrer dans le corps d'Amanda, quelque chose surgit de l'obscurité du hall et traversa le salon. Je ne la distinguais pas aussi bien que ma propre Ombre, mais je pouvais percevoir ses mouvements. Peter eut à peine le temps de lui jeter un regard terrifié avant qu'elle ne fonde sur lui.

Il s'effondra au moment précis où Amanda poignardait Jimmy de sa seringue et appuyait sur le piston.

J'avais déjà entendu parler des dangers d'une bulle d'air introduite dans le flot sanguin. Une lointaine parente était infirmière et m'avait expliqué qu'il fallait toujours prendre bien soin de ne pas mêler d'air aux solutions à injecter aux malades. Mais, avait-elle ajouté, si le système sanguin pouvait briser la grosse bulle en un grand nombre de petites, la personne avait alors de grandes chances de survivre.

J'eus alors une idée. Si je pouvais voler, je devais être capable de bien des choses.

Je plongeai *dans* la bulle d'air.

Je ne sais pas comment j'ai fait pour me glisser dans la seringue. Sans doute ma volonté m'avait-elle donné la force de réussir l'impossible.

Je ne vis pas grand-chose avant d'être injectée dans le corps de Jimmy : un brouillard de parois en plastique, les flammes du foyer brûlant comme une supernova. Puis je fus le jouet d'un vent violent et m'écoulai le long d'un torrent de nuit liquide.

Pourtant, une fois dans la veine de Jimmy, l'obscurité n'était pas totale. Au-delà des parois de la bulle, je distinguai de grosses sphères de tissus qui se pourchassaient le long d'une infinité de tunnels sanguins. Plus remarquable encore, le tonnerre aux spasmes rythmés qui me remplit les oreilles crût si vite en volume et en puissance que je craignis qu'il ne noie mon esprit. N'importe quel idiot l'aurait reconnu pour ce qu'il était : les battements du cœur de Jimmy. Et je fonçais vers son cœur, rapide comme un ange. Un ange des ténèbres.

Le tonnerre décrut lorsque je plongeai dans une vaste caverne emplie de sang bouillonnant. Il loupa un battement, puis un second, puis s'arrêta, et il n'y eut plus rien, qu'un silence de mort.

La bulle avait bel et bien arrêté le cœur de Jimmy.

Soudain, une lumière perça cette étrange nuit, dévoilant un monde de beauté.

Je me rappelai le rêve de Jimmy.

*« On était ailleurs, dans un drôle d'endroit. On aurait dit un univers contenu dans une fleur, et où chaque objet émettait sa propre lumière. Ça a l'air bizarre, mais je ne vois pas d'autre mot pour le décrire. Nous étions dans un espace dégagé, comme un champ. Et tu étais habillée exactement comme tu l'es maintenant, avec ce pantalon et ce chemisier. Tu avais un ballon et tu essayais de le gonfler. Non, tu l'avais gonflé à moitié, et tu voulais que je finisse de le faire. Tu essayais de me le donner. Tu l'avais attaché à un fil. Mais je n'ai pas pu l'attraper du premier coup, et le ballon s'est envolé. Nous l'avons regardé s'en aller dans le ciel et tu t'es mise à pleurer. »*

C'était vrai. C'était un miracle. Nous étions dans un champ qui s'étendait à l'infini, au bord d'un lotus dont la vue fit frissonner de joie chaque particule de mon corps. Une lumière blanche brillait dans le ciel, irradiant une paix, un bonheur au-delà de l'entendement. C'était la lumière dont avait parlé Peter. Elle était omnisciente. Elle connaissait notre situation. Pourtant, il n'était pas question qu'elle intervienne : elle n'était pas là pour ça. Juste pour observer. Le témoin silencieux du film de ma vie s'était démasqué. Jimmy se tourna vers moi et sourit.

— C'est formidable, dit-il.

Je portais mon pantalon vert et mon chemisier jaune, Jimmy sa robe de chambre blanche. Je tenais un ballon au bout d'une ficelle. Ce n'était pas celui que Jimmy avait vu dans son rêve : celui-ci était rouge et non brun. Et il avait tort de croire que je voulais le gonfler : au contraire, je cherchais à le crever. C'était la bulle qui avait arrêté son cœur.

Pourtant, on ne pouvait s'empêcher d'être

heureux. Le champ que nous parcourions était un véritable joyau vivant.

— Oui, dis-je. C'est magnifique.

Jimmy me reconnut alors.

— Shari ! dit-il, étonné. Qu'est-ce qui se passe ? Tu es censée être morte.

— Je le suis, répondis-je, mais la mort n'est pas comme on l'imagine. Je n'ai pas le temps de t'expliquer, sinon, tu mourras.

Je tirai sur la ficelle et essayai de crever le ballon. Malheureusement, il était dur comme de l'acier.

— Oh, non, gémis-je.

— Qu'est-ce qu'il y a ?

— Ce truc est une bulle d'air qu'Amanda a injectée dans ta veine. Il faut la faire éclater.

Ses yeux s'écarquillèrent.

— C'est vrai. Elle essayait de me tuer. Elle y est arrivée ?

— Pas encore, je pense, dis-je sans cesser de me battre avec le ballon. Ton cœur ne s'est arrêté que quelques secondes.

Jimmy fixa le champ, et soudain, il parut rassuré.

— Mais regarde comme on est bien ici ! Et cette lumière est si apaisante. Je préfère rester. Laisse-moi donc mourir.

— Non ! affirmai-je. Il faut que tu vives.

— Pourquoi ?

— Parce que tu es beau et jeune. Tu es formidable. Le monde a besoin de toi. Papa et maman ont besoin de toi. S'ils te perdent, cela leur brisera le cœur.

— Mais je veux te parler, insista-t-il. Tu me manques.

— À moi aussi, tu me manques. Mais tu dois

vivre. Ensuite, lorsque tu seras un vieillard, tu reviendras me voir.

— Où sommes-nous ? Au paradis ?

— Non, c'est...

Je m'interrompis, hésitante. Devais-je lui dire que nous étions dans son cœur ? Mais, décidai-je, cela revenait au même.

— Oui, c'est le paradis.

— Je suis contente que tu y sois arrivée.

— Pas tant que moi.

Je me dis alors que, étant donné que la bulle se trouvait dans son cœur, il valait peut-être mieux que ce soit *lui* qui essaie de crever le ballon. Mais lorsque je voulus le lui donner, il me glissa des doigts. C'est parce que son rêve m'avait averti que je pus réagir assez vite pour le rattraper.

Mes paumes étaient enduites d'une matière noire et visqueuse, comme de la suie. Un instant plus tard, je vis que Jimmy lui aussi en avait sur les mains, mais pas tant que moi.

— Qu'est-ce que c'est que ce truc ? fit-il en s'essuyant les doigts.

Pas moyen de se débarrasser de ce qui constituait la seule souillure dans un monde de lumière. Nous l'avons apportée avec nous, me dis-je. La lumière elle-même dut m'aider à comprendre. Lorsque je parlai, ce fut avec la certitude de dire la vérité.

— C'est de la haine, dis-je. Il faut nous en débarrasser. Si nous voulons pouvoir crever le ballon, il faut qu'on pardonne à Amanda le mal qu'elle nous a fait.

— Cette dingue qui t'a poussée du balcon !

— C'est vrai. Mais ce qui est fait est fait. Maintenant, je peux le comprendre. Pas toi ?

— Mais elle t'a assassinée !

— Amanda est malade. Elle a besoin de ton

aide. Et puis, ajoutai-je, elle ne t'a pas menti : elle est vraiment ta sœur.

Il leva un sourcil.

— Ce n'est pas possible.

— J'ai bien peur que si.

— Oh, non, fit-il en secouant la tête. Je savais bien que j'aurais dû partir avec papa et maman.

Je ne pus m'empêcher de rire devant son air dépité. Et on dit qu'un bon gros rire est déjà une forme de pardon. Lorsque je baissai les yeux, mes mains étaient propres, et les siennes aussi. Jimmy n'avait jamais été du genre rancunier. Il était incapable de faire la tête plus de deux minutes ; c'était, estimai-je, la période durant laquelle son cœur était resté inerte. Et le temps nous manquait. Je lui tendis le ballon, et il s'y cramponna.

— Crève-le, dis-je. C'est la bulle d'air qui a bloqué ton cœur. C'est elle qui est en train de te tuer.

— Est-ce que je vais me rappeler tout ceci ?

— Je ne sais pas, dis-je d'une voix chancelante alors qu'une larme coulait sur ma joue. Ça n'a pas d'importance. Tu ne m'oublieras pas, et je ne t'oublierai pas. Tu étais le meilleur des frères.

Je voulus le prendre dans mes bras et constatai que j'étais figée sur place. Aucun de nous deux ne pouvait remuer, et il se faisait tard.

— Crève-la, Jimmy. Vis et sois heureux. Fais-le pour moi.

— Shari, tu sais… commença-t-il en serrant le ballon entre ses doigts.

Il n'eut pas l'occasion de finir sa phrase. Le lotus d'or explosa en un éclair éblouissant. Mais ce n'était pas le tonnerre qui accompagnait l'explosion. C'était le battement d'un cœur.

## CHAPITRE XVII

Je refis surface à côté de Jimmy, toujours allongé sur les coussins. Mais il était secoué d'une quinte de toux. Il était vivant !

Du moins pour l'instant. Amanda avait éparpillé des bûches sur le tapis et essayait de transformer le salon en fournaise. Un bûcher funéraire pour eux deux. Elle était vraiment complètement secouée. Elle avait une seringue en main et s'apprêtait à envoyer un bon gros ballon dans sa propre veine. Allez, vas-y, pensai-je avant de me souvenir que je venais de lui pardonner. Dix secondes m'avaient suffi pour l'oublier.

On tambourinait à la porte de devant.

Amanda posa l'aiguille sur sa peau. Quel que soit ce nouvel intervenant, il arriverait trop tard pour la sauver.

D'un bond, je me retrouvai à l'autre bout de la pièce et plongeai en elle. Drôle d'impression. Comme d'avoir à nouveau un corps, mais pas à ma taille. Il me semblait si *épais*. Je préférai ne pas y penser. Je levai mon bras vers le haut et ouvris mes doigts. Amanda fit de même. La seringue tomba au sol. Elle se penchait pour la récupérer, toussant à fendre l'âme, lorsque la porte d'entrée s'ouvrit brusquement.

— Bon sang de bonsoir ! cria Garrett en faisant irruption dans la pièce.

Amanda alla se cacher derrière le rideau de bûches embrasées. Je sortis vite de son corps.

— Vous ne m'aurez pas ! hurla-t-elle.

— Ce n'est pas toi que je veux, ma belle, grogna Garrett en fonçant vers Jimmy et saisissant ses poignets.

Il tira Jimmy hors de la pièce. Amanda paraissait se préparer à une fin particulièrement horrible jusqu'à ce qu'une braise tombe sur son pied nu. Elle poussa un petit cri et se précipita à la suite de Garrett. La déroute !

Peter gisait là où il s'était effondré. Je suivis l'exemple de Garrett : je pris ses poignets et le tirai à l'extérieur. Un instant, je m'étonnai de le sentir si léger, avant de me rappeler qu'il ne pesait rien du tout.

Même la maison ne succomberait pas à la folie d'Amanda. Deux voitures de police arrivèrent à ce moment fatidique et les policiers s'emparèrent des tuyaux d'arrosage du jardin pour noyer les flammes. Peu après, une voiture de pompiers fit son apparition, flanquée d'une ambulance. En jaillirent deux infirmiers qui se chargèrent de Jimmy. Il resta assis à côté de Garrett sur la pelouse des voisins pendant qu'un homme en blanc pressait un masque à oxygène sur son nez. Je laissai Peter, inconscient mais loin de la bousculade, pour aller voir comment mon frère s'en tirait.

— Comment va-t-il, doc ? fit Garrett.

— Je ne suis pas docteur, répondit l'infirmier, mais il a l'air O.K.

— Je peux respirer tout seul, grogna Jimmy en écartant le masque.

L'excès d'insuline avait eu moins d'effet sur lui que prévu. Peut-être que la lumière surnaturelle l'avait désintoxiqué. Je ne vois pas d'autre explication.

L'infirmier reposa le masque.

— Eh bien, respirez, dit-il. Mais vous êtes quand même bon pour une nuit à l'hôpital.

— Pas question. Je me sens très bien.

— Qu'est-ce qu'elle vous a fait ? demanda Garrett.

La voix de Jimmy se fit dure.

— Elle a tué Shari. C'est elle qui l'a poussée du balcon. Elle a aussi tenté de me tuer. Elle m'a fait une overdose d'insuline pour m'assommer, puis a injecté une bulle d'air dans mes veines.

L'infirmier s'empara d'un instrument qui ressemblait à celui que Jimmy employait pour vérifier le taux de sucre dans son sang.

— Si elle vous a anesthésié, dit-il, comment savez-vous ce qu'elle vous a injecté dans les veines ?

Je croisai mes doigts en attendant sa réponse. Mais il me déçut.

— Aucune idée, dit-il après une hésitation.

— Cette nuit, on le garde à l'hôpital, en observation, dit l'infirmier à Garrett.

— Oh, non, marmonna Jimmy.

Garrett lui tapa sur l'épaule.

— Fiston, rappelle-moi qu'un de ces jours il faudra qu'on fasse la fête.

Jimmy étant en bonnes mains, je retournai auprès de Peter. Les lumières dansantes des gyrophares illuminaient les maisons voisines. Tout le quartier était sur le pas de la porte et profitait du spectacle. Amanda, pâle comme une morte dans sa robe tachée de sang, avait été placée sous la garde d'un policier.

Peter n'avait pas remué d'un millimètre. Je m'agenouillai à ses côtés et le secouai gentiment.

— Peter ? Tu m'entends ? Réveille-toi. C'est moi, Shari.

Il ouvrit les yeux.

— Où suis-je ? marmonna-t-il.

— Pas à l'hôpital, en tout cas. J'ai le malheur de te dire que tu n'as pas survécu à ton accident. Ça va ?

— Un peu gêné, mais ça ira. Et Jimmy ?

— Tout va bien. Pourquoi es-tu gêné ? Tu es resté à mes côtés jusqu'au bout. Il faut du courage pour ça. Crois-moi.

Il évitait mon regard.

— Je t'ai menti.

Je passai un bras autour de son épaule.

— Qu'est-ce qui s'est passé ? demandai-je.

Il rougit de honte.

— Je me suis suicidé.

— Je n'y crois pas.

— C'est vrai, pourtant. J'étais sur ma bécane et je traçais comme un furieux lorsque j'ai vu ce monstrueux camion qui venait vers moi. Je me suis jeté sous ses roues.

Il était des plus sérieux.

— Mais pourquoi ?

Il haussa les épaules.

— Difficile à dire. Pour plusieurs raisons. Au lycée, tout le monde délirait parce que, grâce à moi, Hazzard monterait jusqu'au championnat national. Mais ce que personne ne savait, c'est que l'entraîneur m'avait forcé à jouer les dernières parties. Et j'ai cédé. En tout cas, j'ai fini par me péter le poignet. Pour moi, fini le baseball.

— C'est pour *ça* que tu as mis fin à tes jours ?

— Non, il y a d'autres choses. C'est plus compliqué que ça. J'étais en pleine déprime.

— Pourquoi ?

— Je me sentais seul.

— Mais tu avais plein de copains. Et tu m'avais, moi.

Il me regarda enfin.

— Tu as entendu ce que j'ai dit avant que l'Ombre n'arrive ?

— Oui. Tu allais dire que tu m'aimais, pas vrai ?

En temps normal, mon culot l'aurait fait rigoler. Il se contenta d'acquiescer.

— J'ai toujours été dingue de toi.

J'éclatai de rire.

— T'es vraiment un boulet. Et moi, j'étais folle de toi !

Il secoua la tête.

— Te moque pas de moi, Shari.

— Mais c'est vrai ! Pourquoi est-ce que tu ne m'as pas proposé de sortir avec toi ?

— Tu n'aurais jamais accepté.

— J'aurais donné n'importe quoi pour que tu me le demandes ! Bon Dieu, ça me fout en l'air. On aurait pu passer de si bons moments ! (J'eus un soupir.) Et je n'en aurais pas tellement bavé en apprenant ta mort.

— Ça t'a fait quelque chose ? demanda-t-il, incrédule.

— Bien sûr ! Je ne m'en suis jamais vraiment remise.

— Mais tu n'es même pas allée à mon enterrement.

— Parce que je me sentais trop mal. Je suis restée à pleurer dans ma chambre.

Il me jeta un regard bizarre.

— C'est vrai, tout ça ?

— Oui ! Je t'aimais ! Je t'aime toujours ! Lorsque tu es venu me trouver au cimetière... c'était le plus beau jour de ma vie ! Enfin, je veux dire, c'était formidable ! Tu n'avais pas besoin de te tuer pour moi.

— Ce n'était pas qu'à cause de toi.
— Ben voyons. Qu'est-ce qu'il y avait encore ?
— J'étais curieux.
— Tu étais *quoi* ?
— Curieux de voir ce qu'il y avait de l'autre côté. Jo t'a montré les histoires que j'écrivais. La mort devenait une obsession. Une fixation malsaine.
— C'est le moins qu'on puisse dire.
— Il y avait encore autre chose. Tu as entendu ce qu'a dit Amanda ? Elle avait bien des raisons de faire ce qu'elle a fait, mais lorsqu'il a fallu passer à l'acte, elle l'a fait sur le coup, sans préméditation.
— Tu veux dire que tu t'es jeté sur ce camion comme ça, parce que cette idée t'est passée par la tête à ce moment-là ?
— Ça a l'air bizarre, mais c'est vrai.
— C'est idiot, répétai-je.
— Je ne vais pas prétendre le contraire.
— Alors si Jeff me bat froid, c'est à cause de toi ?
— Il savait que je pensais beaucoup à toi, mais il te prenait pour une allumeuse. Je ne sais pas, mais je l'ai pas mal observé ces deux dernières années, et j'ai l'impression qu'il te tient pour responsable de ce qui est arrivé cette nuit-là.
— Est-ce qu'il sait que tu t'es jeté sous ce camion ?
— Non. Il pense que je vivais dangereusement et que j'avais de bonnes raisons pour ça, mais ce n'est pas la même chose.
— Et j'étais l'une de ces raisons ?
— Oui. Ça te gêne ?
— Non. Je comprends.
— Tant mieux. C'est un type super.
— J'ai une autre question. Pourquoi est-ce que tu m'as mise dans ta nouvelle ?

— Ce n'était pas toi.

— Tu as donné mon second prénom à ton héroïne, Ann.

— Je ne savais pas que tu t'appelais ainsi.

— C'est vrai. Tu n'es même pas fichu d'épeler mon premier prénom. Bon, on revient en arrière, d'accord ? Tu conduisais tout tranquillement, et tu as décidé de donner du piment à ta vie en mourant. Et après, qu'est-ce qui est arrivé ?

— J'ai compris que j'avais fait une grave erreur.

— Est-ce qu'il y a une punition quelconque pour les suicidés ?

— Oui. Tu te rappelles, je t'ai toujours dit que tu ne pouvais pas t'être tuée ?

— Oui.

— Eh bien, je l'ai toujours su, parce que tu avais la possibilité d'entrer dans la lumière. Et pas moi.

Je fis la grimace.

— Pourquoi ?

— Je suis prisonnier sur Terre durant toutes les années qu'*aurait dû* durer ma vie si je n'avais pas fait l'andouille.

— Qu'est-ce qui te retient ? Qui t'a dit ça ?

— C'est la règle.

— C'est des conneries, Peter. Je suis entrée dans la lumière. Lorsque le cœur de Jimmy s'est arrêté, on s'est retrouvés là-bas. Et je peux te certifier qu'elle n'est pas du genre à faire des comptes d'apothicaire. C'est impossible — il y a trop de bonté en elle. Elle ne porte aucun jugement. Si tu moisis ici, c'est parce que tu t'y retiens toi-même. Tu te sens coupable.

— Est-ce si étonnant ? J'ai fichu ma vie en l'air. C'est encore une chance que je n'aie pas tué le conducteur de ce foutu camion.

— Oui, je te comprends. Moi aussi, je me sentirais coupable. Mais pas pour le reste de l'éternité. Qui t'a dit que tu devais rester ?

— D'autres fantômes qui partagent ma condition.

— Oh, le pied ! Aller voir un condamné à mort pour lui demander comment tu dois organiser ta défense ! Ils sont sans doute aussi tarés que toi.

— Je ne suis pas un taré, fit-il, indigné.

— Mais si. Regarde-toi ! Tu me fais des leçons à n'en plus finir pour me dire que tout est possible, et tu n'es même pas foutu de frapper à la porte pour qu'on t'ouvre. Autre chose : si tu n'es pas allé dans la lumière, comment peux-tu savoir quoi que ce soit sur elle ?

— Je ne t'ai pas menti sur toute la ligne. C'est vrai que j'ai aidé pas mal de gens qui venaient de franchir la ligne. J'ai vu des dizaines de fois comment ça se passe lorsque la lumière vient prendre quelqu'un. J'ai vu la joie qui les inonde, la paix... et ils ne sont même pas encore partis.

— Mais tu n'as fait que regarder, Peter. Dis-moi, est-ce que tu as déjà essayé d'y entrer ?

Là, j'avais marqué un point.

— Non, dit-il.

— Tu vois ? Autre chose. Qu'est-ce qui s'est passé lorsque ton Ombre s'est emparée de toi ?

— J'ai vu toute ma vie défiler devant mes yeux.

— Et alors ? demandai-je.

— Et alors quoi ?

— Qu'est-ce qu'il y a de si horrible ? Ton existence faisait de toi un monstre ? Le Peter que j'ai connu avait le cœur sur la main.

— Oui, mais le Peter dont tu te souviens n'était pas le vrai Peter.

Je me mis debout et levai les yeux au ciel :

— Non, mais écoutez-moi ça. Un vrai héros romantique.

Je lui donnai un coup de poing au menton, et je crois sincèrement qu'il le sentit : il fit la grimace.

— D'accord, tu n'as qu'à rester là. Va jouer avec tes fantômes débiles. Passe le reste de l'éternité à épier les filles sous la douche. Je m'en fiche pas mal. J'ai mieux à faire.

Il leva la tête.

— Je ne t'ai pas épiée sous la douche.

— C'est toi qui me l'as dit.

— Je blaguais. Je suis parti avant que tu ne te sois déshabillée.

— Pourquoi ? fis-je, un rien vexée.

— Question d'éthique.

— Ha, ha ! m'exclamai-je en tendant un doigt vers son nez. Voilà le problème. En fait, on se ressemble : on est aussi coincés l'un que l'autre. Pas étonnant qu'on ait autant de mal à entrer dans la lumière.

Il saisit mon doigt et, à ma grande surprise, le baissa et embrassa doucement le dos de ma main.

— Je peux y entrer, dit-il tranquillement.

Je fis un pas en arrière.

— Je t'ai vraiment convaincu ? Comme ça, si facilement ? dis-je, surprise.

Peter se leva et mit ses mains dans ses poches. Nous avions presque oublié le tumulte qui nous entourait. Le feu s'était éteint, bien que la fumée s'écoulât toujours par la porte et les fenêtres. Mon père devrait certainement remplacer les meubles et les tapis du rez-de-chaussée. Il en avait les moyens. Lentement, les voisins battirent en retraite par groupes de deux ou trois et rentrèrent chez eux. Ils devaient penser que ces Cooper étaient tous dingues.

— Tu m'as forcé à rester et à affronter mon

Ombre, dit Peter, c'était l'essentiel. Je n'en ai plus peur. Je n'ai plus besoin de fuir. En parler m'a fait du bien. Je crois que j'ai enfin accepté ce que j'avais fait. Et ce que tu viens de me dire, eh bien, c'est logique. Si je peux partir avec toi, je pense que j'y arriverai. (Il se tut, puis reprit :) Tu étais sérieuse en disant que tu m'aimais bien ?

— Que je t'aimais tout court, corrigeai-je en le prenant dans mes bras. Mais ne me fais pas jouer les vamps, pas vrai ? Ce n'est pas ce que je veux.

— Qu'est-ce que tu veux, alors ?

J'y réfléchis un instant.

— Des baisers. On a deux ans à rattraper.

Plus tard, nous sommes partis pour l'hôpital dans l'ambulance qui emmenait Jimmy. Garrett était là, lui aussi, me donnant l'occasion de l'embrasser sur la joue. Peut-être qu'il sentit mon baiser, je ne sais pas.

— Je lui dois beaucoup, dis-je.

— Il a sauvé ton frère, convint Peter.

— Et ma réputation. Je dois bien pouvoir faire quelque chose pour lui.

— Shari !

— Je vais y réfléchir, insistai-je.

J'appelai à la rescousse mon frère, qui posait un regard fatigué sur l'infirmier.

— Hé, Jimmy, qu'est-ce que tu en dis ?

Je peux me tromper, mais je pense que Jimmy se rappelait de notre discussion dans le lotus. Il se tourna vers Garrett et finit la phrase que l'explosion de la bulle ne lui avait pas laissé terminer.

— Vous savez, dit-il, Shari était la meilleure des sœurs.

Je fondis en larmes. J'étais si heureuse.

## ÉPILOGUE

Peter et moi ne sommes pas partis sur-le-champ. Je voulais voir ce qui arriverait une fois que les choses se seraient tassées. De plus, je voulais être là pour ceux que j'aimais. Ce serait une dure période, et je voulais être en mesure de les aider, si je le pouvais.

La vérité concernant les parents biologiques d'Amanda finit par éclater. C'était inévitable. Pourtant, on ne dévoila jamais le rôle joué par Mme Foulton dans cet échange. Cette dernière et Mme Parish tombèrent d'accord pour dire que, depuis des années, elles « sentaient » qu'il y avait eu comme une « erreur » à l'hôpital. Elles restèrent excessivement évasives quant à la nature de cette erreur, et il est incroyable que la police n'ait pas jugé bon de les mettre sur le gril. Peut-être que, comme personne n'avait porté plainte, on préféra les laisser tranquilles.

Cependant, la police prit quand même une empreinte des pieds d'Amanda pour les comparer avec celles qu'on avait faites à notre naissance, conservées dans les archives de l'hôpital. Ce qui prouva sans détours l'existence de cette fameuse « erreur ». Je m'inquiétai en pensant à la réaction de mes parents lorsqu'ils apprendraient que leur fausse fille avait été assassinée par la vraie. Mais l'idée d'avoir toujours une fille les enthousiasma tant qu'ils embauchèrent le meilleur avocat de la ville pour qu'il assure la défense d'Amanda !

Drôle de monde que celui où nous vivons.

Amanda s'en tira plutôt bien, avec cinq années de surveillance psychiatrique sous l'égide de l'État. Le juge dut se dire qu'elle avait subi des pressions psychologiques assez inhabituelles. Je ne m'en formalisai pas : je n'avais aucun désir de vengeance. Et Jimmy non plus. Durant toute la durée du procès, il offrit son soutien moral à Amanda. Cependant, il s'arrangea pour ne pas rester seul avec elle. Il était brave, mais pas idiot.

Deux jours après l'incendie, je vis apparaître mon portrait à la une de deux des plus importants quotidiens de Los Angeles : « LE SUICIDE D'UNE ÉTUDIANTE CACHAIT UN MEURTRE » et « SHARI COOPER N'A PAS SAUTÉ ! ». J'avais une préférence pour la seconde manchette, illustrée par une photo en couleurs qui permit à la ville entière d'admirer mes beaux yeux verts.

Quant à toute l'équipe — Jo, Jeff, Daniel et Beth — ils se rassemblèrent chez Beth pour lire les articles et décréter qu'ils savaient bien que je n'étais pas du genre à sauter. Je me contentai de les écouter et de rire tout mon saoul.

Mais, durant tout ce temps, c'est encore Mme Parish que je plaignis le plus. D'une certaine façon, elle avait perdu, non pas une, mais deux filles. J'aurais aimé dire que sa foi lui avait permis d'accepter l'idée du crime d'Amanda avec une relative sérénité. Mais, malheureusement, l'univers n'est pas que bizarre, il est aussi très dur. Mme Parish souffrit énormément tout au long du procès. Cependant, elle eut une consolation : ma mère ne lui tint pas rigueur de n'avoir rien dit à propos de l'échange. Au contraire, elle lui offrit son aide et son soutien. Du coup, je pus enfin être fière d'elle, de ma mère qui, pourtant, n'était plus ma mère.

Finalement, Mme Parish trouva un peu de repos. Je suis heureuse de dire que c'est en partie grâce à moi. Toutes les nuits qui suivirent l'arrestation d'Amanda, je suis venue visiter les rêves de Mme Parish et l'assurer que j'allais bien et que je n'en voulais pas à Amanda. Pendant un temps, je crus que mes efforts resteraient vains et qu'elle oubliait tout au réveil. Mais par un bel après-midi, alors qu'elle cousait dans son salon et que j'étais assise à ses côtés, écoutant la mélodie qu'elle sifflotait, elle posa soudain son aiguille, son fil, et regarda dans le vide, droit devant elle.

— Shari, si tu es là, si tu peux m'entendre, je voudrais te dire ce que j'ai failli mille fois te raconter lorsque tu étais encore en vie. Quand, après t'avoir perdue pendant toutes ces années, j'ai eu l'immense plaisir de te retrouver à nouveau, ce fut le plus beau jour de ma vie. J'ai ressenti une telle joie que j'ai cru ne plus jamais rien demander à Dieu, parce qu'il m'avait déjà tout donné. Et jusqu'à aujourd'hui, j'ai tenu parole. Parce qu'il faut que je lui demande une dernière chose : de pouvoir te dire que je t'aimais autant qu'une mère peut aimer son enfant. Tu as toujours été ma fille.

Puis elle resta silencieuse pendant quelque temps et sourit, et la même lumière qui avait inondé sa tête dans l'église, lorsqu'elle priait pour moi, vint l'illuminer à nouveau.

— Merci, murmura-t-elle. C'est fait. Je t'ai entendue, moi aussi, Shari. Ne t'en fais pas pour moi, tout ira bien.

Et, à partir de ce jour, elle remonta la pente.

Mais j'avais toujours une dette envers Garrett et, plus encore, je voulais sincèrement faire quelque chose pour lui. J'y pensai très longtemps, jusqu'à ce que je finisse par trouver une solution.

Peter m'aida à la mettre en œuvre. Il me montra comment altérer à volonté la forme de mon corps et fut mon complice jusqu'au bout. Ensemble, nous nous sommes rendus dans la chambre minable du motel minable où la fille de Garrett vivait sa terne existence.

J'y retournai sous l'apparence d'un ange de lumière. Mes cheveux étaient longs et dorés, j'avais des yeux d'émeraude et une robe d'argent. En guise de touche finale, je me dotai — non sans mal — d'une paire d'ailes translucides et les fis luire d'une brillance céleste. À côté de Peter, je faisais une sacrée impression.

Lui, il avait pris la forme d'un démon et, lorsque je le regardais, je retenais à grand-peine un frisson de dégoût. Sa bouche n'était plus qu'une gueule emplie de dents verdâtres et acérées, et sa peau était comme celle d'un dragon, toute en écailles rouges et violettes. Ses jambes étaient courtes et reptiliennes, et il s'appliquait à baver de gros caillots sanguins et à me piquer de la pointe de sa fourche noire.

Nous sommes restés cachés dans le placard de l'hôtel, en attendant que la fille s'injecte sa saleté. Après ce que j'avais vécu, la simple vision d'une seringue me faisait trembler. Mais Peter avait de l'enthousiasme pour deux. Il aurait fait un bon petit diable.

— Tu vas voir, on va bien s'amuser ! fit-il avec une joie communicative en jaillissant du placard.

La fille était allongée sur le lit, uniquement vêtue de ses sous-vêtements, assommée par la drogue, les pupilles dilatées. Mais elle cligna des yeux en nous voyant. Elle savait que nous étions là, même si, j'en suis sûre, elle ne pouvait pas deviner pourquoi.

Nous venions nous disputer son âme.

— Laisse-la-moi, que je la bouffe toute crue ! cria Peter en sautant sur le lit, fourche en main. Laisse-moi dévorer ses doigts si charnus !

La fille de Garrett battit en retraite contre les montants du lit ; elle blêmit et porta ses ongles à sa bouche. Je me jetai devant Peter et écartai les bras.

— Elle n'est pas pour toi ! criai-je. Pas tant qu'elle est en vie !

Peter s'arrêta et s'ébroua comme un taureau.

— Elle n'aura pas une longue vie ! Avec toutes les drogues qu'elle prend, elle mourra dans ce taudis ! (Il tenta de me contourner, tricotant des bras et des jambes.) Alors je reviendrai pour l'écorcher ! Je me ferai un manteau avec sa peau !

Je lui barrai à nouveau le chemin.

— Elle peut s'amender et survivre !

Peter éclata d'un rire tonitruant.

— Elle ne changera jamais ! C'est trop tard, désormais ! Bientôt, je pourrai la découper ! Je sucerai ses os et la ferai hurler !

— Tu n'en as pas le droit.

Il se tortilla plus encore.

— Laisse-moi passer ! Rien qu'une bouchée !

— Empêchez-le ! supplia la fille en tremblant comme une feuille.

— Je ne peux pas.

Je jetai un coup d'œil par-dessus mon épaule. J'avais du mal à contenir Peter.

— Je ne peux rien faire sans toi, ma fille. Si tu continues de te droguer, il viendra te chercher.

— Je veux sa jambe ! Sa chair bien tendre doit être délicieuse grillée !

— Je vous en prie ! cria la fille.

Je lui parlai avec toute la clarté et l'urgence dont j'étais capable.

— Va-t'en d'ici. Va voir ton père. Lui seul peut te protéger du diable.

— Alors un œil ! Rien qu'un, qu'elle en fasse son deuil !

La fille opina frénétiquement.

— J'irai.

— Il faut que tu me le jures. Sinon, je ne peux rien faire pour toi.

— Son cœur ! hurla Peter. Son cœur pour mon quatre heures !

La fille tenta de m'embrasser la main.

— Je le jure.

Peter cessa de se débattre, se tut et fit un pas en arrière. Je posai ma main sur la tête de la fille. Elle était très belle.

— Tu es plus forte que tu ne le croies. Tu tiendras ta promesse. (Je me penchai et baisai son front.) Maintenant, mon enfant, ferme les yeux et va en paix. Tout va bien. Demain, tu retourneras chez ton père et commenceras une nouvelle vie.

La fille m'obéit et s'allongea sur le dos. Peter et moi avons filé vers la porte. Maintenant, je les traversais sans mal.

— On lui a fichu une frousse de tous les diables, dit Peter. Ça peut marcher.

— Mais pourquoi est-ce que tu parlais en rimes ?

— Un démon s'exprime toujours en vers.

— Comment le sais-tu ? Tu en as rencontré ?

— Non. Je l'ai lu dans le journal.

La fille est bien retournée chez Garrett. En fait, elle devait l'appeler le lendemain matin, et il alla la chercher devant son hôtel. Elle lui parla de sa vision. Il acquiesça et lui dit de monter dans sa camionnette. Maintenant, ils vivent dans une jolie maison avec une barrière blanche et un garage à deux places. Ils n'arrêtent pas de s'enguirlander. Mais au moins, elle ne se drogue plus et il a cessé de boire. Je dirais qu'ils sont à peu près heureux.

Moi, je suis aux anges. Peter et moi allons bientôt partir. La lumière nous attend. Le soleil se lève. Pour de bon. Jimmy a toujours sa sale habitude de laisser l'ordinateur allumé, et il marche toujours en dormant. Il va bientôt se réveiller, et je suis sûre qu'il aura encore sommeil. Il n'avait jamais passé de nuit à taper sur son clavier à une vitesse surnaturelle. Il n'était jamais resté aussi longtemps avec un fantôme assis, non pas à côté de lui, mais en lui.

Mon frère va me manquer, mais il faut qu'il vive sa propre vie. Les merveilles qu'il a contemplées alors que nous étions dans son cœur ne l'ont pas quitté, même s'il ne se les rappelle pas consciemment. Même maintenant, je le regarde à travers les images qui défilent sous ses paupières papillonnantes. Et je sais qu'il rêve de moi, de tout ce qui s'est passé depuis que je lui ai dit au revoir pour me rendre chez Beth. Alors qu'il tape cette fin heureuse, ses doigts se font aériens. M^me^ Parish n'est pas la seule à savoir que je vais bien.

Si vous lisez vraiment cette histoire, cela veut dire que mon frère n'aura pas accidentellement effacé le dossier qui contient ces mots. Ainsi, mon dernier vœu aura été exaucé.

Au début, j'ai dit que j'étais un fantôme pour la bonne raison que j'étais morte. Mais j'ai emprunté les mots de Peter, ceux qu'il a prononcés alors qu'il tentait de communiquer avec son frère par l'intermédiaire de mon corps. Bien que Peter soit un bon écrivain, il aurait certainement pu trouver mieux.

Je ne suis pas morte. La mort n'existe pas. Je suis vivante ! Voilà pourquoi j'écris ce conte, pour que tout le monde sache que la vie continue après la mort et qu'il ne faut pas s'angoisser comme je l'ai fait moi-même.

Mais j'ai aussi une autre raison de raconter mon histoire, plus égoïste celle-ci. Je suis morte jeune. Je n'ai pas eu l'occasion de laisser une trace de mon passage. Je n'ai rien fait d'exceptionnel, rien qui puisse changer le cours de l'Histoire. Mais je n'étais pas quantité négligeable pour autant. Je ne veux pas qu'on m'oublie.

Je veux qu'on se souvienne de moi.

Achevé d'imprimer en octobre 1997
par Maury-Eurolivres S.A.
45300 Manchecourt

Photocomposition : TÉLÉ-COMPO - 61290 BIZOU